ハヤカワ epi 文庫
〈epi 42〉

恥　辱

J・M・クッツェー
鴻巣友季子訳

epi

早 川 書 房

6116

DISGRACE

by

J. M. Coetzee

Translated by
Yukiko Konosu
Published 2007 in Japan by
HAYAKAWA PUBLISHING, INC.
This book is published in Japan by
arrangement with
PETER LAMPACK AGENCY, INC.
551 Fifth Avenue, Suite 1613, New York, NY 10176-0187, U.S.A.
through TUTTLE-MORI AGENCY, INC., TOKYO.

恥辱

5　恥　辱

1

　五十二歳という歳、まして妻と別れた男にしては、セックスの面はかなり上手《うま》く処理してきたつもりだ。木曜の午下《ひる》がりには、グリーン・ポイントへ車を走らせる。午後二時ぴったりに〈ウィンザー館〉の玄関ブザーを押して名乗り、なかへ入る。一一三号室のドア口で彼を待っているのは、ソラヤだ。まっすぐ寝室へ向かえば、芳《かんば》しい香りと柔らかな灯りに出迎えられ、そこで服を脱ぐ。ソラヤがバスルームから出てきてローブを脱ぎ捨て、ベッドにいる彼の隣りに滑りこんでくる。「逢いたかった？」彼女は訊ねる。「ああ、逢いたくてたまらなかった」と彼は答える。ソラヤの陽灼けを知らない淡褐色の肌を撫でる。その体をゆっくりと倒していきながら、胸にキスをする。ふたりは愛を交わす。

　ソラヤは背が高く細身で、黒髪は長く、暗色の潤《うる》んだ目をしている。歳からすれば、彼のほうは父親といっても通る。とはいえ、理屈からいえば、男は十二歳でも父親になれる。

ソラヤの常連になって一年あまり経つが、彼女はまったくもって申し分がない。一週間の砂漠のなかで、いまや木曜だけは贅《ぜい》と歓びのオアシスとなっている。

ベッドでのソラヤは奔放ではない。実際のところ気性はかなりおだやか、おだやかで従順である。その考え方は全般にわたって驚くほど道徳的だ。海水浴場でバスト（〝お乳〟と彼女は呼ぶ）を露わにしている観光客を見ると、気分がわるくなる。また、浮浪者どもはひとまとめにして、道路の掃除をさせるべきだと考えている。こういう見解と自分の仕事に、彼女はどう折り合いをつけているのか。訊ねてみたことはない。

ソラヤに歓びを覚え、その歓びは尽きず、となれば、彼女への情も湧いている。この午後の時間は、それなりに相思のものだと彼は思っている。情は愛とは違うかもしれないが、少なくとも同類である。始まりは行きずりだったにせよ、ふたりは運がよかった。ふたりとも、だ。彼はソラヤとめぐり逢い、ソラヤは彼とめぐり逢ったのだ。

こんな感傷は生ぬるく、ほだされすぎかとも思う。それでも、感傷にすがらずにはいられない。

九十分のセッションで、支払う金額は四百ラント。そのうちの半分は、〈ディスクリート・エスコーツ〉に入る。エスコート・クラブがそんなにピンハネするとは気の毒な気もする。しかし、クラブは〈ウィンザー館〉に、一一三号室にくわえて何室も部屋を所有しているのだ、ある意味ではソラヤも持ち物ということになる。彼女のこの部分、この機能にかんしては。

　時間外に逢ってくれと頼んでみようか。そんなこともつらつら考える。彼女と夜を、できればひと晩いっしょに過ごせたら。だが、朝を迎えてはだめだ。一夜明けてソラヤをどうあしらうかは、自分でも痛いほどよくわかっている。そのころには、冷ややかで、愛想のひとつもなく、独りになりたくて苛ついているだろう。

　そういう性分なのだ。性分は変わりそうにない。変わろうにも、いいかげん歳だ。この気性のまま凝り固まってしまったのだ、気性の前にオツムのほうも。人間のなかで、いちばん頑固なふたつの部分。

　おのれの気性に従え。まあ、哲学というほどのものではない。そんな言葉で勿体《もったい》つけるつもりはない。いうなれば、鉄則。聖ベネディクト会の宗規のような。

　彼は健康であり、頭脳明晰である。職業はというと学者、少なくとも以前は学者だった。いまも学者かたぎが、ときおり心の奥に顔を出す。自分の収入に無理のない、性分に無理のない、感情に無理のない暮らしをしている。では、幸せか？　おおむねの基準ではそうだろうと、自分では思っている。とはいえ、『オイディプス』の最終コーラスはいまも忘れていない。〝死するまでひとを幸福と決めるなかれ〟

　セックス面は、烈しくあっても情熱的ではない。わが身の象徴としてトーテム像を選ぶとしたら、蛇だろう。ソラヤとの交わりは、思うに、蛇の交尾さながらにちがいない。事は長々しく、一心不乱だが、絶頂の瞬間にも、どこか観念的でむしろ乾いている。ソラヤのトーテムもまた蛇だろうか？　ほかの男が相手のときは、きっとまるで別の女になっているのだろう。ラ・ドンナ・エ・モビーレ、女は気まぐれ。『リゴレット』風に女心を歌えば。とはいえ、彼と肌が合うというのは、見せかけではありえない。

職業からいえば、自堕落な女なわけだが、彼はソラヤをそれなりに信頼している。逢瀬の間はあるていど胸襟《きょうきん》をひらいて話をするし、ときには愚痴をこぼしもする。ソラヤは彼の人生の出来事をあれこれ知っている。二度の結婚の成り行きも聞いており、彼の娘のこと、娘のすったもんだについても知っている。彼の見解も多々拝聴している。

〈ウィンザー館〉の外の生活について、ソラヤはいっさい明かさない。ソラヤというのも本名ではないのだろう。それはまちがいない。子どもを一人、二人産んだ跡がある。玄人《くろうと》女《め》などではまったくない、ということか。週に一、二度、午後になるとエスコート・クラブに働きに出ているだけで、あとはライランズかアスローンあたりの郊外地で品のいい暮らしを送っているのかもしれない。ムスリムには異例のことだが、今日びの世の中ではなんでも起こりうる。

ソラヤを退屈させたくないので、彼のほうは仕事の話はほとんどしない。実は生計の資《もと》は、〈ケープ・テクニカル・カレッジ〉、旧ケープタウン大学付属カレッジで稼いでいる。かつては現代文学の教授だったが、大規模な合理化計画の一環として、古典・現代文学部が閉鎖になったため、いまではコミュニケーション学部とやらの准教授である。リストラのあおりを受けた他の教員たちとおなじく、受講生がいようがいまいが、専門講座を年にひとつ受け持つことを許された。士気をたもつのに有効だからだろう。彼の今年の講義はロマン派詩人。それ以外は、コミュニケーション学講座101「コミュニケーション技術」、コミュニケーション学講座201「コミュニケーション技術上級」を教えている。

日々、新たな試練に時間を投じようと、コミュニケーション学講座101の手引書に明言されている例の大前提「人間社会は、思考、感情および意図を伝えあうために言語を創りだした」は、まったくの出鱈目《でたらめ》であることを思い知る。彼の見解では——ことさら開陳するつもりもないが——、発話の起源は歌にあり、歌の起源は過大にしてからっぽの人間の魂を音で埋めんとするところにある。

この四半世紀のあいだに、三冊の本を出版してきたが、どれも波紋どころか小波《さざなみ》も立てなかった。処女作はオペラに関するもの（『ボイトとファウスト伝説　メフィストフェレスの起こり』）、二作めはエロスとしての想像力について（『セント・ヴィクターのリチャードの夢想』）、三作めはワーズワースと歴史について（『ワーズワースと過去の重荷』）。

この数年は、バイロンに関する本を書こうかとつらつら考えている。当初は、また評論書にするつもりだった。ところが、いまでは評論を書こうという熱意はすっかり鈍っている。正直なところ、批評というものに飽き、長々と語られる散文に飽きてしまったのだ。

いま書きたいのは音楽である。『イタリアのバイロン』室内オペラの形式を借りて、男女の愛を観ずる。

コミュニケーション学講座の学生と向かいあうあいだも、彼の心には、いまだ書かれぬ作中歌の楽句が、旋律が、音の断片が、飛び交っている。もともと教師としてはいまひとつだったが、今回の大学組織の改変、というか、思うにこれは弱体化だが、そのおかげで、いっそう教職に馴染《なじ》めなくなった。だが、それはむかしの同僚たちもおなじらしく、課せられた仕事と自分の流儀が嚙みあわず苦しんでいる。神無き時代の牧師のようなもの。教える科目に敬意をもてないので、学生にも影が薄い。講義中も学生の視線は彼を素通りし、名前すら忘れられる。この無関心には、実は自分で認めたくないほど堪えているのだ。それでも、学生への、学生の両親への、州への責務はきっちりまっとうする。毎月毎月、学生に課題を出し、回収し、それを読み、注解をつけ、句読点やスペルや語法の誤りをなおし、へっぽこな理論を問いただし、それぞれの論文に短くも思慮深い論評を書きくわえる。

教師を辞めないのは生計のためだが、もうひとついえば、教職は謙虚というものを教えてくれ、おのれがこの世の何者であるかを痛感させてくれる。この皮肉にはもちろん気づいている。つまり、ひとを教えにきた人間がそれは手厳しい教訓を得て、逆に学びにきた人間がなにひとつ学んでいない、ということ。これが彼の職業の特徴だが、そんなことはソラヤには話さない。彼女の職業にもそれに相似する皮肉がある気がするからだ。

グリーン・ポイントのフラットのキッチンには、やかんがひとつ、プラスチックのカップがいくつか、瓶入りのインスタントコーヒーがあり、ボウルには袋入りの砂糖。冷蔵庫のなかには、ミネラルウォーターが一本。バスルームには、石鹸と、タオルがひと重ね、棚には、清潔なベッドリネン。ソラヤは化粧品を一泊用のバッグに入れて持ち歩いている。密会のための場所。それ以上のものではなく、機能的で、清潔で、よく行き届いている。

初めてソラヤの客になったとき、彼女は朱の口紅をひき、アイシャドウを濃くつけていた。メイクのべたべたは好まないので、拭きとるよう頼んだものだ。ソラヤは素直に従い、それ以来は化粧をしなくなった。飲みこみ早く、聞き分けよく、言いなりの女。

ソラヤには好んで贈り物をする。新年には、七宝細工のブレスレットをやり、イスラムの大祭〝イード〟には、骨董品店で目にとまった小さな孔雀石のアオサギの置き物をやった。彼女が喜ぶのがうれしいのだ、そのいたって無邪気な喜びようが。

ひとりの女と週に九十分過ごすだけで満足してしまうとは、われながら驚く。これでも、以前は、妻も家庭も結婚生活も必要と考えていた人間だ。けっきょく、そんな欲求はごく軽いものと判明した。蝶々のそれのように軽く、つかのまのものである。感情はまるで無い。というか、どこまでも奥深く、自分にも想像のつかない感情があるだけだ。充足の通《バッ》奏低音《ソ・コンティヌオ》。街の住人を眠りに誘う車の往来の音、それとも、田舎の人々にとっては夜の静寂のようなものか。

エマ・ボヴァリー夫人をふと思う。向こう見ずな昼下がりの交わりに満ち足りて、焦点を結ばぬ眼《まなこ》で帰宅する。そう、これが至福というものよ！ 鏡に映るわが身に目を瞠《みは》ってエマは言う。そう、これが至福なのだと詩人たちが謳《うた》うもの！ よかろう、哀れなエマの亡霊がケープタウンまで辿り着くことがあったら、木曜日の昼下がり、こんな至福もありうることを見せにつれていってやる。中くらいの幸せ、中庸の幸せ。

ところが、ある土曜日の朝、すべてが一変する。仕事で街に出ているときのことだ。セント・ジョージズ・ストリートを歩いているおり、人混みで前を行く細身の体に目が向く。ソラヤだ、見紛うはずもない。両脇を子どもに、男の子ふたりにはさまれている。三人はなにかの包みを持っている。買い物をしてきたのだろう。

ためらいはあったものの、距離をおいてついていく。三人は〈キャプテン・ドレゴズ・フィッシュ・イン〉の店内に姿を消す。少年ふたりはソラヤそっくりの艶やかな髪と黒い瞳をしている。実の息子でしかありえない。

いったん店先を素通りし、今度は踵《きびす》をかえして〈キャプテン・ドレゴズ〉の前をまた行き過ぎる。ウィンドウの向こうで、三人がテーブル席についている。ガラス越しに、一瞬、ソラヤと目が合う。

彼はつねに街の人間だった。エロスが横溢《おういつ》し、視線が矢のように閃《ひらめ》く場所で、人の波に揉まれてこそくつろげた。だが、こうしてソラヤと目が合ったとたんに、後悔する。

次の木曜の密会では、どちらもこの出来事にはふれない。それでも、あのときの記憶が不穏にふたりにまといつく。ソラヤにとっては危険な二重生活にちがいない。それをかき乱す気はさらさらない。二重生活、三重生活、部屋ごとに分かれた生活、おおいに結構と思っている。なにか感慨があるとすれば、むしろ彼女をいっそう愛《いと》しく思うことぐらいだ。おまえの秘密は、わたしの胸だけにしまっておく。そう言ってやりたい。

ところが、どちらも先日の出来事を忘れられない。少年たちがふたりにとり憑き、母と見知らぬ男が交わる部屋の片隅で、影のように静かに戯《たわむ》れる。ソラヤの腕のなかで、彼はつかのま少年たちの父親になる。養父、義父、影父。彼女のベッドを出たあとも、息子たちは、密かに、もの問いたげに、ちらちら視線をなげてくる。

心ならず、想いはもうひとりの父親、実父に向かう。その男は妻の行ないに気づいているのか、それとも、あえて〝知らぬが花〟を決めこんでいるのか？

彼自身に息子はない。幼少時代は女系家族のもとで過ごした。母が、叔母たちが、姉妹たちが離れていくなか、やがてその座は愛人、妻、娘にとって代わられた。女に囲まれた生活は、彼を女好きにし、ある意味では、女たらしにした。長軀で体格よく、この明るい褐色の肌に、なめらかな髪があれば、あるていどの〝磁力〟はいつも当てにできた。どんなふうに、どんな目で語りながら女を見れば、むこうが見つめかえしてくるか、それには自信があった。そうやって生きてきたのだ。何年、何十年と、それが生活のバックボーンだった。

ところが、ある日、すべてが終わりを告げた。なんの前ぶれもなく、その〝力〟が失せた。いつも視線に応えてくれた目は彼を素通りし、行き過ぎ、過ぎ行きた。いうなれば、ひと晩で幽霊になってしまったのだ。女が欲しければ、尻を追いかけるしかなくなった。次々と買うはめになることもしばしば。

セックスの相手をもどかしく取っ替え引っ替えする毎日だった。同僚の妻たちと情事をもった。ウォーターフロントのバーや〈クラブ・イタリア〉で、旅行客を引っかけた。娼婦と寝た。

ソラヤに初めて紹介されたのは、〈ディスクリート・エスコーツ〉のフロントオフィス脇にある薄暗い小部屋だった。窓にはベネチアン・ブラインドがおり、部屋の隅には鉢植えがおかれ、室内はタバコの煙でむっとした。ソラヤは〝エキゾチック〟の欄に登録されていた。写真の彼女は髪に赤いトケイソウの花をさし、目尻にうっすら皺があった。紹介文には〝午後のみ〟と。それで彼女に決めたのだ。窓のブラインドはおろす約束、ひんやりしたシーツ、人目をかすめて作った時間。

初日からして満足した。それは、まさに彼の望むもの、望むものずばりだった。一年のうちには、エスコート・クラブに足を運ぶ必要もなくなった。

そこへ、セント・ジョージズ・ストリートでの鉢合わせである。それにつづく気まずさ。ソラヤはいまも時間どおりに現われるが、だんだん冷たくなっていくのを感じる。彼女はただの女に、自分はただの客になりつつある。

足繁く通ってくる客、とくに歳のいった男を娼婦たちがどう言っているかなど、お見通しだ。話を打ち明けあい、声をあげて笑うが、身震いしもする。夜の夜中、洗面台にゴキブリを見て身震いするように。じきに彼も、たんまりけちをつけられ、忌々《いまいま》しげに身震いされるようになる。それは避けられない運命だ。

鉢合わせから四度めの木曜日、彼が部屋を出ようとすると、すでに覚悟済みの宣告を〝ソラヤ〟がくだす。「母が病気なの。看病のため休みをとります。来週はここに来られない」

「なら、再来週は？」

「まだわかりません。母の具合によります。まず電話してみて」

「番号を知らない」

「クラブの電話に。様子は伝えておきます」

数日待って、クラブに電話してみる。ソラヤですか？　ソラヤなら辞めましたよ、と男が言う。いえ、連絡先はお教えできません、クラブの規則に反しますので。こちらでまた別なお相手を紹介いたしましょうか？　エキゾチックなタイプは選《よ》り取りみどりです。マレーシア、タイ、中国、お好みをどうぞ。

彼はソラヤという名の別な女とロング・ストリートのホテルの部屋で一夜を過ごす。どうやら〝ソラヤ〟は人気の商売名らしい。このソラヤはまだ十八で、おぼこで、彼の助平心を満足させる。

「どんな仕事してるの？」女はするりと服を脱ぎながら言う。

「貿易商だ」彼は答える。

「嘘ばっかり」女は言う。

彼の学部に新しい秘書が入ってくる。彼はキャンパスからほどよく離れたレストランへランチを食べに連れていき、彼女がシュリンプサラダを食べながら息子たちの学校のことでぼやくのを聞いてやる。グラウンドのそばを麻薬の売人がうろついているのに、と彼女は言う。警察はなにもしてくれないの。夫婦で三年間もニュージーランドの領事館のリスト待ちをし、ようやく移住できたという。「先生たちは楽だったでしょうね。善悪の事情はどうあれ、少なくとも、自分の立場というものはわかっていた」

「先生たち？」彼は言う。「誰の話だ？」

「先生の時代の人たちよ。今日びの人間は、従いたい決まりにしか従わない。秩序もなにもないわ。世の中が無秩序な時代に、どうして子どもを育てられる？」

彼女の名はドーン。彼は二度めの外出で、彼女をうちに連れこんでセックスする。これが失敗だった。彼女は興奮して声をうわずらせながら仰《の》け反《ぞ》り爪を立て、しまいには彼のほうがげんなりしてしまう。櫛をかしてやり、キャンパスまで車で送りとどける。

それ以来はドーンを避けるようになり、彼女の働く事務室には極力近よらない。そういう態度にドーンは傷ついた顔をしてみせ、やがて歯牙《しが》にもかけない風になる。

もう潮時なのだ、ゲームから身をひけ。彼は思う。ギリシャ教父のオリゲネスはいくつで去勢した？　上品このうえない解決策とはいえないが、そもそも歳をとることに品もなにもない。せめて戦闘準備はしておくことだ。老人のしかるべき課題に心を向けられるよう。すなわち、死への旅支度。

医者に出向いて頼めないものだろうか？　いたって簡単な手術だろうに。動物には毎日行なっているのだし、哀しみの余波《なごり》に目をつむれば、動物としては充分生きていける。切ってあとを縛るだけ。局部麻酔をかけ、手元に気をつけ、落ち着いてやれば、教科書を見て自分でもできるぐらいだ。椅子に座って一物をちょん切る男。ぞっとしない光景だが、見方を変えれば、そのおなじ男が女の体で歓《よろこ》んでいるほうがよほどみっともない。

まだソラヤが消えていない。あの章はもう幕をおろすべきだ。ところが、彼は探偵事務所に金を払い、彼女を探させる。数日のうちには、本名、住所、電話番号を手に入れる。

夫と子どもたちが出かけるころを見計らい、朝の九時に電話をする。

「ソラヤ?」彼は言う。「デヴィッドだ。どうしている? 今度はいつ逢える?」

長い沈黙のあと、彼女はしゃべりだし、「どなたですか、わかりません」と言う。「家にまで嫌がらせをするなんて。ここには二度と電話してこないよう求めます、二度と」求めます。「願います」と言いたかったのだろう。彼女の金切り声にびっくりする。かつての優しさは微塵もない。しかし、雌ギツネの巣に、その子たちのいる家に押しいった肉食獣に、いったいなにを期待しろというのか?

彼は受話器を置く。いまだ見ぬ夫への嫉妬が、影のように目の前を行き過ぎていく。

2

木曜日の幕間なしには、一週間は砂漠のごとく平板である。漫然と日々があり、彼は身をもてあます。

大学図書館で過ごす時間がふえ、やたら広範なバイロンの交友関係について手当たりしだいに読み漁り、すでに分厚い二冊のファイルはいっぱいだが、そこへさらにメモを足していく。読書室で過ごす静かな遅い午後の時間を楽しみ、その後は散歩がてらの帰路を楽しむ。凛《りん》とした冬の風、湿ってきらめく街並み。

ある金曜の夕方、帰途わざわざ回り道をして、カレッジの古い果樹園を抜けていくと、先を行くクラスの学生のひとりに目がとまる。メラニー・アイザックス、ロマン派詩人の講義をとっている。とびきりの優等生でもないが、まったくの劣等生でもない。そこそこ頭は良いが、やる気がないのだ。

のんびり歩いている彼女に、彼はすぐさま追いつき、「やあ」と声をかける。

メラニーは会釈をしながら微笑みかえしてくる。シャイというより、いたずらっぽい笑《スライ》みだ。小柄で細身、短く刈った髪は黒く、中国的といってもいい広い頬骨、大きな黒い瞳。きまって人目をひく服装。今日は、藤色のミニスカートに辛子色のセーター、黒のタイツをはいている。ベルトに光る紛《まが》いのゴールドの飾りに、イヤリングのゴールドの珠がよく合う。

その姿に、少しばかりくらっとなる。いや、たいした事ではない。女漁りに心動かされぬまま、一学期は過ごせない。ここはケープタウンだ。美の、美貌の宝庫たる街。女はそういうことには敏感だ。欲望のまなざしの重みには。

目をつけられていることに、彼女は気づいているだろうか？　おそらくは。

先刻から雨が降りだしている。園路脇の水路から、ちょろちょろ水が流れだす。

「いまがいちばん好きな季節、一日のなかで好きな時間だ」彼は言う。「きみ、住まいはこのあたり？」

「あの道の向こうです。フラットにルームメイトと」

「ケープタウンの生まれなの？」

「いいえ、育ったのはジョージです」

「うちはすぐ近くなんだ。一杯飲んでいかないか？」

一瞬の慎重な間。

「ええ。でも、七時半までには帰っていないと」

ふたりは果樹園から、静かな居住地の袋小路に入っていく。この十二年間、彼が暮らしてきた場所だ。最初はロザリンドと、離婚してからはひとりで。

彼は防犯ロックつきの門をあけ、ドアの鍵をあけ、女子学生を部屋のなかに通す。明かりのスイッチを入れ、バッグをあずかる。彼女の髪に雨粒がついている。それをあけすけに好色な目で眺める。彼女は目を伏せ、先程とおなじく、誘いをかわしながらもコケティッシュな笑みをちらりと見せる。

キッチンで〝ミアルルスト〟のボトルを抜栓し、クラッカーとチーズを皿に盛る。部屋にもどると、彼女は本棚の前に立ち、首をかしげて本のタイトルを読んでいる。彼は音楽をかける。モーツァルトのクラリネット五重奏。

ワインと音楽。男と女が駆け引きを演ずるための儀式。儀式になんのわるいことがあろうか。気まずい路程を和《やわ》らげるのに考案されたもの。とはいえ、うちに連れこんだ娘は三十も年下であるばかりか、学生、自分の指導をうけている教え子だ。今日ふたりの間になにがあろうと、また顔を合わさねばならない。教師と学生として。その覚悟はできているのか？

「講座はおもしろい？」彼は訊く。

「ブレイクが好きなんです。〝魔法のかくてき〟なんかも」

「魔法の角笛《つのぶえ》だろう」

「ワーズワースはあまり好きじゃないですけど」

「そんなこと面と向かって言わないでくれよ。ワーズワースはわたしが師と仰ぐひとりだ」

それは事実だ。かの詩人の『序曲』の美しき調べは、記憶にあるかぎり、彼のなかで鳴り響きつづけている。

「講座が終わるころには、もっと良さがわかっているかもしれない。だんだん好きになります、きっと」

「かもしれないね。しかし、わたしの経験では、詩は初見で語りかけてくるかこないかだ。一閃の啓示、一閃の共感。いうなれば稲妻。恋に落ちるようなものだ」

恋に落ちるようなもの。今時の若者も〝恋に落ちる〟のだろうか？　それとも、いまや忘れ去られたメカニズムなのか、蒸気機関車のように古めかしく無駄な？　彼はそのへんとはもう無縁であり、時代後れの人間だ。ひょっとすると、恋なるものは一度すたれたもののの、何度もカムバックしているかもしれない。

「自分で詩を書くことは？」彼は訊ねる。

「高校時代はやりました。あまり上手くなかったけど。いまは時間がありません」

「なら、情熱は？　文学への情熱は？」

その聞き慣れないことばに、彼女は眉をひそめる。

「二年生のとき、アドリアンヌ・リッチとトニ・モリスンをやりました。それから、アリス・ウォーカーも。わたし、夢中になって読みました。でも、正確には情熱とは呼べません」

なるほど。情熱の女ではないのだな。婉曲に婉曲に、誘いを牽制しているのか？

「軽い食事でもつくろうか」彼は言う。「きみもどうだ？　いたって簡単なものだが」

彼女は訝しげな顔をする。

「さあ、どうした！」彼は言う。「うんと言いなさい」

「わかりました。でも、まず電話をしないと」

電話は思ったより長びく。キッチンにも聞こえてくる。ひそひそ声がし、間があき、またひそひそ声、間があく。

「将来はどんな仕事に就くつもりなの？」電話のあとで彼は訊く。

「舞台美術とデザインの仕事です。いま演劇学の卒業演習をとってます」

「なら、どうしてロマン派の詩の講座を？」

彼女は小鼻に皺をよせて考えこみ、「なんとなく雰囲気で選んだんです」と言う。「シェイクスピアの講座はもうとりたくなかったし。シェイクスピアは去年やったから」

彼が手早く作った食事は、ことばにたがわずシンプルだ。アンチョビのパスタにマッシュルームソースをかけたもの。マッシュルームの薄切りは彼女にやらせてやる。そのほかは、スツールに座り、彼が料理するのを眺めている。ふたりはダイニングルームで、二本めのワインをあけながら食事をする。彼女は思いきりよく食べる。旺盛な食欲だ、この細い体にしては。

「いつも自炊ですか？」彼女は訊く。

「独り暮らしだ。自分でしないと、誰もしてくれない」

「わたし、料理は大嫌い。きっと習わないとだめね」

「どうして？　料理が嫌いなら、してくれる男と結婚することだ」

ふたりは一緒になってその図を思い描く。大胆な服に華美な宝石をつけた若い妻が、もどかしげに鼻をくんくんさせながら、悠々と玄関から入ってくる。ぼやけた影でしかない〝未来の夫〟はエプロンをかけ、湯気のたつキッチンで鍋をかきまぜている。立場を逆転させれば、ブルジョワ・コメディにでもありそうな場面だ。

「さあ、これでお終《しま》いだ」とうとう皿が空《から》になると、彼は言う。「デザートはなし。リンゴかヨーグルトでよければあるが。すまないね――来客があるとは思わなかったから」

「おいしかった」彼女はグラスを飲み干すと、席を立ちながら言う。「ごちそうさまでした」

「まあ、まだ帰らなくても」彼は彼女の手をとり、ソファにいざなう。「見せたいものがある。踊りは好き？　自分で踊るのではなく、舞踏そのものは」と言って、デッキにビデオを挿《い》れる。「ノーマン・マクラレンという男のフィルムなんだが。かなり古い。図書館で見つけたんだよ。お気に召すかな」

ふたりはソファに並んでビデオを見る。飾り気のない舞台で、ふたりの踊り手がステップを踏みながら動く。ストロボ・カメラで録った画像には、ふたりが動くたびにゴーストが出て、背後で鳥の羽ばたきのように広がる。このフィルムは二十五年前に見たのが最初だが、いまもって心奪われる。消散するあの一瞬の現在と未来を、ひとつの空間にとらえた瞬間。

この娘も心奪われるよう、なんとか仕向けてみる。ところが、その気配はなさそうだ。フィルムが終わると、彼女は立ちあがって、部屋をうろうろ歩きまわる。ピアノの蓋をあけ、中央ハ音の鍵盤をたたき、「ピアノ、弾くの？」と訊く。

「少しばかり」

「クラシック、それともジャズ？」

「ジャズはやらないんだよ」

「なにか弾いてくれる？」

「いまは無理だ。練習していない。今度にしよう、おたがいもっとよく知りあってから」

彼女は彼の書斎をのぞきこみ、「見てもいい？」と言う。

「そこの明かりをつけて」

彼はまた音楽をかける。スカルラッティのソナタ。猫の音楽。

「バイロンの本がたくさんあるのね」書斎から出てきた彼女は言う。「お気に入りなの？」

「バイロンに関する本を書いている。イタリア時代のことを」

「若くして死んだんじゃなかった？」

「享年三十六歳。あのころの詩人はみな夭折《ようせつ》した。それとも、才能が涸渇するか。でなければ、気が狂って幽閉された。だが、バイロンが死んだのはイタリアではない。ギリシャだ。醜聞から逃れるためにイタリアへ行き、そこに定住した。腰を落ち着けたんだよ。そして、生涯最後の派手な恋愛沙汰をおこした。あのころ、イタリアはイギリス人がこぞって赴《おもむ》く地だった。イタリア人はまだ自然とふれあっていると信じこんでいたんだ。世の慣わしにあまり囚われず、情熱のままに生きていると」

彼女はまた部屋をひと巡りする。

「これは奥さん？」コーヒーテーブルの上の額装写真の前で立ちどまって訊く。

「母だ。若いころの写真だよ」

「結婚しているの？」

「していた。二度ほど。だが、いまはしていない」と言って、こうは言わない――いまは〝手近なもので間に合わせている〟こうも言わない――〝いまは娼婦たちで間に合わせているんだ〟「リキュールでもどうかな？」

　彼女はリキュールは断わるが、コーヒーにウィスキーを一滴たらすのは拒まない。それを飲む彼女のほうへ身を乗りだして頬にふれ、「なんて綺麗なんだ」と彼は言う。「あられもない事に誘いこんでしまおう」そう言って、また頬にふれる。「泊まっていきなさい。今夜は一緒に過ごそう」

　カップの縁ごしに、彼女は彼を凝視する。「なぜ？」

「そうすべきだからだ」

「なぜ、すべきなの？」

「なぜかって？　女の美は当人だけのものではない。この世にもお裾《すそ》分けがなくては。美を分かちあう義務がある」

　その手はまだ頬に触れている。彼女は身をひかないが、身をまかせもしない。

「じゃ、わたしがそれをすでに分かちあっているとしたら？」かすかに息を切らしたような声。求愛されれば、きまって血が騒ぐ。昂揚し、心地よい。

「なら、もっと広く分かちあうことだ」

　口説き文句。口説くという行為と同時に生まれたもの。しかし、この瞬間にかぎっては、その効力を信じよう。きみは自分だけのものではない。美女はわが身を独り占めできない。

「いと美しきものに、われわれは繁殖を望む」彼は言う（シェイクスピアのソネットの引用）。「そうして麗人の薔薇が絶えぬよう」

まずい一手だった。彼女の笑顔から、いたずらっぽい快活な表情が消える。気高い五歩格の〝詩〟も、かつては蛇の口説き文句のすばらしい潤滑油になっていたその韻律も、いまやしっくりこない。彼は一教師に、本の虫に、秘蔵文化の護り主に逆戻りする。彼女はカップを置く。「もう帰らなくちゃ。約束があるから」

雲は晴れ、星がまたたいている。「清《さや》けき夜だな」彼は庭の門の鍵をあけながら言う。彼女は顔をあげない。「家まで送っていこうか？」

「いいえ」

「それなら、それで。おやすみ」彼は手を差しのべて、彼女を抱擁する。一瞬、その小さな胸のふくらみを感じる。すぐに彼女は抱擁の腕を滑り抜けて、行ってしまう。

3

ここで止《や》めておくべきなのだ。ところが、彼は止めない。日曜の朝になると、ひとけの無いキャンパスに車を走らせ、学部の事務室に入っていく。ファイル・キャビネットから、メラニー・アイザックスの学籍カードを抜きだし、個人データをコピーする。実家の住所、ケープタウンの住所、電話番号。

彼はその番号をダイヤルする。女の声が応える。

「メラニー？」

「呼んできます。どなた？」

「デヴィッド・ラウリーだと伝えてくれ」

メラニーとメロディー。俗な押韻。彼女にはふさわしくない名前だ。アクセントの位置を変えてみるか。メラーニ。一転して悪い女。

「もしもし？」

そのひと言に、彼女の不安のすべてが聞こえる。まだあまりに幼い。こちらとどう接していいか、わからないのだろう。やはり、逃がしてやるべきか。ところが、心はもうなにかに捕らえられている。麗人の薔薇。あの詩が矢のようにまっすぐ飛んでくる。彼女は自分だけのものではない。なら、このわたしも自分ひとりのものではないのか。

「外でランチでもどうかと思ってね」彼は言う。「車で迎えにいこう、そうだな、十二時に」

適当な嘘をついて誘いを振りきる時間はまだある。ところが、彼女は面食らうあまり、その瞬間をのがしてしまう。

到着してみると、彼女はフラットからブロックひとつ離れた歩道で待っている。黒のタイツに黒のセーター。その腰は十二歳の少女のように細い。

その彼女を湾岸沿いの〈ホウト・ベイ〉に連れていく。ドライヴのあいだ、なんとか和《なご》ませようとする。他の講座のことを訊いてみる。すると、ある劇の役をやっているという。学位をとるにはそれも必修らしい。舞台稽古にひどく時間をとられるという。

レストランに着いても彼女は食欲がわかず、鬱《ふさ》いだ顔で外の海を眺めている。

「どうしたんだ？　話してごらん？」

彼女は首を横に振る。

「ふたりの関係を心配しているのか？」

「そうかも」彼女は言う。

「なら、心配いらない。気をつけるよ。行きすぎないようにしよう」

行きすぎる。この手の話で、〝行く〟だの〝行きすぎる〟だの、なんのことだ？　彼女の行きすぎと、こちらの行きすぎは、果たしておなじなのか？

雨が降りはじめていた。茫《ぼう》とした湾の海が幾重にもうねりながら波立つ。

「もう出ようか？」彼は言う。

そして彼女を家に連れ帰る。窓ガラスに打ちつける雨の音を聞きながら、リビングルームの床で彼女を抱く。その体は澄みきって単純で、それ相応に完成されている。終始、受け身に徹しているが、彼はその行為が気持ちよく、彼は歓びのあまり、絶頂の瞬間から頭のなかが真っ白になる。

気づいてみると、雨は止んでいる。彼の下になった彼女は、目を閉じて両手を頭の上にだらんと置き、うっすら顔をしかめている。彼の両手は彼女の粗いニットのセーターの下に差しいれられ、両の胸に触れている。タイツとパンティがひとかたまりになって床に落ちている。一方、彼のズボンは踝《くるぶし》まで下げたまま。まるで嵐の後だな、と彼は思う。ジョージ・グロッスの風刺漫画そのものだ。

彼女は顔をそむけながら体を離し、衣類をかき集めて部屋を出ていく。しばらくのち、服を着てもどってくると、「もう帰らないと」と小さな声で言う。彼は引きとめようとはしない。

翌朝はとてつもない幸福感に包まれて目覚め、その感じは余韻を残す。メラニーは講義を欠席する。彼は自分の教員室から花屋に電話する。薔薇ですか？　いや、薔薇はよそう。そう言って、カーネーションを注文する。

「赤、それとも白を？」女店員が訊く。赤か？　白か？

「ピンクを十二本送ってくれ」彼が言うと、

「ピンクはいま十二本用意できません。まぜて送りましょうか？」

「まぜて送ってくれ」彼は言う。

雨は火曜日いっぱい降る。西から流されてきた雲が街の空に重くたれこめている。その日の夕方、コミュニケーション学部の校舎ロビーを通るおり、土砂降りが止むのをドアロで待つ学生の一群のなかに、彼女の姿をそっと見つける。後ろから近づいていき、肩に手を置いて、「ここで待ってなさい」と言う。「家まで車で送ろう」

そう言って、傘を手にもどる。広場を抜けて駐車場へ向かうあいだ、彼女を濡らすまいと近くに引きよせる。突風が吹き、傘が裏返る。ふたりは無様な恰好でともに車へ走る。

彼女はすべすべした黄色のレインコートを着ている。車に乗りこむと、そのフードを脱ぐ。顔が紅潮している。動悸にあえぐ胸に彼の目がいく。彼女は上唇についた雨粒を舌で舐めとる。まるで子どもじゃないか！　彼は思う。まだほんの子どもなんだ！　おれはなにをしている？　と思いつつも、胸には欲望が彷徨《うろつ》く。

車は午後の大渋滞のなかを抜けていく。

「きのうは会えずに寂しかった」彼は言う。「元気にしていた？」

彼女はワイパーを見つめたまま答えない。

赤信号で停まると、彼は冷えきった彼女の手をとる。「メラニー！」努めて明るい声で言う。ところが、いまや言い寄りかたを忘れている。彼の出した声は恋人というより、子どもをなだめる親のそれだ。

彼女のフラットの前に車を寄せる。

「ありがとう」車のドアを開けながら彼女が言う。

「部屋には入れてくれないの？」

「ルームメイトがいると思うから」

「なら、今夜は？」

「今夜は舞台稽古があるの」

「だったら、今度はいつ会える？」

彼女は答えない。「ありがとう」と繰り返し、滑るように降りていく。

水曜日の講義では、いつもの席に彼女の姿がある。今日もひきつづきアルプスをゆく詩人ワーズワースを読む。『序曲』の第六巻。

「土露わな尾根より」と彼は朗読を始める。

　われらはモンブランの雪戴かぬ頂きをも初めて望み
　魂欠く姿を目にしたことを悔いぬ
　その像は生きた想いを蚕食《さんしょく》し
　亡きものにせり

（「ケンブリッジとアルプス山脈」より）

「さて。銀嶺モンブランが一転、幻滅の対象となったわけだ。なぜだろう？　手始めに、普段あまり使わない〝蚕食〟から見ていこう。辞書をひいてみた人は？」

　沈黙。

「辞書をひいてみれば、それが〝冒す〟〝侵害する〟という意味だとわかったはずだ。〝蚕〟は蚕が桑を食べるように奪い尽くすという意味で、完結を強調している。〝奪い尽くす〟は、奪うという行為を徹底したものだろう。

〝雲が晴れた〟とワーズワースは書く。〝その頂きにヴェールなく、目にしたわれらを嘆かせぬ〟アルプスを訪れた旅行者にしては、妙な反応じゃないか。なぜ嘆く？　なぜなら、魂を欠いた姿、目にとびこんできたたんなる山の図が、これまで抱いていた想いを冒したからだ、そう詩人は言っている。その〝想い〟とはなんだったのだろう?」

またしても沈黙。彼がいくら呼びかけようと、教室の空気は紙っぺらのように手応えがない。ひとりの男が山を眺めている。それだけのことで、なぜこうも複雑になってしまうのか? 学生たちはそう文句を言いたいのだろう。そんな彼らにどんな答えを与えてやれる? 初めての晩、メラニーにも言ったじゃないか? 一閃の啓示がなければなにも始まらない、と。この部屋のどこに、啓示の閃きがある?

彼はメラニーをすばやく一瞥する。彼女は頭をたれ、テキストを読むのに余念がない、少なくともそう見える。

「おなじ語がまた数行あとに出てくる。〝蚕食〟はアルプス連作のかなり深いテーマのひとつだ。思考の重要な原型、純粋なイデアが、気づいてみると、たんなる知覚イメージに侵食されている。

しかし、俗な知覚体験から逃れて純粋概念の世界で日々暮らしていく、そんなことは人間には無理だ。現実からの猛攻撃を防いで想像力を純粋にたもつなど、どうしたらできるだろう? いや、そうではなく、質問はこうすべきなのだ。現実と想像力のふたつが共存できる道は見つかるのか?

では、五九九行を見て。ワーズワースは感覚認識の限界について書いている。これは前にもとりあげたテーマだね。感覚器官は力の限界にいきつくと、灯りが消えはじめる。だが、消える刹那《せつな》、その灯りはキャンドルの火のように、最後にもう一度勢いよく燃えあがり、見えないものを垣間見せてくれる、と。このくだりは難解だ。先のモンブランの瞬間と矛盾さえするかもしれない。それでもワーズワースはバランスをとろうと、手探りで進んでいくようだ。向から先は、雲に包まれた純粋概念でもなく、網膜に焼きついた図でもなく――それは、現実の無味乾燥な明かりでわたしたちを愕然とさせ幻滅させるが――知覚イメージだ、できるだけ儚《はかな》いままの。記憶の土壌の奥底に埋もれた観念を刺激し活性化するための手段として」

彼は間をおく。ぽかんとした学生たちの顔。行きすぎたのだ、しかも速すぎた。この子たちをどうやって引きつける？ 彼女はどうやって引きつける？

「恋するのとおなじだ」彼は言う。「もし目が見えなかったら、そもそも恋に落ちることもまずない。しかし、だからといって、視覚器官の冷徹な光のなかで、愛する人のことを見たいと本気で思うかね？ 視線にはヴェールをかけておくほうが身のためではないのかな。女性を女神のような原型の姿でとどめておくために」

ワーズワースの詩には無いような話だが、少なくとも学生たちは目を覚ます。原型だって？ 彼らはつぶやく。女神だって？ こいつ、なにをしゃべっているんだ？ このおやじに愛のなにがわかる？

押しよせる波のように、記憶が甦る。リビングの床で、セーターをまくりあげ、形のいい、なんとも申し分のない、小さな胸を露わにしたあの時。彼女が初めて顔をあげる。彼と目が合ったとたん、一瞬にしてすべてを察する。戸惑って、また目を伏せる。

「ワーズワースはアルプス山脈のことを書いている」彼は言う。「この国にアルプス山脈はないが、ドラケンスバーグ山脈や、もっと小さいものならテーブルマウンテンもある。わたしたちは詩人たちの足跡をたどり、そんな啓示の瞬間を求めて山に登る。伝え聞いてきたワーズワース的瞬間を求めて」いまや彼は取り繕うためだけにしゃべっている。「ところが、そんな瞬間はやってこないのだ。自分の内に抱えた想念の偉大なる原型に目を向けかけた時でないかぎり」

ああ、もうたくさんだ！　自分の声音にうんざりし、密かにこんな睦言《むつごと》を聞かされる彼女も可哀想になった。授業をお終いにするが、すぐには帰らず彼女と話すチャンスを狙う。ところが、彼女は学生の群れに交じってどやどやと出ていってしまう。

ほんの一週間前、彼女はクラスにいる美人のひとりにすぎなかった。それがいまでは、人生の大きな存在となっている。息づくような存在に。


学生会館の講堂は真っ暗だ。気づかれずに後ろの席につく。用務員の制服を着た頭の禿げかかった男が、何列か前に座っている。それ以外、観客は彼だけだ。

『グローブ・サロンの夕暮れ』というのが、稽古中の芝居の題名だ。ヨハネスブルグのヒルブロウにある美容院を舞台にした、新生南アフリカの喜劇である。舞台の上では、わざとらしいほどゲイらしいゲイの美容師が、二人の客を相手にしている。ひとりは黒人、ひとりは白人。隠語のような会話が三人のあいだを飛び交う。ジョークや悪態。まずもって大切なのはカタルシスらしい。低レベルの古い偏見を白日のもとにさらし、大爆笑のうちに洗い流す。

四人めが舞台に登場する。厚底の靴をはき、細く編んだ下げ髪を波うたせている。

「あら、アンタ、座ってちょうだい。すぐにとりかかるわ」美容師が言う。

「仕事を探しにきたんです」女は言う。「ここの求人広告を見て」そのアクセントは紛れもないケープ州のそれだ。メラニー。

「あン、だったら箒《ほうき》を手にして働きなさいョ」美容師は言う。

女は箒を手にとると、床を掃きながらセットのなかをよろよろ歩きまわる。箒が電気コードに引っかかる。ここで照明がピカッと光り、悲鳴とドタバタが続くはずだった。装置との連動がどこかで狂った。女演出家が大股で舞台に出てくる。彼女の後ろで、黒革の服を着た若い男が、壁面のソケットをいじりだす。「もっと小気味よく」演出家が言う。「もっとマルクス・ブラザーズっぽい雰囲気で」そう言うと、メラニーのほうを向く。「おわかり?」メラニーはうなずく。

何列か前にいた用務員が立ちあがり、深いため息をついて講堂を出ていく。ここで、いっしょに出るべきだ。暗がりで若い女を盗み見するとは、みっともない（思わず〝猟色〟という語が浮かぶ）。しかし、老人たちも――自分もそろそろ彼らの仲間入りかと思うが――染みのついたレインコートに欠けた入れ歯、毛のはえた耳穴という風体《ふうてい》の浮浪者、ホームレスたちも、かつてはみな、まっすぐな肢体とよく見える目をもつ神の子だったのだ。責められようか？　感覚という愉しき宴の場で、自分の席に最後までしがみついていても。

舞台で演技が再開される。メラニーは箒をはく。バンという音、閃光、怯えた悲鳴。「あたしのせいじゃないわ」メラニーが不満声で言う。「やんなっちゃう、なんでいっつもあたしのせいにされなきゃいけないの？」

静かに彼は立ちあがり、用務員につづいて夜の闇のなかへ出ていく。

翌日の午後四時、彼はメラニーのフラットの前にいる。ドアを開けた彼女は、皺になったTシャツにサイクリング・ショーツをはき、漫画に出てくるようなリスの形をした内履きをはいている。幼稚で悪趣味な、と彼は感じる。

前もって連絡はいれておかなかった。彼女は虚をつかれ、襲いかかる侵入者に抵抗できない。両腕に抱くと、その体は力が抜けて操り人形のようになる。デリケートな耳の奥に棒でも突っこまれたように、言葉が重く響いているのだろう。「いまは、だめ、いまは！」と言ってもがく。「いとこが帰ってくるから！」

ところが、なにを言われても彼は止まらない。メラニーを寝室へ抱いていき、馬鹿げた内履きをはぎとると、彼女の掻きたてる劣情に驚きながら、その足にキスをする。あの舞台の幻影に煽《あお》られているらしい。かつら。腰を振りながらの、はすっぱな会話。屈折した愛情だ！　とはいえ、愛のアフロディーテ、泡立つ波の女神がうち震えているのだから、愛にはちがいない。

彼女は抗《あらが》わない。逸《そ》らすことが精々だ。唇を逸らし、目を逸らす。彼にベッドに寝かされ、服を脱がされるままになる。それどころか、腕、腰と持ちあげ、すすんで脱がされる。その体に冷たいものが走って小刻みに震える。裸になったとたん、穴掘りモグラのように、キルトカバーの下に滑りこみ、彼に背を向ける。

レイプではない、そこまでの事ではないが、それでも不本意、あくまで不本意な事だ。とはいえ、彼女はされるままになり、事のあいだ自分を殺すことにする。首にキツネの牙がせまっているウサギのように。そうすれば、すべては、いうなれば、遠いところで済まされるだろう。

「ポーリーンがいつもどるかわからない」事が済むと彼女は言う。「お願いだから、もう帰って」

彼は素直に従うが、車に乗りこむや、強烈な失意と倦怠《けんたい》を感じ、ハンドルにつっぷしたまま動けなくなる。

なんてへまを。とんでもないへまを。この瞬間にも、彼女は、メラニーは、いまのことを、おれのことを洗い流そうとしているにちがいない。浴槽に水をため、夢遊病者のように目を閉じてなかへ入っていく姿が目に浮かぶ。かくいう自分も、うちの風呂にもぐりこみたい。

大根足にお堅いスーツを着た女が目の前を行きすぎ、メラニーのフラットのある区画へと歩いていく。これがルームメイトでいとこのポーリーンなのか？　顰蹙《ひんしゅく》をかうのをメラニーがあんなにも恐れていた？　彼は体を起こすと、車を出す。


翌日、メラニーはまた授業を欠席する。中間テストの日だから、手痛い欠席だ。彼はあとで名簿に書きこむさい、彼女の欄には〝出席〟の印を入れ、七十点をつけてやる。ページのいちばん下に、自分の覚え書きを残す。「仮合格」七十点。気迷い人《びと》のつけた点数。良くも悪くもなし。

翌週いっぱい、彼女は近くに姿を現わさない。彼はおりおりに電話をするが、応答がない。そんな日曜日の真夜中、ドアの呼び鈴が鳴る。メラニーだ。頭のてっぺんから爪先まで黒に身を包み、小さな黒い毛織りの縁なし帽をかぶっている。緊張した顔つき。ここは怒鳴りちらしてひと騒ぎしてやろう、と彼は身構える。

騒ぎは起こらない。じっさい、気まずげにしているのは彼女のほうだ。「今夜はここで寝ていい？」と目を合わさずに小声で言う。

「ああ、もちろんだとも」彼の心は安堵感で充たされる。手を差しのべて彼女を抱擁し、いきなり固く抱きしめる。「入りなさい。お茶を淹れてあげよう」

「いいえ、お茶もなにも要らない。もうへとへと。横になれればいいの」

娘が使っていた部屋に寝床を用意すると、お寝《やす》みのキスをして、彼女をひとりにしてやる。半時間ほどしてもどってみると、服ひとつ脱がず死んだように眠っている。彼は靴を脱がし、上掛けをかけてやる。

翌朝の七時、朝一番の鳥が囀《さえず》りはじめるころ、寝室のドアをノックする。彼女は目を覚ましているが、横になったままシーツを顎《あご》まで引っぱりあげ、やつれた顔をしている。

「気分はどうだ？」彼は訊く。

彼女は肩をすくめる。

「なにかあったの？　話してごらん？」

彼女は押し黙ったまま首を振る。

その隣りに腰をおろし、彼女を引きよせる。すると、腕のなかで痛ましくすすり泣きだす。そんな状況にもかかわらず、彼は催《もよお》してくる。「泣かないで」と囁いて、なだめようとする。「嫌なことがあるなら話してごらん」もう少しでこう言いそうになる。「パパに話してごらん」

彼女は落ち着いて話そうとするが、鼻が詰まっている。彼はティッシュをとってきてやる。「しばらくここに泊めてくれる？」彼女は言う。

「ここに泊めてくれ？」彼はおずおずと反芻《はんすう》する。彼女はもう泣きやんでいるが、まだときおり陰気くさくしゃくりあげる。「それは名案かどうか」

名案かどうかなど、彼女は答えない。答えずに、体をいっそう彼に押しつける。彼は腹にその顔の温もりを感じる。上掛けが脇にすべり落ちる。タンクトップ形の下着とパンティしか身につけていない。

この瞬間、自分がなにをしているのか、この子はわかっているのか？

カレッジの果樹園で〝初手〟を打ったときには、短いちょっとした情事にするつもりだった。手っ取り早く始めて、手っ取り早くお終いにする。それがいまでは、複雑な事情を引きずったこの子が家にいる。どんなゲームをしようというのか？　その点は、けっして用心を怠るな。そもそも初手から用心すべきだったのであるが。

彼は隣りに横になる。なにが困るといって、メラニー・アイザックスに居候《いそうろう》を決めこまれるほど困ることはない。ところが、いまにかぎっては、想像するだにうっとりした。毎夜、彼女がここにいる。毎夜、ベッドにいる彼女の隣りにこうして滑りこみ、彼女のなかへ滑りこめるのだ。いつかは周囲にばれるだろう、きまってそうだ。ひそひそと噂が広まり、へたをすればスキャンダルになるかもしれない。しかし、だからどうした？　感じなくなる前に、感覚の炎は最後に燃えあがる。彼は上掛けをめくると、手を伸ばして彼女の胸、尻を撫でる。「ああ、泊まればいい」彼は口ごもりながら言う。「構わないとも」ふたつドアを隔てた彼の寝室で、目覚まし時計が鳴りだす。彼女はそっぽを向き、肩まで上掛けを引っぱりあげる。

「出かける時間だ」彼は言う。「授業が待っている。きみは寝なおすといい。午《ひる》にはもどるから、そのとき話そう」と彼女の髪を撫で、額にキスをする。愛人にか？　娘にか？　この子自身はどういう存在になるつもりなのか？　このおれに何をくれようというのか？

午にもどってみると、彼女は起きだしてキッチンテーブルの椅子に座り、トーストに蜂蜜をつけて食べ、紅茶を飲んでいる。すっかりくつろいでいる様子だ。

「ああ、だいぶ顔色もよくなったな」彼は言う。

「あなたが出かけたあと眠ったから」

「いったいどういう事なのか、もう話してくれるね？」

彼女は目を合わせようとせず、「いまは、いや」と言う。「もう出かけないと、遅刻だわ。今度、説明するから」

「その今度はいつなんだ？」

「今夜、稽古が終わったら。いいのかしら？」

「ああ」

彼女は立ちあがると、カップと皿を流しに持っていき（だが、洗いはせず）、彼のほうを振りむく。「本当にいいの？」

「ああ、いいよ」

「わたしが言いたかったのは芝居のこと。授業をずいぶん欠席したのはわかっているけど、稽古に時間をとられていて」

「わかっているよ。いまは舞台が優先だと言いたいんだろう。もっと早く話してくれれば、よかったのに。あすの授業には来るの？」

「ええ、かならず」

そう約束したものの、どうやら当てにならない約束である。彼は焦《じ》れて苛立つ。この娘、貰うものだけさんざん貰って逃げようとは、太々《ふてぶて》しい。たかる術を学んできたようだ。きっと今後はさらにたかられる。だが、彼女がどれだけ持ち逃げしようと、おれはその上をいくのだろう。太々しい態度だというなら、おれの行ないはそれに輪をかけて悪い。ふたりの関係において（ふたりに関係があるとして）、リードしてきたのは自分であり、彼女はついてきたにすぎない。それを肝に銘じておけ。

4

彼はかつての娘の部屋で、メラニーともう一度愛を交わす。初回とおなじぐらいすばらしい。彼女の体の動きをつかんできたようだ。彼女は覚えが早く、貪欲に経験したがる。この娘のなかに成熟した性欲を感じないとすれば、それはたんに彼女がまだ幼いからだろう。このときの事は記憶のなかでも際だっている。もっと体を密着させようと、片足を彼の腰にかけてきたのだ。かけた太股の内側の腱が締まると、歓びと欲望を強烈に感じた。誰にわかるだろう、と彼は思う。意外や意外、ここにも未来があるかもしれない。

「こういうこと、よくしてるの？」彼女は事後に訊く。

「こういうこと、というと？」

「学生と寝ること。アマンダと寝たことある？」

彼は答えない。アマンダはおなじ講座の学生で、ブロンドの髪は豊かとはいえない。彼としては、まるで興味がない。

「どうして離婚したの？」彼女は訊く。

「二度している。二度結婚し、二度離婚した」

「最初の奥さんはどうしたの？」

「長い話だ。またいつか話そう」

「写真もってる？」

「写真をとっておく趣味はない。女もとっておかない」

「わたしもとっておかないの？」

「ああ、そういうことだ」

彼女は起きあがると、衣類を拾いながら、いとも何気なく部屋を行き来する。まるで独りでいるかのように恥じらいもなく。彼の知った女たちは、服を着るにせよ脱ぐにせよ、もっと人目を気にする。とはいえ、そういう女たちはメラニーほど若くもなく、形のいい体もしていない。


その午後、教員室のドアにノックの音がし、見かけない若者がひとり入ってくる。勧めもしないのに椅子に座り、部屋をぐるっと一瞥し、本棚に感心したようにうなずく。

背が高く、細いけれど屈強そうな男だ。やぎ髭をうっすら生やし、イヤリングをひとつ着けている。黒革のジャケットに、黒革のズボン。おおかたの学生より年上に見える。見るからに厄介そうだ。

「そうか、あんたが教授さんか」男は言う。「デヴィッド教授。あんたのことはメラニーから聞いてる」

「たしかに、わたしだが。それで、なにを聞いたのかね？」

「あんたにやられたってさ」

長い沈黙が流れる。なるほど、と彼は思う。身から出た錆《さび》ってやつだ。思いつかない方がどうかしている。ああいう女は紐つきにきまっているじゃないか。

「きみは誰だ？」彼は言う。

訪問者はその質問を無視する。「自分が利口だと思っているんだろう」男はつづける。「女にもてる男だって。素行をかみさんに知られても、そんなにお利口に見えると思うか？」

「もう結構、用件はなんだ？」

「〝もう結構〟とは言わせないぜ」だんだん早口になり、脅しの気配がちらつく。「ひとの生活に入りこんでおいて出たくなったら出ようなんて、そんな真似できると思うな」男の黒目に光が躍る。男は身を乗りだし、両手で机をひと払いする。机上の書類が舞い散る。

彼は立ちあがる。「もう結構だ！　出ていきたまえ」

「出ていきたまえ、か！」男は口真似をする。「ああ、わかったよ」と席を立ち、ぶらぶらとドアへ向かう。「チップス先生、さようなら。でも、いまに見てろ！」と言って出ていく。

悪たれめ。彼は思う。あの娘、悪たれとつきあっているのか。おかげで、こっちまで悪たれとおつきあいだ！　胃がむかつく。

その夜、彼はメラニーを待って遅くまで起きているが、彼女はやってこない。その一方、通りに駐めた彼の車がめちゃくちゃにされる。タイヤはパンク、ドアロックには接着剤が注入され、フロントガラスには新聞紙が糊づけされ、塗装が傷だらけになっている。ロックは取り替えるはめになり、勘定は六百ラントにもなる。

「誰がやったか、心当たりは？」鍵屋が訊く。

「まったくないね」彼は素っ気なく答える。


この〝奇襲〟のあと、メラニーは距離をおくようになる。意外なことではない。彼のほうが恥じているなら、彼女もそうなのだろう。しかし、月曜日にはまた講義に姿を現わす。その隣りで椅子にふんぞり返り、両手をポケットにつっこみ、生意気な余裕を漂わせているのは、あの黒ずくめの男、彼女のボーイフレンドだ。

普段ならガヤガヤと学生の私語がたえない。それが今日は静まりかえっている。事の成り行きを学生たちが知っているとは思えないが、この闖入者を教師がどうあしらうか、興味津々で待っているにちがいない。

さて、じっさいどうしたものか？　車の一件ぐらいでは、まだまだ足りないらしい。分割払いでもっと請求が来るだろう。いま自分にできることは？　歯を食いしばってでも払うしかない。さもないと？

「バイロンの続きを読もう」彼はいきなりノートの内容に入り、「先週読んだように、悪評と醜聞はバイロンの生活を蝕《むしば》んだばかりか、詩作が大衆にどう受けいれられるか、そこにまで影響をおよぼした。バイロンは気づいてみれば、みずから創造した登場人物たちと一体化していたのだ。ハロルドやマンフレッドや、ドン・ジュアンとさえも」

醜聞。これが今日のテーマになろうとは散々な。とはいえ、ほかの話を即席でひねり出せる状況ではない。

彼はメラニーのことを盗み見る。いつもは筆記に余念がない。今日の彼女は痩せて疲れきった様子で、本の上に屈みこんでいる。思わず、心は彼女のもとへ向かう。可哀想な小鳥、と彼は思う。いつかはこの胸に抱いたというのに。

学生たちには、『ララ』を読んでくるよう言ってあった。彼のノートにも『ララ』についての覚え書きがしたためられている。この詩を避けて通るわけにはいかない。彼は朗読を始める。

この息づく世界にあって彼は余所者《よそ》

彼処《かしこ》より逐《お》われし過《あやま》つ魔物
昏《くら》き夢想の代物《しろもの》
夢想は好んで難を成し
逃れ得たのは
ひとえに運

「誰かこのくだりを解説してくれないか？ この〝過《あやま》つ魔物〟とは誰を指している？ なぜ彼は自分を〝代物〟と物扱いしているのだろう？ 彼はどんな世界から来たのか？」

学生の無知にも程度のばらつきがあるが、そんなことにも驚かなくなって久しい。神無き時代、伝統無き時代、文学無き時代だ、彼らがきのう卵から生まれたとしても不思議ではない。ならば、堕天使についてだの、バイロンがなにをその典拠にしたかだの、まさか知っていようとは思わない。せいぜい期待するのは、ひとわたり指してみて返ってくる無邪気な当て推量の数々、良くすれば、ここから正解に導けることもある。ところが、今日はひたすら沈黙に迎えられる。沈黙はしぶとく、真ん中に座る余所者をあからさまに取り巻いている。余所者がそこにいて耳を傾け、彼らを値踏みし嘲笑《あざわら》っているかぎり、学生はなにもしゃべらず、このゲームにも乗ってこないだろう。

「魔王《ルシファー》とは」と彼はつづける。「天国を逐《お》われた天使だ。天使たちがどう暮らしているのかはよく解らないが、酸素が要らないことは察しがつく。堕天使であるルシファーは、故郷では息をする必要がなかった。それが突如として天国を逐われ、われわれの住む未知の〝息づく世界〟に投げこまれた。〝過つ〟とは、好んで危うい道を生き、あまつさえ、みずから危険をつくりだすこと。先を読んでみよう」

黒革の男は一度もテキストに目を向けない。口元に微笑を浮かべて彼の話を聞いているが、その笑みには、ひょっとして困惑している節《ふし》があるのでは。

ときに彼は
他人《ひと》のためみずからを擲《なげう》つが
それは
憐れみでもなく
道義でもなく
奇妙な天《あま》の邪鬼《じゃく》の心から
その心は密かに驕《おご》って彼の肩を押し
余人のせぬことをさせり
誘惑の時
この衝動が彼を

おなじく罪へと導きぬ

「では、このルシファーとはどんな生き物なのか？」

いまごろは学生たちも、ふたりのあいだに、このわたしと男のあいだに走る電流のようなものに気づいているだろう。質問はあの男ひとりに向けて発せられている。眠り人が起こされたように、男がおもむろに答える。「そいつは感情のままに行動する。善悪なんか気にしない。やっちまうだけだ」

「そのとおり。善いことも悪いことも、ただ行なうのみ。道義ではなく衝動に従って行動し、その衝動の発露はといえば、昏《くら》い闇のなかで彼にもわからない。また先を何行か読んでみよう。〝狂気は頭ではなく心のもの〟狂った心。なんだろう、狂った心とは？」

質問のしすぎだ。あの若造は勘だけでさらに押し切ろうとするだろう、それはわかっている。バイクとこけおどしの服しか能がないと思ったら大間違いだ、そう言いたいのだ。きっとそういう態度に出てくる。狂心に囚われることのなんたるかを、うっすら悟っているのかもしれない。ところが、この教室で赤の他人を前にしては、言葉がどうしても出てこないようだ。男は首を振る。

「いや、解らなくてもいいんだ。この詩は、狂心をもった〝彼〟、生まれつき難点のある〝彼〟を咎《とが》めろと言っているのではない。その点に気をつけて。それどころか、理解し、共感をもてと呼びかけている。しかし、共感にも限界がある。なぜなら、〝彼〟はわれわれの社会に暮らしながら、われわれとは違う存在だからだ。〝彼〟は自身が呼びならわすとおり、〝物〟すなわち化け物なのだ。最後にバイロンはこう仄《ほの》めかす——〝彼〟を愛するのはどだい無理だ、愛をより深く人間らしい意味にとるならば。〝彼〟には孤独という裁きがおりるだろう、と」

学生たちはうつむき、彼の言葉をノートに書きつける。バイロン、ルシファー、カイン。どの名前も彼らにとってはおなじだ。

詩を最後まで読む。彼は『ドン・ジュアン』の第一篇を予習してくるように言って授業を早めに切りあげる。他の学生の頭ごしに彼女を呼ぶ。「メラニー、ちょっと話があるのだが？」

げっそり窶《やつ》れた顔で、彼女がそばに来る。ふたたび心は彼女のもとへ。ふたりきりなら、抱きしめて元気づけているところだ。愛しいおまえ、とでも呼んで。だが、そうもいかず、「わたしのオフィスへ行こうか？」と言う。

階段をあがって教員室へと彼女を連れていくが、後ろに彼氏がついてくる。「ここで待っていてくれ」彼は男に言うと、眼前でドアを閉める。

メラニーは彼の向かいに、うなだれて腰かける。

「メラニー、さぞ大変な思いをしているんだろう。それはわかっているから、これ以上ややこしい事にはしたくない。しかし、教師として、ひと言いっておく必要がある。わたしには学生たち全員にたいする責任があるんだ。きみの友だちがキャンパスの外でなにをしようと勝手だが、授業の邪魔はさせない。わたしがそう言っていたと伝えてくれ。

それから、きみ自身のことだが、今後はもっと学業に時間を割いてもらおう。授業にも、もっときちんと出席するように。受けそこねたテストは再試験だ」

彼女はきょとんとして、もっと言えば、呆然として、彼を見つめかえす。わたしを孤立させておいて。そう言いたげな顔つきだ。あなたの秘密を背負いこませたくせに。わたしはもう一学生じゃない。なのに、どうしてそんな口がきけるの？

やっと口をひらいた彼女の声はごく低く、聞きとれないほどだ。「テストなんて受けられない。あの範囲を読んでいないもの」

彼としても、本意は口にできない。少なくとも、体《てい》のいい言葉では。サインを送り、わかってくれるよう祈るしかない。「テストを受けるだけでいいんだ、メラニー、他の学生とおなじに。試験勉強をしていなくても構わない。大事なのは、テストをやりすごしてしまうことだ。日にちを決めよう。今度の月曜の昼休みはどうだね？　それなら、週末で読みこんでこられるだろう」

彼女は顎をキッと上げ、反抗的な目で彼を見る。意図が飲みこめていないのか、このチャンスを拒んでいるのか。

「月曜日、このわたしの部屋で」彼は繰り返す。

彼女は席を立ち、ショルダーバッグを肩にかける。

「メラニー、わたしには責任というものがあるんだ。せめて、形だけでもこなしてくれ。不必要に事態を悪化させるな」

責任。彼女はそれに答えず、責任という語を足蹴《あしげ》にする。


その晩、コンサートから車で帰る途中、赤信号で停まると、一台のバイクが車体を震動させながら斜め前に停まる。黒ずくめの二人を乗せたシルバーのドゥカティ。いくらふたりがヘルメットをかぶっていようと、誰かはわかる。バイクの後ろにまたがって、膝をひらき、大股をひらいているのは、メラニーだ。一瞬、震えるような疼《うず》きが走る。あの中にいたことを思う。バイクはすぐに勢いよく発進し、彼女を連れ去っていく。

5

彼女は月曜の再試験に現われない。しかし、メールボックスを見ると、公式の除籍届けが入っている。〈学籍番号77101SAM　ミズ・M・アイザックスは本日付けにて、ロマン派詩人講座の受講を辞めました〉

それから一時間も経たないうちに、部屋に電話が取り継がれる。「ラウリー教授ですか？　少しお話をする時間は？　アイザックスといいます、はい、ジョージからかけております。うちの娘が先生のクラスにいるでしょう、メラニーのことです」

「ああ」

「教授、力を貸してもらえませんか。娘は成績の良い子でしたが、急になにもかも辞めると言いだしまして。親としては大変なショックです」

「どういうことだか、ちょっと」

「学業を断念して職を見つけると言うんです。三年間も大学に通って、成績も優秀だというのに、卒業を前にして退学するなんて、勿体《もつたい》ないったらないでしょう。それでお願いなんですが、教授、娘と話して意見してもらえんでしょうか？」

「ご自身ではもうメラニーと話しました？　この決断の背景になにがあるかご存じですか？」

「週末いっぱい電話で話しました。母親もふくめて。でも、言いたいことがさっぱりわからんのです。いま稽古中の芝居にだいぶ入れこんでますから、たぶん、心身ともに疲れが溜まっているんじゃないかと。あの子はむかしから真剣になりすぎるんですよ、教授、そういう性分なんです。深くのめりこんでしまう。でも、先生が考えなおすよう説得すれば、聞くかもしれません。先生のことは、そりゃもう尊敬してますから。娘にこの三年間をふいにしてほしくないんです」

ほう、メラニー・メラーニ、あの〈オリエンタル・プラザ〉で買った安っぽいアクセサリーをつけた、ワーズワースの「ワ」の字も解らない彼女は、真剣になりやすい質《たち》なのか。それは夢にも思わなかった。まだほかに思いもよらない彼女の側面というと？

「だが、アイザックスさん、メラニーの説得役にわたしが相応《ふさわ》しいかどうか」

「相応しいですとも、教授！　申しあげたとおり、あの子はとにかく先生を尊敬してますから」

尊敬だって？　後れているよ、アイザックスさん。おたくの娘はもう何週間も前に、わたしへの敬意など失くしている。しかも、正当な理由あってのことだ。そう言うべきであっても、じっさいには、「考えてみよう、なにか力になれるかどうか」と言う。逃げおおせられるものか。電話を切ったあと、自分に言い聞かせる。遠くジョージにいる父アイザックスが、この会話を忘れるはずがない。嘘とごまかしだらけの会話を。「考えてみよう、なにか力になれるかどうか」なぜすっかり白状しない？　諸悪の根元はわたしなんだよ。そう言うべきだった。お嘆きの種がわたしである以上、なにか力になれることは？

メラニーのフラットに電話をすると、いとこのポーリーンが出る。メラニーは電話に出られない、と冷たい声で言う。

「どういう意味だ、〝電話に出られない〟とは？」

「あなたと話したくないってことよ」

「なら、伝えてくれ」彼は言う。「退学届けのことで話がある、早まってはいけないと伝えてくれ」

水曜日の授業は不首尾に終わる。金曜日はもっとわるい。出席者の数も少ない。やってくるのは、おとなしく御しやすく覇気のない学生ばかりだ。すなわち、答えはただひとつ。噂が広まったにちがいない。

学部室にいると、後ろから声が聞こえてくる。「ラウリー教授はどこにいる？」

「ここだが」彼はなにも考えずに答える。

質問の主は、小柄で痩せ形、猫背である。着ているブルーのスーツはだぶつき気味で、タバコの煙の臭いをさせている。

「ラウリー教授か？　こないだ電話で話した。アイザックスだ」

「ああ。はじめまして。わたしの部屋へ行こうか？」

「その必要はない」男は間をおき、ひとつ深く息をついて気を落ち着かせる。「教授」と、その語を妙に強調して切りだす。「あんたはえらく博学なのだろうが、したことは間違っている」また言葉を切って首を振る。「間違ってる」

ふたりの事務員は好奇心を隠そうともしない。部屋には学生たちもいる。闖入者が声高になる一方、ほかは静かになっていく。

「わたしらが子どもをあんたがたに預けるのは、信頼あってのことだ。大学を信頼できないというなら、誰を信頼できる？　娘を毒蛇の巣に送りこんでいるとは、まさか思わなかった。冗談じゃない、ラウリー教授、あんたは偉くて立派でいろいろ学位も持っているが、わたしがあんたならわが身を恥じるだろう、ああ、ちがいない。こっちの誤解だというなら、訂正のチャンスはいまだが、誤解とは思わん。あんたのその顔を見るかぎり」

たしかにチャンスはチャンスだ。しゃべりたいやつにはしゃべらせておけ。ところが、耳元で脈が打ち、いっかな言葉が出てこない。毒蛇。それをどう否定できよう？

「すまないが」と彼は掠《かす》れ声で言う。「授業に行かなくては」木彫りの人形のようにぎくしゃくと背を向けて、部屋を出ていく。

廊下の人混みをわけて、アイザックスがついてくる。「教授！　ラウリー教授！」と大声で呼ばわる。「そんなふうに易々《やすやす》と逃げられてたまるか。まだ話は終わっちゃいないんだ、最後まで聞かせてやろう！」

騒ぎはこうして始まる。翌朝、驚くべき速さで、副総長から〈学生に関する連絡〉と記されたメモがじきじきに届く。当学の行動規定第三条第一項に基づき貴殿に訴えが出されている、という通告だ。なるべく敏速に副総長の部屋に連絡されたし。

通告は〃親展〃と記された封筒に入って届いたが、締めくくりに行動規定のコピーが付けられていた。第三条は、人種、民族、宗教、性等の別、性的嗜好、身体障害にたいする虐待・嫌がらせについて規定しており、第三条第一項は、学生にたいする教師の虐待・嫌がらせについての記述である。

ふたつめの書類は査問委員会の成り立ちと権限について詳述している。胸騒ぎに鼓動を速めながら読みすすむ。半分がた読んだところで、集中力がとぎれる。立ちあがり、部屋のドアに鍵をかけ、書類を手に腰をおろし、どんな経緯があったのか考えてみる。

メラニーが自力でこんな手段に出るはずがない。それには確信がある。そんなことをするにはあまりに世間知らずであり、自分の権限などには思いおよばない。だぶだぶのスーツを着たあの小男が裏で操っているにちがいない。あの男と、いとこのポーリーンだろう。例の不美人のお節介嬢。きっとふたりが彼女に吹きこんで丸めこみ、ついには学校側に訴えに行かせたのだ。

「訴えを提出します」などと三人で言ったのだろう。

「訴えというと？　どんな訴えです？」

「プライベートなことで」

「嫌がらせです」メラニーがもじもじしているうちに、いとこのポーリーンが横から口を出す。「ある教授の」

「では、これこれの部屋に行ってください」

これこれの部屋に行くと、あのアイザックスは一段と強気になる。「おたくの教授のひとりを訴える」

「よくよく考えましたか？　本気で訴えるつもりですか？」担当者たちは手順に従ってそう対応するだろう。

「ああ、よく承知したうえでのことだ」アイザックスは、異論があるなら言ってみろという目で、娘を一瞥する。

提出用の用紙がある。それが三人の目の前に差しだされる。ペンとともに。手がペンをとりあげる。彼が口づけた手、よく知りつくした手。最初は原告の名前。メラニー・アイザックス、と丁寧なブロック体で。手はためらいがちにチェック欄の列を下へたどって、目的の項を探す。「ほら、そこだ」ニコチンのしみついた父親の指が指す。手は動きをゆるめて止まり、〝×〟すなわち正義の印をつける。〈告発〉の項に。つぎは被疑者の名前を書きこむ欄だ。デヴィッド・ラウリー、とその手は書く。教授、と。最後、ページのいちばん下に、日付と署名。アラベスク風のM、上で宙返りする部分が太くなった1、下に向かって裂けるようなI、飾り文字風の最後のs。

書類手続きが完了する。ページに並んだ名前がふたつ。彼と彼女の名が隣り合わせに。ベッドは共にすれど、恋人たちではもはや無く、敵同士として。

副総長の部屋に電話をいれると、夕方の五時、授業時間外に呼びつけられる。五時、彼は廊下で待っている。若く身なりのよいアラム・ハキムが中から現われ、彼を部屋に通す。部屋には、すでに二人の人物がいる。イレーン・ウィンター、コミュニケーション学部の学部長。社会学のファロディア・ラッソール、彼女は全学の差別問題委員会の会長を務めている。

「もう遅い時間です、デヴィッド。わたしたちは集まった訳も承知している」ハキムがそう切りだす。「なら、単刀直入にいきましょう。この問題とはいかに取り組むのが最善か？」

「まずは、その訴えの内容を教えてくれ」

「いいでしょう。いま問題になっているのは、ミズ・メラニー・アイザックスの提出した訴え。それから」と、イレーン・ウィンターの顔をちらりと見て、「前々からあった違反行為について。ミズ・アイザックスはこれに関係しているようですが。イレーン？」

イレーン・ウィンターが呼びかけに応える。もともとデヴィッド・ラウリーは虫が好かないのだ。彼を過去の遺物のように思っている。早く片づけるに越したことはない。「ミズ・アイザックスの出欠記録に疑問があります、デヴィッド。彼女によれば、わたしは本人と電話で話しましたが、先月は講義に二度しか出席していないそうです。それが本当なら、記録されているはずですね。また、中間テストも受けそこねたとか。ところが」と目の前のファイルに視線をなげる。「あなたの出欠簿によれば、彼女は一度も欠席がなく、中間テストには七十点がつけられています」イレーンは彼を疑いの眼《まなこ》で見る。「ならば、メラニー・アイザックスという学生が二人いないかぎり……」

「いや、一人だけだ」彼は言う。「申し開きの余地がない」

ハキムがそつなく割って入る。「おふたりとも、いまこの場では、あまり深い問題に踏みこまなくていいでしょう。まず、われわれがすべきは」と今度はあとの二人のほうを見て、「手順を明確にすることだ。言うまでもありませんが、デヴィッド、この問題は極秘裡に扱われる。その点は保証します。あなたの名に傷がつくことはないし、それはミズ・

アイザックスも同様だ。近々、委員会が設置される。その役割は、懲戒手段を行使する根拠があるのかどうか見極めること。あなた、およびあなたの法的代理人には、委員会の構成に異議を申し立てる機会があたえられる。査問会は内密にひらかれます。そのあいだ、当学の総長に委員会が勧告を出し、総長がそれを受理するまでは、すべていままでどおりです。しかし、ミズ・アイザックスはすでにあなたの講座を正式に辞めているから、今後はいっさいの連絡を控えていただく。なにか言い忘れたことはないでしょうか、ファロディア、イレーン？」

唇を固く引き結び、ドクター・ラッソールが首を横に振る。

「きまってややこしい事になるんです、このハラスメント問題というのは、デヴィッド。不運なばかりかややこしい。しかし、われわれの手順は公明正大であると信じていますから、一歩ずつ進めていきましょう。ルールどおりにプレイする。わたしからひとつ提案すると、手順をよく把握しておき、専門家のアドバイスをもらうことです」

彼が答えようとすると、ハキムは手を挙げて制し、「ひと晩寝て考えたらいかがです、デヴィッド」と言う。

いや、もうたくさんだ。「あれこれ命令するな。子どもじゃあるまいし」

彼はそう言うと、憤然として部屋を出ていく。ところが、校舎の出入口は鍵が閉まっており、管理人はすでに帰宅している。裏口も鍵が閉まっている。けっきょくはハキムに開けてもらう羽目になる。

外は雨が降っている。「一緒にどうぞ」ハキムが傘を差しかけて言う。車に着くと、

「わたし個人としては、デヴィッド、おおいに同情していますよ。本当に。こういう問題は泥沼化しやすい」

ハキムとは長年のつきあいだった。テニスをやっていたころは、よく一緒にプレイしたものだが、いまは男同士でうちとける気分ではない。彼は苛立たしげに肩をすくめ、車に乗りこむ。

この件は内密に扱われるというが、ひとの噂という点では、当然そのかぎりではない。でなければ、なぜ教員控え室に入っていったとたん、おしゃべりが止んでしんと静まりかえる？　これまできわめて良好な関係にあった年下の女性の同僚が、なぜ急にカップをおいて席を立ち、こちらを見向きもせず素通りしていくのか？　ボードレールの第一回の講義に、なぜ二人の学生しか現われないのか？

彼は思う。ゴシップの水車は、昼夜をわかたずまわり噂という粉を碾《ひ》く。〝道徳団体〟があちこちの隅で、電話を通じて、閉じたドアの向こうで、会議をひらく。さも楽しげな囁き。他人の不幸は蜜《シャーデンフロイデ》の味。判決が先にくだり、審理は後から。

コミュニケーション学部の廊下を歩く彼は、努めて顔をしゃんとあげる。

離婚のとき世話になった弁護士に電話をする。「まず話を整理しましょう」弁護士は言

う。「その申し立ての真偽のほどは？」

「真と言っていいだろう。その女子学生と関係をもっていた」

「軽いものではなく？」

「そうだと言ったら、事態は好転するのか、悪化するのか？　ある年齢をすぎれば、情事はどれも軽くはすまないだろう。心臓発作とおなじで」

「なるほど、では助言しますが、戦略として代理人には女を選ぶことです」そう言って弁護士は二人の名前を挙げる。「なるべく内々での示談にもっていく。あなたはいくつか仕事をこなして一時休暇をとり、その代わり、大学側はその女子学生と家族を説得して、訴えをとりさげさせる。うまくいって、そこ止まりです。イエロー・カードを受けとることですな。痛手を最小限にとどめ、スキャンダルが過ぎ去るのを待つ」

「仕事というと、どんな？」

「感受性訓練だとか、地域の奉仕活動だとか、カウンセリングだとか。なんでもいいから折り合いのつくものを」

「カウンセリングだって？　わたしにカウンセリングが必要だと？」

「誤解なさらないように。むこうの出してくる選択肢にはカウンセリングもあるかもしれない、と言っているだけです」

「わたしを治すためか？　治療するためか？　〝不適合な〟欲望を治療するためか？」

弁護士は肩をすくめた。「まあ、なんでも構いませんが」

キャンパスは、レイプ撲滅週間の真っ最中だ。反レイプ女性連合、略してWARは、〝最近の犠牲者たち〟にたいし、一致団結した二十四時間体制の監視保護を行なうと宣言。彼の部屋のドアの下から、パンフレットが差しいれられる。〝女性は発言する〟ページのいちばん下に鉛筆で殴り書きのメッセージが。〝おまえの時代は終わりだ、カサノヴァ〟

彼は前妻のロザリンドと夕食をともにする。別れて八年になるが、ふたりは慎重に少しずつ、友人に——友人のようなものに戻りつつある。かつての戦友のようなものだ。ロザリンドがいまもそばに暮らしているだけで安心する。彼女のほうも、おなじように感じているだろう。最悪の事態におちいっても頼れる相手。バスルームですっ転ぶとか、血便が出るとか。

ふたりはルーシーのことを話す。彼が初婚でなしたひと粒種で、いまは東ケープ州の農園に暮らしている。「近々会いにいってみるか」彼は言う。「旅でもしようかと思ってね」

「学期の最中に？」

「学期も、もうすぐ終わる。あと二週間やりすごせば、お終いだ」

「これは、いまあなたが抱えている問題と関係があるの？　聞いたところによると、困ったことになっているそうね」

「そんなこと、どこで聞いた？」

「ひとの噂よ、デヴィッド。あなたの最近の恋愛沙汰を知らない人はいないわ。それはもう色っぽいことまで微にいり細にいり。もみ消そうなんて誰も思っていない、あなた以外はね。どれほどお馬鹿さんに見えるか、申しあげても構わない？」

「いや、よしてくれ」

「どのみち言わせてもらうわ。馬鹿なうえに、みっともない。あなたがセックスの処理をどうしているのか知らないけど、知りたくもないけど、このやり方は違うんじゃないの。あなたはもう──五十二？　そんな歳の男とベッドをともにして若い子が歓ぶとでも思うの？　女の子が眺めて楽しんでいるとでも思う、あなたの、その……最中を？　そういうこと、考えたことはあるの？」

言葉がない。

「わたしの同情は期待しないことね、デヴィッド。世間の同情も。同情も憐れみもあったものじゃないわ、いまのこの時代では。誰もかれもがあなたの敵にまわる、当たり前でしょう？　まったく、どうしてこんなことが……」

むかしの口調が顔をのぞかせている。結婚生活の終わりごろよく聞いた声。カッとなってのお咎め。ロザリンドのほうも、気づいているにちがいない。それにしても、鋭いことを言う。たしかに若い娘には、じいさんの悶絶する光景から目を保護する権利がある。そのために娼婦がいるんじゃないか、要は。醜い生き物の恍惚に我慢してつきあってやるために。

「ともかく」とロザリンドはつづける。「ルーシーに会いにいくのね」

「ああ、査問がすんだら辞職して、あの子のもとで過ごすつもりだ」

「査問ですって？」

「来週、査問会がひらかれる」

「ずいぶん早速《さっそく》ね。それで、ルーシーに会いにいったあとは？」

「さて、どうするか。大学への復職が許されるかわからない。自分でもしたいと思うかどうか」

ロザリンドは首を振る。「あきれた成れの果てね、そうは思わないの？　その娘から得たものが代償に見あっているか、それは訊かないことにするわ。これからの時間、どうやって過ごすつもり？　恩給はどうするの？」

「そういうことは追々、折り合いをつける。大学だって、一銭もなしでは放りだせないだろう」

「そうかしら？　あまり高《たか》を括《くく》らないことね。その子はいくつなの――あなたの愛しき人は？」

「二十歳だ。もう独りで考えられる歳だ」

「噂では、彼女、睡眠薬を飲んだらしいけど。本当なの？」

「睡眠薬のことなど、なにも知らない。わたしには、でっち上げに思えるがね。そんなこと、誰が話したんだ？」

彼女は質問にとりあわない。「彼女、あなたに本気だったの？　それを玩《もてあそ》んで捨てたわけ？」

「いいや、どちらもノーだ」

「なら、どうして彼女はこんな訴えを？」

「知るか。あの子は話してくれなかった。わたしのあずかり知らない裏で、諍《いさか》いみたいなものがあったんだろう。やきもち妬きの彼氏がいたからな。カンカンになった両親も。それで、押しきられたんだろう、最後は。こちらとしては、まったくの不意打ちだ」

「もう少し利口になるべきだったわね、デヴィッド。余所のうちのお子さんにちょっかい出す歳じゃないわ。最悪の事態を念頭におくべきだった。いずれにしろ、とんだ赤恥ね、まったく」

「わたしが本気かどうかは訊かないんだな。それも訊くべきじゃないのか？」

「なら、訊きますけど、あなたは本気なの？　あなたの顔に泥を塗ったあの小娘に？」

「彼女に非はない。責めるのはよせ」

「責めるのはよせ？　あなた、いったいどっちの味方なの？　ええ、責めますとも！　あなたも、彼女も。一から十まで恥ずかしいかぎりよ。お恥ずかしくて低俗。これだけ言っても悪いとも思えない」

むかしの彼なら、この時点で憤然として出ていっただろう。だが、今夜は出ていかない。太々しくなったものだ、自分もロザリンドも、おたがい。

翌日、ロザリンドが電話してくる。「デヴィッド、今日の《アーガス》新聞は見た？」

「いや、まだ」

「そう、覚悟することね。あなたの記事が載ってるわ」

「どんな記事だ？」

「自分で読みなさい」

その報道は三面に載っている。〈教授、セクハラで裁判に〉それが見出しだ。一行めをざっと読む。「……性的嫌がらせの疑いで、懲戒委員会の査問に臨む予定。同大学はスキャンダル続きの末の本件について、固く口を閉ざしたままである。最近では、奨学金の不正支払いや、学生寮の外で行なわれたとされる組織売春などの事件がある。ラウリー（五十三歳）のコメントはとれていない。著書にはイギリスの自然派詩人ウィリアム・ワーズワースに関する本がある」

ウィリアム・ワーズワース（一七七〇年〜一八五〇年）自然派詩人。デヴィッド・ラウリー（一九四五年〜？）ウィリアム・ワーズワースの評論家にして、面汚《つらよご》しな弟子。赤子に恵みを。その子、寄る辺なきにあらず。赤子に恵みを（ワーズワース『序曲』第二巻から）。

6

査問会はハキムの部屋の隣りにある委員会室でひらかれる。彼をなかへ通してテーブルの末席に案内したのは、マナス・マーサベインである。この男もまた教授で宗教学を教えており、今日の査問の議長を務める。その左隣りに、ハキム、彼の秘書、どこかの学生だろう、若い女性。右隣りには、マーサベイン委員会のメンバーが三名。

とくに緊張は感じない。それどころか、かなり落ち着いている。昨夜はよく眠れたし、胸の鼓動が乱れることもない。虚勢か。彼は思う。ギャンブラーにありがちな危険な虚勢。虚勢と独りよがり。まずい気分で査問に入ろうとしている。だが、構うものか。

委員会のメンバーに会釈をする。そのうちの二人は知っている。ファロディア・ラッソールと工学部の学部長デズモンド・スウォーツ。三人めは、目の前の書類によると、ビジネス・スクールの教師らしい。

「ここに集まった委員会は、ラウリー教授」とマーサベインが口火を切る。「なんの権限もない。できるのは、勧告だけだ。さらに、メンバー構成に異議を申し立てる権利があなたにはある。では、訊きましょう。本委員会には、その参加が自分に不利に働きかねないと感じるメンバーはいますか？」

「法的な意味では、異議はありません」彼は答える。「哲学的な話は遠慮しておきますが、それは埒外《らちがい》の問題でしょう」

座りなおす者、落ち着きなく書類をいじる者。「法的意味なるものには、ふれずにおきましょう」マーサベインは言う。「では、委員会のメンバー構成に異議はありませんね。差別反対連合から学生の参観者がひとり出席していますが、これについて異議は？」

「委員会にたいして危惧はありません。参観者にたいしても」

「いいでしょう。では、懸案の問題にうつります。最初の告発者はミズ・メラニー・アイザックス、演劇学専攻の学生ですが、お手元のコピーにあるような陳述をしています。陳述を要約する必要は、ラウリー教授？」

「議長、ミズ・アイザックス本人は出席しないと考えていいのですか？」

「ミズ・アイザックスはきのうの委員会に臨みました。いいですか、もう一度言いますが、これは裁判ではなく査問だ。われわれの手順のルールは法廷のそれとは違う。その点に、なにか問題でも？」

「いえ」

「二番めの訴えは、これは最初の問題とも絡んできますが」マーサベインはつづける。

「学生記録課をとおして、学籍係から提出されました。ミズ・アイザックスの出欠記録の正当性について。つまり、ミズ・アイザックスは授業を皆勤していない、提出していない課題もある、欠席した試験もある。ところが、あなたは〝良〟をつけている」

「概要は以上ですか。そのふたつが訴えの内容だと？」

「そうです」

彼はひとつ深く息をつく。「ここに集まった委員のみなさんには、もっと有効な時間の使い道があると思いますが。議論の余地のない問題を蒸し返すよりも。わたしは先のふたつの訴えにたいし、罪を認めます。さっさと〝判決〟を下し、それぞれの生活に戻ろうじゃないか」

ハキムがマーサベインのほうへ身を乗りだす。ふたりは小声で言い交わす。

「ラウリー教授」ハキムが言う。「繰り返すことになりますが、これは査問委員会だ。その役割は、本件にかかわる両サイドから話を聞き、勧告をすること。決定権はない。再度訊きますが、こういう手順に慣れたかたを代理人に立てたほうが良いのでは？」

「代理は必要ない。自分の弁護は自分で充分できる。わたしが〝有罪答弁〟をしたにもかかわらず、まだ査問をつづけねばならない。そういうことかね？」

「ご自分の見解を述べる機会をあたえたいだけです」

「見解なら述べた。罪を認める」

「なんの罪です？」

「訴えのすべてにたいして」

「さっきから堂々巡りだ、ラウリー教授」

「なら、ミズ・アイザックスの主張すべてについて。出欠録をごまかしていたことについて」

ファロディア・ラッソールがここで割って入る。「ミズ・アイザックスの申し立てを認めるとおっしゃいますが、ラウリー教授、書類はきちんと読んだのですか？」

「書類を読む気はない。内容は認める。ミズ・アイザックスが嘘を書く理由など思いあたらない」

「しかし、認める前に申し立てをきちんと読むのが分別というものでは？」

「いや。分別をもつより大切なことがこの世には多々ある」

ファロディア・ラッソールは椅子にもたれかかる。「いかにもドン・キホーテ気どりですね、ラウリー教授。けど、そんな余裕があるのかしら？　あなたを自業自得から守ってさしあげるのはわたしたちの役割のようですね」と冷ややかな笑顔をハキムに向ける。

「先生は専門家の助言は求めていないと言います。では、誰かに相談しましたか？　たとえば、牧師とか、カウンセラーとか。カウンセリングを受ける気持ちはありますか？」

この質問をしたのは、ビジネス・スクールの若い女教師だった。彼は自分の苛立ちを意識しながら、「いいや、カウンセリングを受けたこともないし、これから受ける気もない。わたしはおとなの男だ。カウンセリングなど受けいれられない。カウンセリングのおよばないところにいるんだ」と言うと、マーサベインのほうを向く。「わたしは、罪を認めた。こんな話し合いをつづける理由がどこにある?」

マーサベインとハキムのあいだで、ひそひそ声の相談が交わされる。

「ラウリー教授の答弁を検討するため」マーサベインが言う。「ここで休会が提案されました」

テーブルを囲んだ一同がうなずく。

「ラウリー教授、しばらくご退室いただけますか。われわれが討議するあいだ、教授とミズ・ヴァン・ウィックは」

彼と参観の学生は退室してハキムの部屋へうつる。ふたりのあいだに言葉は交わされない。女子学生は見るからに気まずそうだ。〝おまえの時代は終わりだ、カサノヴァ〟カサノヴァを目の前にして、彼女はどう思っているのか?

ふたりがまた呼びもどされる。委員会室の雰囲気はよくない。どうも不愉快げな。

「では」とマーサベインが言う。「再開します。ラウリー教授、ご自分にたいする嫌疑を認めると言うのですね?」

「ミズ・アイザックスがなにを申し立てようと認める」

「ドクター・ラッソール、なにかおっしゃりたいことは？」

「ええ、ラウリー教授のこのような応対に異議を申し立てます。要するに言い逃れではありませんか。教授は嫌疑を認めると言う。しかし、実際のところなにを認めるのかと問い質すと、巧妙なあざけりしか返ってこない。これでは嫌疑を認めるといっても、わたくしには形ばかりに思えます。こういった事情のこみいったケースでは、より広範なコミュニティにも権利が――」

そうはさせられない。「本件にはこみいった事情などない」彼は言下にはねつける。

「より広範なコミュニティにも知る権利があります」ラッソールは声を高くしたものの、慣れたもので気張らず、彼を制圧にかかる。「ラウリー教授が具体的になにを認めたのか、しかるに、彼はどんな事由で譴責《けんせき》を受けているのか」

マーサベインが言う。「譴責を受けているとすればですが」

「ええ、受けているとすれば。わたしたちは任務を全うしたことになりません――考えを明確にできなければ、それを勧告書で明確に表わせなければ。つまり、ラウリー教授がどんな事由で譴責を受けているのか」

「われわれの考えは明確だと思いますが、ドクター・ラッソール。問題は、ラウリー教授が明確な考えをもっておられるか、だ」

「そのとおり。わたくしの言いたかったことずばりです」

黙っていたほうが賢明だろうが、そうはいかない。「わたしがなにを考えようとわたしの勝手であって、きみの関与することではない、ファロディア」彼は言う。「言わせてもらえば、きみがわたしに望んでいるのは、返答ではなく自白だ。いいや、わたしは自白などしない。自分の権利として先の答弁を固持する。訴えのとおり罪を認める。それがわたしの答弁だ。これ以上話すつもりはない」

「議長、異議あり。問題はたんなる法的範囲を逸脱しています。ラウリー教授は〝有罪答弁〟をしていますが、さて、どうでしょう、彼は本当に罪を認めているのか、本件が書類の下に埋もれて忘れ去られるのを願って、形ばかりに手続きをこなしているのか？　もし後者だとすれば、厳罰に処すことを強く主張します」

「再々ご注意申しあげるが、ドクター・ラッソール」マーサベインが言う。「罰を科す権限はわれわれにはない」

「ならば、厳罰を勧告するのです。ラウリー教授を即刻、解任し、給金ならびに特権を剝奪すべし、と」

「デヴィッド？」発言したのは、いままで口を閉ざしていたデズモンド・スウォーツである。「デヴィッド、わかっているのか、この状況にあってそれが最善の対応かな？」と言うと、議長のほうを向く。「議長、ラウリー教授の退室中にも言ったとおり、われわれは大学コミュニティのメンバーとして、こんな冷淡な形式ばった手順で同僚を処するべきではないと思う。デヴィッド、少し先送りにしようと思わないか？　もう一度よく考え、なんなら専門家に相談する時間をもつために」

「なぜ？　なにを〝よく考える〟必要がある？」

「事の重大さを。どうもきみはよく把握していないようだ。失礼だが、きみは失職の危機にいるんだぞ。いまの時代、これは冗談ではない」

「なら、わたしにどうしろと言うんだ？　〝巧妙なあざけり〟とドクター・ラッソールがおっしゃるものをこの口調から拭い去れと？　深い悔恨の涙を流せと？　この身を救うには、なにをすれば充分なんだ？」

「デヴィッド、このテーブルを囲んでいるメンバーはきみの敵ではない。そうは思えないかもしれないが。われわれは脆《もろ》くなる時もある、誰もが。しょせんはただの人間だ。きみのこの一件だってとくに異例ではない。われわれはきみに仕事がつづけられる道を探してやりたいんだ」

ハキムがさらりと口添えをする。「力になりたいんです、デヴィッド。そこから抜けだす道を探すのに——きっと悪夢でしょう」

ふたりは良き友人なのだ。彼を心の弱さから救いだし、悪夢から目覚めさせようとしている。旧友が街で物乞いをする姿など見たくないのだろう。教室に復帰してほしいのだ。

「この善意の合唱に」彼は言う。「女性の声が聞こえないが」

沈黙がながれる。

「なら、いい」彼は言う。「自白させてもらう。話はある夕方に始まる、日付は忘れたが、そう前のことではない。カレッジの古い果樹園を抜けていく途中で、たまたまくだんの若い女性ミズ・アイザックスに会った。ふたりの道が交わった。言葉が交わされ、その瞬間、なにかが起きた――わたしは詩人ではないので詳述はやめておく。エロスの神が現われたと言えば足りるだろう。その後のわたしは、もうそれまでとおなじではいられなかった」

「〝なに〟とおなじではなくなったんです？」ビジネス・スクールの教師が興味津々の目で訊ねる。

「それまでの自分と。もはや、離婚して腰の落ち着かない五十二歳の男ではなくなった。エロスの神のしもべとなった」

「これは自己弁護なのですか、いま話されていることは？　抑えきれない衝動だったと？」

「いや、自己弁護などではない。きみは自白が聞きたいのだろう、だから聞かせているんだ。衝動のことをいえば、抑えきれないわけではまったくなかった。似たような衝動を過去に何回となく振りきっている、恥ずかしながら言えば」

「こうは思わないか？」スウォーツが言う。「学問の世界は、本質的にある種の犠牲を強いるものだと。大局の善のためには、ある種の欲求を我慢せねばならない」

「世代を超えた親睦は御法度《ごはっと》だとお考えか？」

「いや、かならずしもそうは思わない。しかし、わたしたちは教師として権力ある立場にいる。力関係と性的関係をごっちゃにするのは御法度だろうな。どうやら、今回起きたことはそれのようだ。つまりは、大変な警戒を要すること」

　ファロディア・ラッソールが言葉をさえぎる。「これではまた堂々巡りです、議長。ええ、教授は罪を認めていますが、その内容を特定しようとすると、突如として、彼の自白は、若い女性への虐待ではなく、抗しきれない衝動のことにすり替わってしまうのです。自分のひきおこした苦痛にも、職権濫用の長い歴史にもふれることなく——本件もその一部ですが。だから、ラウリー教授とこれ以上話しあっても無益だと言うんです。教授の答弁を額面どおりに受けとり、それに従って勧告を提出すべきです」

　虐待。その言葉を待っていた。義憤にふるえた声がそう言うのを。こうも怒りの目盛りが上がりっぱなしになるとは、この女、おれの中になにが見えているのだろう？　無力な小魚の群れのなかを泳ぐ鮫か？　それとも、またべつな図か？　筋骨たくましい男が、幼い少女に襲いかかり、悲鳴をあげる口を大きな手でふさぐ図か。なんと馬鹿らしい！　だが、そうか、思いだした。このメンバーはきのうもこの部屋に集まったのだ。彼女、メラニーもこの査問委員会に臨んだ。わたしの肩にも背のとどかない彼女が。荷の重さが違う。それをどうして否定できよう？

「ドクター・ラッソールに同意したいと思います」ビジネス・スクールの教師が言う。

「ラウリー教授につけたすことがなければ、もう議決にうつるべきでしょう」

「その前に、議長」スウォーツが言う。「わたしは最後にもう一度、ラウリー教授にお願いしたい。どんな形にせよ陳述書はないんですか？　あとで彼が心を決めて署名できるような」

「なぜ？　わたしが陳述書に署名するのがなぜそんなに重要なんだ？」

「話し合いがやたら過熱してしまったが、あとで冷静になって考えるのに役立つからだ。本件は、欲をいえば、マスコミ攻勢を避けて解決したいと学校側は思っていた。ところが、そうはいかなかった。すでに大きな関心の的となり、妙な尾ひれまでついて、こちらもコントロールが効かない。目という目がこの大学に向けられ、われわれがどう対処するか見守っている。わたしは話を聞いていて感じたのだが、デヴィッド、きみは自分が不当に扱われていると思っている。それは大間違いだ。この委員会のメンバーは、きみが仕事をつづけられるための折衷案を見つけるのが役割だと思っている。だから、公的な陳述書はないのかと訊いたのだ。きみものめるような内容で、われわれも厳罰中の厳罰、すなわち懲戒免職までいかない勧告ができるような」

「つまり、頭をさげて温情を乞えと？」

スウォーツはため息をつく。「デヴィッド、われわれの心配りをせせら笑っても良いことはないぞ。せめて、延会を受けいれ、自分の立場をもう一度よく考えてこい」

「陳述書にはなにが書いてあればいいんだ？」

「自分が間違っていたことを認めます、と」

「それならもう認めた。さんざん認めたろう。嫌疑については、じっさい有罪だ」

「われわれ相手にゲームなんかするな、デヴィッド。嫌疑にたいして有罪答弁をするのと、自分が間違っていましたと言うのでは、違うだろう。わかっているはずだ」

「そう認めれば満足なのか。〝わたしが間違っていました〟と？」

「とんでもない」ファロディア・ラッソールが言う。「これでは本末転倒です。まず最初に、ラウリー教授の陳述ありきでしょう。それがあって初めて、わたしたちはいわゆる減刑の対象になるかどうか判断できる。陳述書に書くことをあらかじめ打ち合わせるなど、もってのほかです。陳述は本人の口から、本人の言葉で語られなくては。それでこそ、本心から出たものかどうか見極められます」

「ということは、それで見抜く自信があるわけだ、わたしが使った言葉をもとに――それが本心から出たものかどうか？」

「あなたの姿勢は見てとれるでしょう。悔恨の気持ちを示しているかどうか」

「それは結構。なら、わたしはミズ・アイザックスと二人きりになれる立場を利用した。それは過ちだったので、後悔している。これで納得してもらえるかね？」

「問題は、わたしが納得するかどうかではありません、教授。あなたが納得できるかどうかよ。いまの言葉はあなたの真摯《しんし》な気持ちを映しているの？」

彼は首を横に振る。「先に言ったとおり、納得してもらうための言葉だ。すると、きみはもっと聞きたいと言う。真摯さをはっきり示せと言う。まったく、無理難題を。これは法のおよぶ範囲を外れている。もうたくさんだ。基本に立ち返ってやろうじゃないか。わたしは罪を認めた。それ以上のことは話すつもりがない」

「いいだろう」マーサベインが議長席から言う。「ラウリー教授にもう質問がなければ、本日の出席に礼を申しあげて、お帰りいただこうと思う」

初めは誰にも気づかれなかったようだ。ところが、階段をなかば降りたあたりで、「あいつだ！」の声が聞こえ、あたふた駆け寄る足音がする。

階段を降りきったところで、学生たちに追いつかれる。なかのひとりなどは、立ち止まらせようとジャケットをつかんでくる。

「少しだけ話せませんか、ラウリー教授？」誰かの声がする。

それにとりあわず、ロビーの人混みをかきわけていく。ひとは振り向いて見つめる。追っ手から足速に逃げる長身の男を。

誰かが行く手をはばむ。「はい、そのまま！」その女子学生が言う。彼は手を突きだした恰好で、顔をそむける。フラッシュが光る。

彼女は彼のまわりを一巡する。琥珀色のビーズで髪を二本に編みさげ、顔の左右に振り分けている。きれいに並んだ白い歯を見せて、にっこりし、「少し立ち止まって、話しません？」と言う。

「話というと？」

テープレコーダーが突きつけられる。彼はそれを押しのける。

「どうでしたか」女子学生が言う。

「なにが、どうだったんだ？」

カメラのフラッシュがまた光る。

「ほら、査問会ですよ」

「それはコメントできない」

「そうですか、じゃ、なんならコメントできます？」

「コメントしたいことはなにもない」

通りがかりの学生や野次馬が周囲に人垣をつくりはじめる。逃げだそうと思ったら、これをかきわける羽目になる。

「悪いと思っていますか？」女子学生が言う。レコーダーがぐっと突きつけられる。「自分のしたことを後悔してますか？」

「いいや」彼は言う。「この経験でひとつ豊かになった」

彼女の顔からはまだ笑みが消えていない。「なら、今後も繰り返しますか?」

「またの機会があるとは思わないが」

「でも、機会があったら?」

「現実的な質問ではない」

彼女としては、もっともっと言葉がほしい。小さな印刷機のお腹に入れるための。だが、うっかり口を割らせる手口に一瞬行きづまる。

「あいつ、この経験でどうなったって?」誰かがこっそり訊ねるのが聞こえる。

「ひとつ豊かになったってさ」

くすくす笑いがおきる。

「謝ったのかどうか訊けよ」誰かが大声で女子学生に言う。

「もう訊いたわ」

自白、謝罪。なぜひとを貶《おとし》めることをこうも渇望するのか? あたりは静まりかえっている。彼を猟人のようにとりまいた学生たちは、見知らぬ獣を追いつめたはいいが、息の根の止め方がわからないらしい。

翌日の校内新聞にきのうの写真が載り、その下には〈落ちこぼれはどっちだ?〉というキャプションがついている。彼が写っている。そらした目は上を向き、カメラをつかもうと手を突きだしている。そのポーズはそれだけで馬鹿らしいが、写真を珠玉の一枚にしているのは、ひとりの男子学生がにやにや笑いながら教授の頭の上にかかげたゴミ箱である。遠近感のずれで、ゴミ箱がまさに〝低能帽〟（むかし出来の悪い学生に罰としてかぶらせた円錐形の紙帽子）のごとく、頭にのっているように見えるのだ。そんな写真を出されて、彼にどんな勝算があるだろう？

〈委員会、評決についてかたく口を閉ざす〉それが見出しだ。「コミュニケーション学部のデヴィッド・ラウリー教授にかけられたセクハラおよび職権濫用の嫌疑を調査中の懲戒委員会は、その評決についてきのうかたく口を閉ざして語らなかった。マナス・マーサベイン議長は、調査結果を総長に申し送り、措置をうながした、と答えたのみである。

査問会後、WARのメンバーたちの質問を巧みに受け流したラウリー（五十三歳）は、女子学生たちとの経験を〝実り豊か〟と考えていると答えた。

ロマン派詩人の研究家であるラウリーに、クラスの学生たちから訴えが提出されたことを機に、問題がいっきに噴出した」

マーサベインから自宅に電話がある。「委員会はすでに勧告を送った、デヴィッド。最後にもう一度きみに連絡をとるよう総長に頼まれてきた。総長は決定的な措置はとらない意向だと言っている。きみが自分自身で陳述書を提出することが条件だ。それが自己満足にならず、われわれの見地からしても納得いくものであること」

「マナス、その問題については結論が出ているはずだ。わたしは——」

「待てよ。最後まで聞いてくれ。いまここに陳述書の草稿がある。われわれの要求を充たす内容だ。きわめて短い。読みあげてもいいか？」

「ああ」

マーサベインが読みあげる。「わたくしは、この申立人の人権、および大学側よりわたくしに託された職権を著しく侵害したことを率直に認めます。両関係者に心からお詫びを申しあげ、いかなる相応の処罰が科せられても受けいれます」

「〝いかなる相応の処罰〟つまり、どういうことだ？」

「わたしが思うに、解雇はない。おそらく、休暇をとるよう要請される。いずれ教職に復帰するかどうかは、きみの意向と、学部長ならびに学科長の決定しだいだ」

「そういうことか。それでワンセットの取引なんだな？」

「わたしはそう理解している。陳述書に署名する意思を表明すれば——これが、まあ減刑願いの形になるわけだが——総長はそういう気持ちとして迷わず受けいれるだろう」

「どういう気持ちだって？」

「悔悛の気持ちだよ」

「マナス、その悔悛とやらについてはきのうさんざん話しあった。もう思うところは伝えた。わたしはそんなことはしない。公式の構成委員による裁きの場に臨み、いうなれば法の出店《でみせ》に赴いた。その世俗法廷で有罪答弁をした、世俗の有罪答弁を。その答弁で充分なはずだ。悔悛など、この世のどこにもない。それは異世界のもの、べつな次元の論法だ」

「だから問題をとりちがえていると言うんだ、デヴィッド。なにも悔悛を命じられているわけではないんだ。きみの胸のうちまでは、われわれにはわからない。世俗法廷ときみが呼ぶ委員会のメンバーとしては。なにしろ朋友とは見なしてくれないようだから。いま求められているのは、たんに陳述書の提出だ」

「たとえ心にもないことでも、謝罪表明をしろと？」

「判断のかなめは、心にあるかどうかじゃない。それは、繰り返し言うが、きみ自身の良心の問題だ。判断のかなめは、きみが公の形で自分の過ちを認め、償いの手段を講じるかどうかだ」

「話が枝葉末節におよんできたな。あなたがたはわたしを訴え、わたしはその訴えにたいし罪を認めた。それだけで、もういいだろう」

「いいや。まだ足りない。おおいに足りないとは言わないが、不足だ。それに応える気になってくれることを望む」

「申し訳ないが、なれない」

「デヴィッド、もうこれ以上、きみを自業自得から守ってやれない。うんざりした。委員会のみんなもおなじだ。考えなおす時間がほしいか？」

「いいや」

「いいだろう。なら、こう言うしかなさそうだ。じきに総長から連絡がある」

7

出ていくと心が決まれば、引きとめるものは無いも同然だ。冷蔵庫の中身を片づけ、ドアに鍵をかけ、午《ひる》にはフリーウェイに乗っている。ケープタウンの東にあるオウツホールンで休憩し、夜明けにまた出発する。昼前には、目的地に近づきつつある。東ケープ州の〈グレアムズタウン－ケントン・ロード〉沿いにあるセーレムの町だ。

娘の小さな自作農園は、町のはずれから数マイル、舗装もない曲がりくねった田舎道の行きづまりにある。五ヘクタールの土地はおおかた耕作に適しており、風車ポンプ、厩舎、離れ屋が並び、まとまりなく広がった背の低い母屋《おもや》がある。家の外壁は黄色にペイントされ、トタン屋根に、ひな壇式のポーチ。敷地の正面の境をしるすのは、金網のフェンス、それからキンレンカとゼラニウムの寄せ植えである。あとは、土埃と砂利ばかりだ。

車道《くるまみち》に、古いフォルクスワーゲンのコンビが駐まっている。その後ろに車を停める。ポーチの日陰から陽射しのなかへ、ルーシーが姿を現わす。しばし娘だとわからない。一年が経つうちに太ったようだ。腰回りと胸はいまや（ここで最善の言葉を探す）かなりふくよかだ。ルーシーは軽快な素足で出迎えにくると、腕を大きく広げて父親を抱擁し、頬にキスをする。

なんと可愛らしい。父は娘を抱きしめて思う。長旅の果てに、なんと温かい歓迎を！

母屋は広く、暗く、真昼でも薄ら寒く、大家族の時代、馬車何台ぶんもの客を迎えた時代の建物である。六年前、ルーシーはあるコミューンの仲間として、ここに越してきた。グレアムズタウンで革製品を売り歩き、天日焼きの陶器類をつくり、トウモロコシのすきまに大麻を育てる、若者たちの〝一族〟。コミューンが解体してしまうと、その残党はニュー・ベセズダへ移り住んだが、ルーシーはこの自作農園に、友人のヘレンとともに残った。この土地に恋をしたの。そう彼女は言った。きちんと耕してやりたいのよ。彼も土地を買うのに資金援助をした。かくして、いまここにいるのは、花柄のワンピースに裸足のまま、家中を焼き物の匂いでいっぱいにした娘だ。もはや農園ごっこをする子どもではなく、たくましい田舎の女だ。農婦《ブールフロウ》。いかにもオランダから移民してきたブール人の娘。

「ヘレンの部屋に泊まってもらうわ」ルーシーは言う。「朝日がよく入るの。ここの冬は朝方がどんなに冷えこむか、わからないでしょうね」

「ヘレンはどうしてた？」彼は訊ねる。ヘレンは悲しげな顔をした大柄な女で、低い声に荒れた肌、ルーシーより年上だ。娘がこの女のなにを気にいっているのか、さっぱりわからない。口にこそしないが、もっといい相手を見つけるか、見つけられるかしてほしいものだと思う。

「ヘレンは四月からヨハネスブルグにもどっているの。だから、ずっと独り住まいよ、お手伝いはいるけど」

「それは聞いていなかった。独りで怖くないのか？」

ルーシーは肩をすくめる。「犬だっているし。いまでも犬はけっこう役に立つのよ。頭数が多いほど防犯になる。どっちみち、押しこみ強盗にやられるとなったら、一人でも二人でもおなじでしょ」

「達観したものだな、哲学者なみだ」

「ええ、ほかのすべてが挫《くじ》けても思索せよ、よ」

「でも、武器ぐらい持っているんだろう」

「ライフルを一挺ね。あとで見せるわ。隣りから買ったのよ。まだ使ったことはないけど、用意だけはしてある」

「なら結構。武装哲学者か。なかなかいい」

犬に銃。天火にパン、大地に作物《かて》。不思議なものだ、父と母はインテリの都会人なのに、こんな先祖返りしたような娘が生まれるとは。こんな屈強な若い開拓者が。いや、この子を創ったのは父母ではないのだろう。歴史とより大きな配剤のなせる業。

ルーシーがお茶を勧めてくれる。腹がすいていた。オプンチア（食用サボテンの一種）の自家製ジャムつきパンを煉瓦ほど分厚く切ったものを二枚、がつがつ平らげる。そうして食べる姿に娘の視線がそそがれているのに気づく。気をつけなくては。親の肉体の機能するさまほど、子にとって気持ちのわるいものはないのだ。

娘自身の爪も清潔とは言いがたい。田舎の土埃だ。誇りなのだろう、と父は思う。

ヘレンの部屋でスーツケースをひらく。抽斗《ひきだし》はどれもからっぽ。古びた大きなワードローブには、青のオーバーオールが一着かかっているだけだ。ヘレンが留守をしているというなら、つかのまのことではないらしい。

ルーシーが敷地のなかを案内してくれる。水を無駄づかいしないこと、浄化槽を汚さないこと。娘は父に注意をうながす。お教えはよく知っているが、律儀に耳をかたむける。その後、見せられたのは、板囲いの犬舎だ。このあいだ来たときには、犬舎は一棟だけだった。それがいまは五棟にふえている。コンクリートを土台にした頑丈な造りだ。トタン材の柱と小屋束《こやづか》、目の詰んだ金網、ユーカリノキの木陰。犬たちは彼女の姿を見ると興奮しだす。ドーベルマン、ジャーマンシェパード、ローデシアンリッジバック、ブルテリア、ロットワイラー。「番犬よ、ぜんぶ」と彼女は言う。「つまり作業犬なの、短期契約で預かっている。二週間とか一週間とか。週末だけという場合もあるわ。夏の休暇中はペットが集まりやすい」

「猫は？　猫は預からないのか？」

「笑わないで。猫部門も考えているのよ。まだ小屋ができていないだけ」

「まだ市場《いちば》に店を出しているのか？」

「ええ、土曜日の朝にね。今度つれていくわ」

こうして生計を立てているのか。犬の預かりと、花売りと、自家菜園。これ以上シンプルな暮らしはない。

「犬は退屈しないものかね？」黄褐色の毛色をした雌のブルドッグを指さす。ケージに一匹だけで入れられており、前足に頭をのせたまま立ちあがろうともせず、気むずかしげにこちらを見ている。

「ケイティのこと？　その子、見捨てられてしまったの。飼い主はトンズラ。何カ月も料金滞納のままよ。どうしたものかしら、彼女の身のふり。貰い手を探す、それがいいでしょうね。いまはちょっとすねているけど、そのほかは良好よ。毎日、運動につれていっているし。わたしか、ペトラスが。これも契約の一部だから」

「ペトラス？」

「いま会わせるわ。わたしの新しい助手なの。じつは、三月からは共同経営者になっているけど。かなりのやり手よ」

娘のあとについて、泥で固めた溜め池（カモの一家がのどかに泳ぐ）をすぎ、ミツバチの巣箱を通りすぎ、菜園を抜けていく。花壇に冬野菜――カリフラワー、ジャガ芋、ビーツ、フダンソウ、タマネギ。ふたりは敷地のはずれにある風車ポンプや貯水池まで足をのばす。この二年間は雨もよく降り、地下水面も上がっている。
そういったことを、ルーシーは気楽に話す。新しいタイプの開拓農民。これがむかしなら、畜牛とトウモロコシだ。今日びは、犬とラッパズイセンか。物事は変われば変わるほど、ひとつところに留まる。歴史は繰り返すのだ、控えめな調子とはいえ。おそらく、歴史も教訓をつんだのだろう。

ふたりは灌水溝ぞいに引きかえす。ルーシーの素足の爪先が赤土を踏みしめ、足跡をくっきりつけていく。自分の新たな生活に根を張った、たくましい女。すばらしい! かりに父が娘を置いてけぼりにするといっても、これなら——この娘、こういう女なら——、恥じいることはなかろう。

「まあ、お構いなく」母屋にもどると、彼は言う。「本を持ってきた。テーブルと椅子さえあればいい」

「とくに決まった書き物があるの?」彼女は遠慮がちに訊く。父の仕事のことは、ふたりのあいだであまり話題にしない。

「いくつか案がある。バイロンの晩年について。本にするつもりはない、というか、いままで書いてきたような形にはしないんだ。舞台向けだな、むしろ。歌詞と音楽。登場人物がしゃべって歌う」

「その方面にまだ野心があるとは知らなかったわ」

「いつか存分にやろうと思っていた。でも、それだけじゃない。ひとはなにかを捨ててきたくなるものだ。少なくとも、男はなにかを捨ててきたくなる。その点は女のほうが楽だ」

「なぜ女のほうが楽だなんて？」

「つまり、みずから命もつものを生みだすのは、女のほうが得意だろう」

「父親になるのは数に入らないの？」

「父親になることか……母になるのと比べると、父になるのはなんだか抽象的なことに思えて仕方ない。しかし、まあ、この先どうなるか見てみよう。少しは形になったら、おまえに真っ先に知らせる。最初にして、おそらく最後だが」

「曲も自分で書くつもり？」

「いや、曲は借りてくる、大半のパートは。借用にかんしては、良心の呵責《かしやく》を感じないからね。最初は、かなり壮麗なオーケストラ編成を要する主題にしようと思っていた。シュトラウスのような、たとえば。ところが、わたしでは力およばなかった。いまは、べつな方向に傾いていているんだ、ごく簡素な伴奏に。ヴァイオリン、チェロ、オーボエかバスーンでもいい。といっても、すべてはまだアイデアの域を出ていない。一音たりとも書いていないんだ。ほかに気をとられていてね。トラブルのことは耳にしているだろう」

「ローズが電話でなにか言っていたけど」

「そうか、いまは詳しい話はよそう。またの機会に」

「大学はこんりんざい辞めたの？」

「ああ、辞職してきた。辞職を求められたんだ」

「後悔しない？」

「後悔するかって？　さあ、どうだか。教師としては、たいしたものではなかった。学生たちとますます通じあえなくなっていくのも、わかっていた。わたしの話す要点を、彼らは聞こうともしない。そんなわけだ、後悔もないだろう。きっと、解放されてせいせいするさ」

ドアロに男がひとり立っている。青のオーバーオールを着た背の高い男で、ゴム長靴に毛編みの縁なし帽という恰好だ。「ペトラス、入って。父に紹介するわ」ルーシーが言う。

ペトラスはブーツの汚れをぬぐう。彼と握手をする。苦労の跡と皺《しわ》の刻まれた顔。鋭い目つき。四十あたりか？　四十五か？

ペトラスはルーシーに向かって、「スプレーを」と言う。「スプレーをとりにきた」

「車《コンビ》のなかに置いてあるの。ここで待っていて、とってくるから」

ペトラスとふたりきりで残される。「犬の世話をしているそうだね」と彼のほうから会話の口火をきる。

「犬の世話と野良仕事をしてる。そう」ペトラスは満面の笑みを浮かべる。「おれは農夫で犬男だ」一瞬、考えこんでから、「犬男」と、その言葉を味わうように繰り返す。

「ケープタウンから着いたばかりなんだ。ここに娘独りだと、たまに心配になる。かなり人里離れているだろう」

「ああ」ペトラスは言い、「危険だ」と、ふと口をつぐむ。「最近はなにもかも危険だ。でも、ここはだいじょうぶだと思う」そう言うと、またにっこりして見せる。

ルーシーが小さな瓶を手にもどってくる。「計量はわかっているわね。水十リットルにたいしてティースプーン一杯よ」

「ああ、わかってる」そう言うと、ペトラスは低いドアをくぐり抜けて出ていく。

「感じのいい男じゃないか」彼は感想を述べる。

「頭はまわるわ」

「この地所に住んでいるのか？」

「夫婦して元の厩舎にね。こないだ、わたしが電気をひいてやったの。住み心地もかなりいいでしょう。アデレードにはべつの妻と子どもたちがいるのよ。子どもといっても、何人かはもう大きいけど。彼はときどき出奔《しゅっぽん》してきて、こっちで過ごす」

ルーシーに仕事をさせておき、ケントン・ロードまでぶらぶら散歩に出る。寒い冬の一日。陽は、白っぽい草のまばらな赤茶けた丘陵のむこうに、もう落ちかけている。痩せた土地、痩せた土壌だ、と思う。土が疲れきっている。ヤギの食《は》む草ぐらいしか生えない。ルーシーは本気でここに暮らすつもりなのか？　一時の気まぐれだといいが。

学校帰りの子どもの一団とすれ違う。挨拶をすると、むこうも挨拶を返してくる。田舎の流儀。もはやケープタウンは過去へ遠のきつつある。

なんの前ぶれもなく、あの娘の記憶が甦る。形のいい小さなバスト、上向きの乳首、なめらかな贅肉のない腹。かすかな疼きがつきぬけていく。あれがなんだったにせよ、まだ終わってはいないようだ。

母屋にもどると、荷ほどきを済ませる。女と生活をともにするのはじつに久しぶりだ。行儀に気をつけなくては。身ぎれいにしていないと。

〝ふくよか〟という表現はルーシーへの気づかいである。遠からず、ごまかしようのない太り肉《じし》になるだろう。野放図になってしまうのだ。恋愛の世界から身を引いた人間がそうなるように。「どうなってしまったの？　あのなめらかな額、ブロンドの髪、弓形の眉……」（中世フランスの謎の詩人フランソワ・ヴィヨンの『遺言書』中〝兜屋の美女の嘆き〟五十二節より）というところか。

夕食は質素である。スープにパン、サツマイモ。ふだんならサツマイモは遠慮するところだが、ルーシーがレモン・ピールとバターとオールスパイスで調味したおかげで、食べられる料理になっていた。いや、〝食べられる〟どころではない。

「しばらくこっちにいるつもり？」ルーシーが訊く。

「一週間ぐらい？　一週間としておこうか？　そんなに長居されて嫌にならないか？」

「好きなだけいていいわよ。あなたのほうが退屈しないか心配だけど」

「しないとも」

「一週間したら、どこへ行くの？」

「まだ決めていない。足の向くまま、長き漫《そぞ》ろの旅だ」

「なら、ここにいるのは歓迎よ」

「そう言ってくれるのはうれしいが、きみとの友情に罅《ひび》をいれたくない。長居は良き友人を失うもとだ」

「〝長居〟と考えなければどう？　〝隠遁生活〟だと思えば？　期限のない隠遁生活はいかが？」

「つまり、駆けこみ寺か？　そこまでひどくはないな、ルーシー。わたしは逃亡者じゃない」

「ローズが言ってたわ、険悪な雰囲気だったって」

「みずから招いた災難だ。折衷案を提示されたが、つっぱねた」

「折衷案ってどんな？」

「再教育。人格の再形成。合い言葉は〝カウンセリング〟だ」

「なら、あなたはささやかなカウンセリングも我慢ならないほど完璧な人間なの？」

「やけに毛沢東の中国を思わせるんだよ。前言撤回、自己批判、公的謝罪。わたしは旧弊な人間だ、それなら、壁の前に立たされてあっさり射殺されたほうがいい。それで、はい、お終い」

「射殺ですって？　学生と関係をもったぐらいで？　それはちょっと極端じゃないの、デヴィッド？　いつの時代にも、きっとあることよ。わたしが学生のころだって、まちがいなくあった。かたっぱしから訴えていたら、教授の大半が消されてしまうわよ」

彼は肩をすくめる。「いまは清教徒的な時代なんだ。私生活が公にあつかわれる。情欲がありがたがられる、情欲と感傷が。世間は見世物を求めているんだ。胸をかきむしって嘆き、自責の念に苦しみ、あわよくば、涙でも流してくれれば、と。要するに、テレビのショーだ。そんなこととする義理はない」

そのあとに、こう付け足すところだった。「本当いえば、わたしを去勢したいぐらいだったんだろうよ」しかし、実の娘にむかってそんな言葉は言えない。じっさい、自分の声が他人の声のように響くとは、この長広舌、さぞメロドラマチックに、大袈裟に聞こえていることだろう。

「それで、あなたは主張をゆずらず、むこうもゆずらなかった。そういうこと？」

「そんなところだ」

「そう頑固にならないで、デヴィッド。頑固と雄々《おお》しさは違う。考えなおす時間はまだあるの？」

「いいや、判決は下った」

「上訴しないの？」

「ああ、しない。わたしにはなにも不満などない。訴えられた蛮行の罪を認めておきながら、その見返りにたっぷり同情を買おうだなんて、そんな馬鹿な。いい歳をしてすることじゃない。ある年齢をすぎたら、ひとは言い訳などしなくなる。以上。本腰をいれて余生を生き抜くのみ。〝年季〟を務めるわけだ」

「そう、それはお気の毒ね。好きなだけ居てちょうだい。理由はなんでもいいから」


その晩は早めに床につく。真夜中に騒々しい犬の鳴き声で起こされる。とくにある一匹はしつこく機械仕掛けのように鳴きつづけ、静まることがない。ほかの犬たちもそれに同調し、じきに鳴きやみ、だが、やはり負けじとまた鳴きはじめる。

「毎晩、ああなのか？」翌朝、ルーシーに訊いてみる。

「ひとは慣れるものよ。わるいわね」

彼は首を振る。

8

東ケープの高地が朝方どれほど冷えこむか、すっかり忘れていた。持ってきた衣類ではまにあわない。仕方なくルーシーからセーターを借りる。

ポケットに両手をつっこみ、花壇のあいだを当てもなく歩く。視界からはずれたケントン・ロードで、車が一台けたたましい音をたてて通りすぎ、残響がまだ尾を引いている。頭上高く、ガンの群れが梯陣《ていじん》をなして飛びすぎる。この自由な時間をどう過ごすべきか？

「散歩にでも行く？」後ろからルーシーの声がする。

三頭の犬を伴連れにしていく。二頭はまだ若いドーベルマンで、ルーシーが引き綱をひき、もう一頭は雌のブルドッグ、例の捨て子である。

雌犬はあたりに注意をはらいつつ、大の用を足そうとする。なにも出てこない。

「調子がわるいみたい」ルーシーが言う。「あとで薬を飲ませなくちゃ」

雌犬は舌をたらして息みつづけるが、見られているのが恥ずかしいのか、きょろきょろあたりに目を配る。

道路をはずれ、低木の茂みにわけいり、松の木のまばらな森を歩んでいく。

「例の関係のあった娘だけど」とルーシーが言いだす。「本気だったの？」

「ロザリンドからひととおり聞いていないのか？」

「こまかいことはね」

「彼女はこのへんの生まれなんだ。ジョージの。クラスの学生だった。学生としては可もなく不可もなくだが、じつに魅力的だった。本気《シリアス》だったかって？　さあ、どうかね。深刻《シリアス》な結果になったのはまちがいない」

「でも、もう済んだことでしょ？　まだその子に未練があるの？」

もう済んだこと？　まだ未練があるか？　「もう連絡はとっていない」彼は言う。

「どうして告発したのかしら？」

「本人はなにも言っていない。訊ねるチャンスもなかった。むずかしい立場にいたんだ。若造がいて、恋人だか元恋人だか知らないが、彼女をいたぶっていた。教室に緊張が高まった。そのうち彼女の両親の知るところとなり、ケープタウンへ押しかけてきた。プレッシャーに耐えきれなくなったんだろう」

「そこで、あなたが出てくる」

「そう、そういうことだ。楽な相手だったとは思わないが」

行きついたゲートには、注意書きが掲げられている。〈サッピ工業所有地――不法侵入者は警察へ連絡します〉ふたりは回れ右をする。

「でも、まあ」とルーシーが言う。「これで代償は払ったわけだし。その娘《こ》もあとで振りかえって、そう恨めしくは思わないわよ。女って、意外と根にもたないから」

沈黙。ルーシーは、わが娘は、父に女のことを教えようというのか？

「また結婚しようと思ったことは？」ルーシーが訊く。

「同年代の相手とか？　わたしは結婚にもともと不向きなんだよ、ルーシー。その目で見てきたろう」

「ええ。でもね――」

「でも、なんだ？　でも、子どもを餌食にするなどみっともない、か？」

「そんなこと言いたかったんじゃない。だんだん厄介になってくるわよ、楽でなくなるというのか、年をとるにつれて」

父の私生活について、親子で話したことなど一度もなかった。どうも易々とは話せそうにない。とはいえ、ルーシーでないとなると、ほかに話せる相手がいるか？

「ブレイクの詩を憶えているか？」彼は言う。「なさぬ望みを胸に抱えているより、みどりごはその揺籃《ゆりかご》で殺《あや》めよ――このくだりを？」

「なぜそんな言葉を引用して聞かせるの？」

「〝なさぬ望み〟は、若きにかぎらず老いた者にあっても、醜くなりうる」

「ゆえに？」

「いままで親しくなった女性はひとり残らず、わたしになにかを教えてくれた。その程度には、わたしをましな人間にしてくれたわけだ」

「その逆も真なり、なんて言いださないことを祈るわ。あなたを知ったことで、その女性たちがましな人間になれたなんて」

父はきつい目で娘を見る。彼女は微笑み、「ほんの冗談よ」と言う。

ふたりはタールで舗装した道を引きかえしていく。自作農園への岐路に、ペンキ書きの標識が立っている。いままで気がつかなかった。〈切り花　ソテツあり〉矢印が描かれており、〈ここから一キロ〉。

「ソテツ？」彼は言う。「ソテツは違法だと思ったが」

「野生のソテツを引っこ抜いてくるのは違法よ。わたしは種から育てているんだもの。あとで見せるわ」

ふたりは先を行く。若いドーベルマンは自由になりたくて綱を引っぱり、雌犬は息をきらせてのたのたついてくる。

「なら、きみはどうだ？　これがこの世に望むものか？」と手を振って指す。菜園と、屋根に陽がきらめく母屋を。

「ええ、これで間に合うわ」ルーシーは静かに答える。

土曜日、市の立つ日。約束どおり、コーヒーを持ってきたルーシーに五時に起こされる。冷気のなか防寒布をはおり、菜園でペトラスと落ちあうと、彼はもうハロゲンランプの灯りで花を切っている。

ペトラスに交代を申し出てやってみるが、指がすぐに冷えきって花束を結べない。紐はペトラスに返し、ラッピングと梱包を手伝う。

七時、暁《あかつき》の光が丘陵にかかり、犬たちがもぞもぞ起きだすころには、仕事はもう済んでいる。切り花の箱のほか、ジャガ芋、タマネギ、キャベツを入れた袋が、コンビに積みこまれる。ルーシーが車を運転し、ペトラスはあとに残る。ヒーターが効かない。曇ったフロントガラスの外をのぞき見ると、車はグレアムズタウン・ロードを走っている。隣りの助手席で、娘のつくったサンドウィッチを食べる。鼻水がたれる。ルーシーに気づかれていないといいが。

さて。新しい冒険の始まりだ。むかしむかしは学校やバレエ教室やサーカスやスケートリンクに車で送ってやった娘が、いまはこの父を散歩につれだし、ひとの暮らしを教え、この見知らぬ異世界に案内しようとしている。

ドンキン広場では、露天商が早々と簡易テーブルを据え、その上に売り物を並べている。肉の焼ける匂いがする。冷たい霧が街をおおっている。人々は手をすりあわせ、足踏みをして悪態をつく。にぎやかなショーをやっているが、ありがたいことに、ルーシーは近寄ろうとしない。

ふたりがやってきたのは、土地の物産を売る一角のようだ。左手に、アフリカ人の女が三人おり、牛乳、マサ（トウモロコシの練り粉）、バターを並べて売っている。また、湿った布をかけたバケツには、スープのだしにする骨が入っている。右手を見れば、アフリカーナーの老夫婦がおり、ルーシーは「ミエムズおばさん」と「コオスおじさん」と呼んで挨拶をする。彼らもルーシーとおなじく、ジャガ芋とタマネギを売り物にしているが、ほかにも、瓶詰めジャム、砂糖漬け、ドライフルーツ、小袋に入れたブッコノキの茶葉、ハニーブッシュの茶葉、ハーブ類を並べている。

ルーシーはカンバス地のスツールを二脚持ってきていた。ふたりは魔法瓶からコーヒーを飲み、客足がつくのを待つ。

二週間前には教室で、この国の退屈しきった若者相手に、〝飲む〟と〝飲み干す〟の違い、〝焼く〟の過去形と過去分詞形の違いを説明していた。完了形とは、ある行為が目的までやり遂げられた状態を指します。なんと遠くに感じることか！　わたしは生きる、わたしは生きてきた、わたしは生きた。

ルーシーのジャガ芋が、一ブッシェル容量のバケツにドサッとあけられる。芋はきれいに洗ってある。コオスとミエムズのジャガ芋には、まだ土がまだらについている。午前中で、ルーシーは五百ラント近くを稼ぎだす。切り花も着々と売れていく。十一時になると値下げをし、すると野菜の残りもさばけてしまう。牛乳と肉の露店も繁盛しているようだ。ところが、ふたり並んだ老夫婦はじっとしたままにこりともせず、売れ行きはかんばしくない。

ルーシーの客の大半は、彼女をきちんと名前で覚えている。ほとんどは中年の女たちだが、彼女と接する態度に、〝この子はわたしのもの〟と言いたげな気配がちらつく。まるで、ルーシーの成功がわが手柄でもあるかのように。客が来るたびに、彼女は「わたしの父です。デヴィッド・ラウリー。ケープタウンから遊びにきているの」と紹介する。「娘さんが自慢でしょうね、ミスター・ラウリー」女たちは言う。「ええ、それはもう」と彼は答える。

「ベヴは動物の保護病院を運営しているの」ある女性の紹介のあと、ルーシーはそうつづける。「ときどきわたしも手伝っているんだけど。帰り道、彼女の家に寄りましょうよ。もし、よければ」

ベヴ・ショウという女には、どうも馴染めなかった。ずんぐりと小柄な気ぜわしい女で、短く刈りこんだ癖毛、黒ぼくろが点々とし、首がやけに短い。美しくあることに励まない女は好まない。ルーシーの友人たちには、前々から抵抗がある。誇れるものがなにもない。

そんな偏見が心中に巣くい、いまや染みついていた。わが心は、古くさくて役立たずで貧困でほかに行き場を失った考えの隠れ家だ。そういう考えは追いだして、家屋をきれいに掃除すべきなのだろう。だが、そんな気はない、さらさら無い。

〈動物愛護連盟〉は以前はグレアムズタウンで盛んな慈善活動をしていたが、いまでは活動を停止している。しかし、ひと握りの有志がいまもベヴ・ショウに率いられ、古い建物でクリニックを運営している。

動物愛護主義者に反感があるわけではない。記憶にあるかぎりかなり前から、ルーシーは彼らと懇《ねんご》ろにやっているが。こういう人々なくば、世の中はまちがいなくさらに悪しき場になっているだろう。そういうわけで、ベヴ・ショウが玄関のドアを開けると、彼はにこやかな顔をしてみせる。じつのところ、いきなり出迎えてくれた猫の小便と犬の疥癬《かいせん》と殺菌液《ジェイズフルイド》の臭いで辟易《へきえき》していても。

ベヴの家はまさに思ったとおりのものだった。くず同然の家具、飾り品がごたごたと置かれ(羊飼いの女をかたどった陶人形、カウベル、ダチョウの羽根の蠅たたき)、ラジオが哀しげな音を出し、籠のなかでは鳥がピーチクパーチク囀《さえず》り、足元のいたるところに猫がいる。部屋にはベヴ・ショウだけでなく、ビル・ショウもいる。妻と同様、ずんぐりとした男で、キッチンテーブルの席でお茶を飲んでいる。顔を真っ赤にさせ、髪はしらが、襟のくたびれたセーター。「さあ、座って座って、デイヴ」ビルは言う。「お茶でも飲んで、くつろいで」

長い朝だった。疲れた身としては、この手の人々と他愛もないおしゃべりをするなど、なにを措《お》いても勘弁願いたい。ルーシーをじろっとにらむと、彼女は「すぐにお暇《いとま》するわ、ビル」と言う。「薬をとりにきただけだから」

窓のむこうに、ショウ家の裏庭がちらりと見える。リンゴの木から虫の食った実が落ち、雑草が好きほうだいに伸び、囲いの壁はトタンの波板だ。陶器を乾かす木のパレット、使い古しのタイヤ、あたりをニワトリがほじってまわり、庭の隅には、あろうことかダイカー（小型レイヨウ類の一種）とおぼしきものが居眠りをしている。

「どう思う？」車にもどってからルーシーが訊いてくる。

「失礼なことは言うまい。これも、ここ独自のサブカルチャーなんだろう。あの夫婦に子どもは？」

「いいえ、いないわ。ベヴを見くびらないで。彼女はものをわかっている。その恩恵は計り知れない。長年、Dヴィレッジにも通っているのよ、最初は〈動物愛護〉の一員として、いまでは個人で」

「負け戦にきまっている」

「ええ、そうよ。もう基金も出ない。この国の優先リストに、動物なんてどこにも見当たらない」

「彼女もがっくりきているだろうな。きみも」

「ええ。いいえ、そうでもないわよ。それがどうしたの？　ベヴが救っている動物たちは、〝がっくり〟なんかしていない。おおいに安らいでいるわ」

「なら、結構じゃないか。わるかったよ、ルーシー。この手の話題になかなか興味をもてないだけなんだ。感心だよ、きみのしていること、彼女のしていることは。だがわたしには、動物愛護家というのは、少しばかりある種のクリスチャンを思わせる。誰もがほがらかで善意の人で、こっちはしばらく一緒にいると逃げだして、押しこみ強盗でもやりたくてうずうずしてくる。あるいは、猫でも蹴っとばすか」

感情の暴発にわれながら驚く。不機嫌なわけではないのだ。これっぽっちも。

「関わるならもっと大きなことにしろと言うのね」ルーシーは言う。車はひらけた道に出ていた。娘は父のほうをちらりとも見ずに運転している。「おまえはおれの娘なんだから人生をもっと有効に使え、そう思っているんでしょ」

父はもうここで首を振っている。「違う……違う……そうじゃない」と、つぶやきながら。

「静物画でも描くか、おまえも教師になってロシア語を教えろ、そう思っているのよ。ベヴとビルの夫婦みたいな友だちは感心しないんでしょう。彼らといても、もっと上等な生活はできそうにないから」

「ルーシー、それは違う」

「いいえ、そうよ。彼らといても、もっと上等な生活はできやしない。なぜなら、〝もっと上等な生活〟なんてどこにも無いからよ。あるのはこの生活だけよ。それをわたしたちは動物とわかちあう。それが、ベヴのような人たちが築こうとしている理想の生活よ。わたしもその手本に倣《なら》おうとしている。人間の特権を動物とわかちあうこと。つぎに犬や豚に生まれ変わったら、人間の下になって生きるのはまっぴら」

「ルーシー、そうカリカリしないでくれ。ああ、わたしも同感だよ、あるのはこの生活だけだ。それから動物のことだが、ぜひとも優しくしよう。しかし、見方を誤っては困る。人間は動物とは種をたがえる生き物だ。高等であるとはかぎらない、たんに違うものなんだ。だから、優しくあるなら、純粋に寛容な心からにしようじゃないか。罪悪感やしっぺ返しを怖れる気持ちからでなく」

ルーシーはひとつ息を吸う。父のごたくに反論するかに見えたが、なにも言わない。ふたりは押し黙ったまま帰宅する。

9

彼は居間に腰をおちつけて、テレビでサッカーの試合を観ている。スコアは〇対〇。どちらのチームも勝つ気がないようだ。

解説はソト語とコーサ語で交互にやっているようだが、いずれにせよ、ひと言もわからない。聞こえないぐらいに音声をおとす。南アフリカの土曜の午後。もっぱら男と男の愉しみのためにある時間。いつのまにかうとうとしはじめる。

ソファで目が覚めてみると、ペトラスが瓶ビールを手に隣りに座っている。いつのまにかテレビの音量を上げている。

「ブッシュバックスが」とペトラスが言う。「おれの贔屓《ひいき》のチームだ。これはブッシュバックス対サンダウンズの試合」

サンダウンズのコーナーキック。ゴール前に敵味方が入り乱れる。ペトラスは唸《うな》って、頭を抱える。土埃がおさまると、ブッシュバックスのゴールキーパーがボールを胸の下に抱きこんで、グラウンドに倒れている。「よくやった！　よくやった！」ペトラスが言う。

「いいゴールキーパーだ。チームは手放しちゃいけない」

試合は無得点のまま終わる。ペトラスはチャンネルを替える。つぎはボクシングだ。やけに小さな男ふたり——背丈がレフェリーの胸までもないような——がリングに跳びこんできて、烈しく打ちあう。

彼は立ちあがると、奥の部屋へぶらぶら向かう。ルーシーがベッドに寝ころんで本を読んでいる。「なにを読んでいるんだ？」彼は訊く。彼女は妙な顔でこちらを見ると、耳栓をはずす。「なにを読んでいるんだ？」そう繰り返し訊いたものの、「調子がくるっているんじゃないか？　わたしはそろそろお暇《いとま》しようか？」と言う。

ルーシーは微笑んで、本を脇へおく。『エドウィン・ドルードの謎』そう来るとは思わなかった。「どうぞ、座って」彼女は言う。

彼はベッドに腰をおろすと、なんとはなしに彼女の足を撫でる。きれいな足だ。形が良い。母親ゆずりで、骨の恰好が良い。女盛りなのだ、少々太っていようと、色気のない服を着ていようと、魅力がある。

「わたしに言わせれば、デヴィッド、これがまともな調子なのよ。居てくれてうれしいわ。田舎暮らしのペースに慣れるには、しばらく時間がかかるというだけ。することさえ見つかれば、そう退屈しないはずよ」

彼は上の空でうなずく。この子は魅力的だが、と思いなおす。男とは無縁のようだ。父親の自分を責めるべきなのか、どのみちこういう結果になったのか？　生まれ落ちた日から、娘にはまさにごくごく自然な、惜しみない愛情を抱いてきた。彼女も気づいていないはずがない。過剰だったのだろうか、この愛情が？　それを重荷に感じてきた？　重くのしかかっていたのか？　それで怪しげな本を読むようになったのか？

〝恋人〟たちとのつきあいはどうなっているのだろう？　というより、恋人たちにとって彼女はどういう存在なのか？　これについては、その葛折《つづらお》りの道を辿《たど》って考えるのに臆するところはなかったし、いまもない。自分は〝情熱の女〟の父になったのだろうか？　官能の世界で、娘はどんな力をふるい、また、ふるっていないのか？　そんなことも、ふたりで話しあえるだろうか？　ルーシーは箱入り娘の類ではない。なぜ、おたがい腹を割って話さない？　まだ誰も線を描いていないうちに、ふたりで線を描けばいいではないか？

「することさえ見つかれば、と言うが」と夢想から醒めて彼は言う。「たとえば、なにがあるかな？」

「犬の手伝いはどう？　餌にする肉を切るの。わたしはどうも苦手なのよ。それで、ペトラスにまかせたんだけど、いまは彼も自分の作地を築くのに忙しいから。手伝いをしてちょうだい」

「ペトラスの手伝い、か。気にいった。いいじゃないか、この歴史の皮肉。ところで、労働にたいして賃金は払ってくれるかな、どう思う？」

「本人に訊いて。もちろん払うでしょう。今年の初めに、土地対策省からの交付金をもらったから。それで、一ヘクタールの土地とこの地所の一部を少しばかり買えたのよ。話さなかった? 境界は貯水池のところ。貯水池は共有。あそこからフェンスまではすべて彼のものよ。牛を一頭飼っていて、この春には仔牛も生まれるわ。ペトラスには奥さんが二人いるのよ。奥さんと恋人と言ったらいいか。手札をうまく使えば、二度めの交付金が手に入って家を建てられそうだし。そうなったら、あの厩舎からも出られるわね。東ケープの水準からいえば、彼は資産家なのよ。お給金をくださいと頼むことね。それぐらいの余裕はあるわ。わたしのほうがこの先、彼を雇っていられるかどうか」

「よし、わかった。餌の肉切りは引きうける。ペトラスの土地も代わりに耕すと申しでよう。さて、ほかには?」

「クリニックの手伝いはどう。ボランティアの手がぜひとも欲しいの」

「ベヴ・ショウの手伝いをしろ、か」

「ええ」

「彼女とはうまくやれそうにないな」

「うまくやる必要はないわよ。手伝えばいいだけ。でも、お金は期待しないで。善意の心でやってもらわないと」

「それはどんなもんかな、ルーシー。ともすれば、地域奉仕のように聞こえるが。過去の悪事を償おうとしているみたいだ」

「動機とやらについていえば、デヴィッド、クリニックの動物たちは詮索しないから安心して。訊きもしないし、気にもかけない」

「わかった、引きうけよう。ただし、更生しろというのでないなら、だ。再教育される気などない。このままの自分でいたいんでね。そういう条件でならやろう」手はまだ娘の足にある。足首をぎゅっとつかむ。「わかったか？」

ルーシーは〝愛らしい微笑み〟としか呼びようがないものを向けてくる。「つまり、この先も悪い子でいる心構えなのね。いかれていて、悪くて、関わりあうとろくなことがない。約束するわ、誰も変われなんて言わないから」

この娘は、かつての母親そっくりのからかい方をする。ウィット（があるとすれば）という点では、もっと鋭いが。彼はむかしからウィットのある女に弱い。ウィットと美貌。どうがんばっても、メラーニにウィットは見つけられなかった。だが、あふれるほどの美があった。

またもや、あの感覚が体をつきぬける。欲望の軽いおののき。ルーシーにじっと見られているのに気づく。こういうことは隠せないようだ。おもしろい。

立ちあがって、裏庭へ出ていく。幼犬たちが彼の姿を見て喜ぶ。ケージのなかを行き来し、しきりと哀れな声を出す。だが、あの老いた雌のブルドッグだけはほとんど身じろぎもしない。

そのケージに入っていって、ドアを閉める。すると、雌犬は首をもたげて彼を見つめ、また頭をたれる。老いた乳房がだらんとしている。

彼はしゃがみこむと、耳の後ろを掻いてやり、「おたがい見捨てられた身だな？」と囁く。

コンクリートむきだしの床に、彼女と並んで仰向けになる。上には、淡い色をした蒼穹《そうきゅう》がある。体がほぐれていく。

その恰好のままルーシーに見つかる。いつのまにか寝入っていたらしい。気づいたときには、水の入ったブリキ缶を手にした彼女がケージのなかにおり、起きあがった雌犬に、足の臭いを嗅がれていた。

「仲良くなった？」ルーシーが言う。

「彼女と仲良くなるのはむずかしいよ」

「かわいそうなケイティばあさん。お嘆きでしょう。誰も欲しがらないし、それを自分でもわかっているのよ。皮肉なのは、この辺り一帯に子孫がたくさんいるはずで、孫子は彼女となら喜んで同居するだろうってこと。でも、子どもたちに彼女を呼び寄せる権限はないものね。犬は家財の一部、防犯装置の一部なのよ。犬は人間を神のように奉《たてまつ》ってくれるけど、人間はそのお返しに、彼らを物みたいにあつかう」

ふたりはケージを出る。雌犬はまたべたりと寝そべって、目を閉じる。

「教父たちは犬のことで長い論争をしたすえ、犬にはまともな魂がないと結論した」彼は意見を開陳する。「彼らの魂は肉体に縛られており、肉体とともに死滅する」

ルーシーは肩をすくめる。「わたしなんて自分に魂があるのかすらおぼつかないわ。この目で見ても、それとわからないでしょうけど」

「そんなことはない。きみ自身が一個の魂なんだ。われわれはみな魂だ。生まれる前から」

彼女は父をおかしな目で見つめる。

「彼女の身のふりはどうする？」彼は訊く。

「ケイティのこと？　そういうことなら、手元においておくつもり」

「動物を始末することはないのか？」

「いいえ、わたしは。ベヴはやるわ。ひとのやりたがらない仕事だから、引きうけているの。心はずたずたよ。彼女をあなどってはだめ。思っているより興味深い人よ。あなたの目から見てもね」

わたしの目。どんな目だ？　あんなだみ声のチビのずんぐりむっくり、相手にしなくていいじゃないか？　哀しみの影が押しかぶさってくる。独りでケージにいるケイティを思い、われとわが身を思い、誰もかれもを思って。彼は深々とため息をつく、ため息を押し殺しもせず。「赦《ゆる》してくれ、ルーシー」彼は言う。

「赦してくれ？　なにを赦すの？」彼女は、軽く、からかうように、微笑む。

「二人の人間がきみをこの世に招きいれる役割を担《にな》い、わたしはその一人であるのに、結局たいして良い案内役にはなれなかった。でも、ベヴの手伝いにはいこう。ベヴと呼ばなくてもいいというのが条件だが。そんな馬鹿げた通称があるか。まるで牛みたいだ。それで、いつから始めよう？」

「彼女に電話してみるわ」

10

クリニックの表の看板には、〈動物愛護連盟　登録1529番〉。その下に、毎日の診療時間が書かれているが、いまは上からテープが貼ってある。玄関口には順番を待つ人々が列をなし、なかには動物連れもいる。彼は車から降りたとたん、子どもたちにたかられ、金をせびられたり、たんに眺められたりする。彼は人集《ひとだか》りをわけ、二匹の犬の奏でる不協和音のなかを歩いていく。犬たちは飼い主に押さえられても、唸りあい、嚙みつきあおうとする。

殺風景な狭い待合室は、ぎゅうぎゅう詰めである。誰かの脚をまたいで、やっとなかへ入る。

「ミセス・ショウは?」彼は訊ねる。

老女が顎をしゃくり、ビニールカーテンで閉ざされたドア口を指す。老女は短いロープに繫いだヤギをつれている。ヤギは固い床に蹄《ひづめ》の音を響かせながら、不安げな目であたりをにらみ、犬たちをじろじろ見る。

奥の部屋に行くと、尿の臭いがつんと鼻につく。ベヴ・ショウがスチール張りのテーブルで作業をしている。ペンライトで照らして幼犬の喉をのぞきこむ。ローデシアンリッジバックとジャッカルを掛けあわせたような犬だ。テーブルの上に、犬の飼い主とおぼしき裸足の子どもが膝をつき、犬の頭を腋《わき》にがっちり抱えこんで、口を閉じさせまいとしている。その喉の奥から、ゴロゴロと低い唸り声が聞こえる。たくましい後軀に力が入る。その格闘の場に、彼はぎごちなく参入し、犬の後ろ足を左右押さえこんで、〝おすわり〟の姿勢をとらせる。

「ありがとう」ベヴ・ショウが言う。顔が紅潮している。「折れた歯がはまりこんで、ここに腫れ物ができてる。抗生剤はないから――ちょっと、しっかり押さえてて、坊や！ ただランセット切開して、最良の結果を願うしかない」

そう言うと、ランセットで口の中を探る。犬は急にひどくもがいて、彼の手から逃れようとし、少年はもう少しで振りきられそうになる。彼のほうはテーブルから這いだそうとする犬を強く押さえこむ。一瞬、怒りと恐怖をたたえた犬の目が、彼の目をねめつける。

「横向きにしますよ――よいしょ」ベヴ・ショウが言う。あやしながら、慣れた手つきで騙しだまし犬を横向きにしてしまう。「ベルトを」と言う。犬の体に彼がベルトを巻くと、彼女がバックルを留める。「さて、楽しいことでも考えて。気をしっかりもって。きっと思ったとおりの臭いがしますよ」

彼は全体重をかけて犬を押さえる。少年はぼろ切れを巻いた片手で、おっかなびっくり、また顎をこじ開ける。犬は恐怖のあまり白目をむく。思ったとおりの臭いがするだって？だからどうした！「さっさとやってくれ！」彼は小さな声で言う。ベヴ・ショウがまたランセットでつつく。犬はゲェッと吐きそうな声を出し、身を硬くしたかと思うと、脱力する。

「さて」彼女はまた言って「あとは、自然の経過にまかせるしかない」とベルトのバックルをはずし、コーサ語らしき言葉でたどたどしく少年に話しかける。犬は起きあがり、すごすごとテーブルの下にもぐりこむ。テーブルの上には血と唾液が飛び散っている。ベヴが拭きとる。少年がなだめすかして犬を誘いだす。

「どうもありがとう、ミスター・ラウリー。堂々としたものです。動物好きとお見うけしますが」

「動物好き？　まあ、動物は食するから、好きということになるか。少なくとも、一部のものは」

ベヴの髪の毛は、こまかいカールが密集している。焼きごてを使って自分でカールするのだろうか？　そうとは思えない。毎日、何時間もかかってしまう。もともとこういう髪質なのだろう。ここまでの女を間近で見たのは初めてだ。耳の血管など、赤と紫の線細工のようにはっきり浮きだしている。鼻の血管もしかり。それに嚢《ふくろ》のふくれた家鳩さながら、顎のすぐ下は胸で首はないに等しい。全体のアンサンブルとしては、いたく魅力を欠く。

ベヴ・ショウは彼の言葉の意味を再思三考しているが、嫌味な口調には気づいていないらしい。

「そう、この国では動物を多く食べるけど」彼女は言う。「人間にとって、あまり身のためにならないようです。動物たちになんと申し開きをしたらいいのか」と言ってから、

「つぎの患者にかかりますか？」

申し開き？　いつするのだ？　最後の審判の日にか？　もっと聞きたいところだが、いまはそんな場合ではない。

先ほどのヤギはもう成長した雄だが、ろくに歩けなくなっていた。黄と紫がかった陰嚢の半分が風船のように腫れている。残りの半分には、血と土がこびりついて固まっている。犬どもにやられたんです、と老女が言う。それでも、ヤギはいまもって快活そうで元気があり、闘志満々の様子だ。ベヴ・ショウが診察する最中も、糞のつぶてを瞬時勢いよく飛ばす。彼が頭の脇に立って角を押さえると、老女はわざと嫌そうなふりをする。

ベヴ・ショウが綿棒で陰嚢を触診する。ヤギが蹴る。「脚にベルトをかけられます？」ベヴが彼に訊き、方法を指示する。右後ろ足と右前足をベルトで留める。ヤギはまた蹴ろうとしてよろける。彼女は綿棒で傷口をやさしくぬぐう。ヤギはわななないてメェーと啼く。

低くしゃがれた、いやな声だ。

汚れがとれると、傷口で虫がうごめき、やみくもに頭を揺らしているのが見える。彼は身震いをする。「クロバエです」とベヴ・ショウが言う。「孵《かえ》ってから少なくとも一週間」と唇を引き結ぶ。「もっと早く連れてくるべきだった」そう老女に言う。「はい」老女は答える。「毎晩、犬どもが来る。あんまりだ。こんな男ヤギに五百ラントも払うなんて」

ベヴ・ショウが上身をおこして自問自答する。「ここでなにができるかわからない。わたしはこれを取ってみた経験もない。木曜のオオスシュイゼン先生の診察日まで待ってもらう手もあるけど、どっちみちあの老先生じゃ頼りにならないだろうし、このばあさんはそれを望んでる？　そうすると、抗生剤の問題も出てくる。彼女には抗生剤にお金を使う気がある？」

彼女はまたヤギのかたわらに膝をつき、喉に鼻をすりつけ、自分の髪で喉を上向きに撫でてやる。ヤギは身を震わせるが、おとなしくしている。ベヴ・ショウは、角を放すよう、身ぶりで老女に伝える。老女はそれに従う。ヤギは身じろぎもしない。

ベヴ・ショウがなにか呟《つぶや》いている。「あなたの意見は、デヴィッド？」そう言う声が彼の耳に入る。「あなたならどう言う？　これで、もう充分？」

ヤギは催眠術にでもかかったように、まったく動かない。ベヴ・ショウはひきつづき頭で喉を撫でている。彼女まで恍惚状態に入ってしまったようだ。

ベヴ・ショウは気をとりなおすと、立ちあがって、「残念ながら、手遅れだと思う」と老女に言う。「わたしには彼を良くしてあげられない。木曜日に来る先生を待つか、わたしのもとに置いていくか。安らかな最期にしてあげる。この子もわが身を思ってのこと、受けいれてくれるでしょう。どう？　どう、ここに預けていく？」

老女は動揺し、首を横に振る。ヤギの綱をひいてドアロへ行こうとする。

「あとで引きとりにくればいい」ベヴ・ショウが言う。「最後まで彼の力になってあげる、それだけのことなんだから」努めておちついた声を出そうとしているが、彼はその抑揚に挫折感を聞きとる。それはヤギにも聞こえるのだろう。ベルトを蹴りほどこうとし、頭を跳ねあげ、突進せんばかりに前のめりになり、そうする尻の後ろでは、いやらしい膨らみが揺れている。老女はベルトを引いてゆるめ、脇へ投げだす。そして、ふたりは行ってしまう。

「いまのは、一体どういうことなんだ？」彼は訊ねる。

ベヴ・ショウは顔を隠して、鼻をかむ。「なんでもありません。安楽死のための致死薬《リーサル》ならたくさん持っているけど、飼い主に強制はできない。自分のものなら、自分なりのやり方で始末したいんでしょう。かわいそうに！　あんなに気のいいお爺さんヤギなのに。勇敢で、素直で、自信満々で！」

リーサル、Lethal。薬の名前か？　製薬会社がつけかねない名前だと思う。「レーテーの水を飲めば、一発でおさき真っ暗」（Letheその水を飲むと生前の一切を忘れるという忘却の川。リーサルlethalを連想させる語として考えられてきた）

「あなたが思っているより、きっと彼はよくわかっている」彼は言う。われながら驚いたことに、ベヴ・ショウを慰めようとしている。「彼なりにひととおり考えたあとかもしれない。いうなれば、もって生まれた予知能力だ。なにしろ、ここはアフリカじゃないか。時が始まって以来の亡霊がさまよっている。鉄だの火だのの使い道なら、動物たちは教えられなくてもわかっている。いかにしてヤギに死がもたらされるか、それもわかっている。彼らは覚悟をきめて生まれてくるんだ」

「そう思います？」彼女は言う。「わたしにはよくわからない。人間に死ぬ覚悟があるとは思わない。わたしたち誰ひとりとして。導きなしには」

　さまざまなことが納まるべきところに納まりだす。この小さな醜女《しこめ》がみずからに課した務めに、彼は初めて気づく。この侘《わ》びしい建物は癒しの場ではなく――そうあるには、彼女の医療技術はあまりに素人くさい――、終《つい》の棲家《すみか》なのだ。ある物語を思いだす。あれは誰だった？　聖フーベルトゥスか？　猟犬どもから逃げて、息も絶えだえ、気も狂わんばかりに礼拝堂へ駆けこんできた鹿を、かくまってやったのは？　ベヴ・ショウは獣医ではなく巫女《みこ》なのだ。例のニューエイジ信仰にひたり、アフリカの苦しむ獣たちの重荷を軽くしてやろうと、無謀にも努力している。ルーシーは、父が彼女に興味をもつと考えた。だが、それは見当違いだ。興味うんぬんという表現はあたらない。

彼は午後いっぱい手術室で過ごし、できるかぎりの手伝いをする。その日最後の患者を診おわると、ベヴ・ショウに案内されて裏庭を見てまわる。鳥かごには、鳥が一羽いるばかり。若いヤシハゲワシが翼に副木《そえぎ》をあてている。あとは、犬だらけだ。ルーシーのところの手入れの良い純血種とは違い、痩せた雑種の群れが、犬舎二棟に分けてめいっぱい押しこまれ、太く吠えたり、高く鳴いたり、哀れに鼻を鳴らしたり、興奮して飛び跳ねたりしている。

彼はベヴ・ショウがドライフードを皿にあけ、水桶に水を足すのを手伝う。ふたりで十キロ入りの餌袋をふたつ空にする。

「この食糧の代金はどうやって払っているんだ?」彼は訊く。

「卸売りで買う。募金をあつめる。寄付をもらう。去勢手術を無料で行ない、そのための補助金をもらう」

「去勢手術をするのは?」

「オオスシュイゼン先生、ここの獣医の。でも、週に一日、午後しか来られません」

彼は犬たちが餌を食べるのを眺めている。争いがほとんどないのに驚く。小さいもの、弱きものは、その役回りを受けいれ、順番を待っている。

「問題は、とにかく数が多すぎることです」ベヴ・ショウが言う。「動物たちはそこをわかっていません、当たり前ですが。説いて聞かせる術もないし。多すぎるといっても、それは人間の基準であって、彼らの基準じゃない。彼らはたんに繁殖できる道さえあれば、いくらでも繁殖する。この地上をおおいつくすまで。子どもを大勢つくるのが悪いことだなんて、思っていない。多ければ多いほど楽しい。猫もおなじ」

「それから、ネズミも」

「そう、ネズミも。それで思いだしましたが、家に帰ったら、ノミがついていないかよく見てください」

犬の一頭――栄養のよさそうな、満ち足りて目を輝かせた犬――が、金網ごしに彼の指の臭いを嗅ぎ、ぺろっと舐める。

「彼らはたいした平等主義なんだな」彼は言う。「階級がない。仲間の尻の臭いも嗅げないほど偉くて強いものもいない」そう言ってしゃがみこむと、顔や息の臭いを犬に嗅がせてやる。犬は知的ともとれる顔をしているが、実際そういうものではないのだろう。「じきにみんな死ぬのか？」

「ええ、貰い手がない子たちは。わたしたちが始末します」

「で、その仕事をしているのがあなたか」

「ええ、そうです」

「そうすることに抵抗は？」

「あります。根深い抵抗が。抵抗がないような人には代行させたくありませんが。あなたはどうですか？」

彼は黙りこむ。そしておもむろに、「うちの娘がここへわたしを寄越した理由、聞いているかね？」と訊く。

「困ったことになったから、と」

「困ったどころじゃない。世間では恥辱とでも呼ばれるものだろうな」

彼はベヴ・ショウをじっと見る。気まずげな顔。いや、たんにこちらの思いすごしか。

「それを知っても、まだわたしを使いたいか？」彼は言う。

「あなたにその気持ちがあるなら……」彼女は両の掌《てのひら》をひらき、組みあわせ、またひらく。言葉が見つからないのだろう。そればかりは、彼にも口出ししてやれない。

これまで娘のうちというと、ほんの短い滞在しかしたことがない。それが、いまでは家に同居し、暮らしをともにしている。むかしの習慣が知らず知らずのうちに出ないよう、気をつけなくては。親としての習慣——トイレットペーパーを補充するとか、電気を消すとか、ソファから猫を追いだすとか。年寄りらしい生活に慣れよ。そう彼は自分に言い聞かせる。まわりにとけこむ努力。老人ホームにそなえる稽古。

彼は疲れたふりをして、夕食後は自室へ引きあげる。ルーシーが自分だけの生活をいとなむ物音が微かに聞こえてくる。抽斗を開け閉《た》てする音、ラジオの音、電話で話す遠い声。ヨハネスブルグに電話して、ヘレンと話しているのだろうか？　父がここにいるばかりに、ふたりは別居しているのか？　ふたりはひとつベッドで寝てしまうだろうか？　夜中にベッドが軋《きし》んだら、ふたりは気づまりな思いをするか？　気まずくて止めるだろうか？　とはいえ、女同士の営みのなにをわかっていると言うんだ？　女たちはベッドを軋らせる必要はないのかもしれない。しかも、ことにあのふたり、ルーシーとヘレンという女たちのなにをわかっている？　ふたりは子どものように並んで眠るだけかもしれない。寄り添い、触れあい、くすくす笑う。少女時代に帰って。恋人というより姉妹のようなものだ。ひとつベッドで眠り、いっしょに風呂に入り、ジンジャー・クッキーを焼き、服をとり替えっこして着てみる。サッフォー的な同性愛――なるほど、太る口実になる。

じつをいえば、女相手に燃えあがっている娘の姿など思いたくもない。しかも、不美人が相手となれば。しかし、では恋人が男なら少しは満足なのか？　本当のところ、ルーシーになにを望んでいるのか？　永遠に子どもでいてくれと言うのではない。いつまでも無垢《むく》で、いつまでも父のもので――いや、それはまったく違う。それでも、自分は父親であり、これは避けがたい運命なのだ。父親というのは歳をとるほど――どうしようもないことに――ますます娘に気持ちが傾く。娘が第二の救済主、生まれ変わった若き花嫁になるのだ。なにも不思議はない、おとぎ話で女王たちがわが娘を死に追いやろうとするのは！

彼はため息をつく。哀れなルーシー！　哀れな、娘という生き物たちよ！　なんという宿命、なんという重荷を背負わされるのか！　いっぽう、息子たちはどうか。よく知るところではないが、彼らもまた深甚《しんじん》なる苦しみを背負っているのだろう。

眠れたらいいのにと思う。ところが、寒いうえに、まるで眠気をもよおさない。

起きあがって肩にジャケットをはおってから、またベッドに入る。一八二〇年に書かれたバイロンの手紙を読んでいるところだ。すでに太り、三十二歳という壮年のバイロンは、グィッチョーリ夫妻とラヴェンナに暮らしていた。すなわち、ひとりよがりで短足の愛人テレサ（バイロンと関係のあったイタリア貴族の女性）と、彼女の慇懃《いんぎん》な悪意の夫と。夏の暑気、遅い午後のお茶、田舎の噂話、あけっぴろげな欠伸《あくび》。「女たちは輪になって座り、男たちはやるせなく賭けトランプをやる」そうバイロンは書く。不義の情事あればこそ、結婚生活の退屈にあらためて気づく。「わたしはつねづね三十という歳をひとつの区切りとして見据えてきた。熱愛における本物の歓び、つまりは強烈なる歓喜の区切りとして」

彼はふたたびため息をつく。夏のなんと短いことよ。そのあとは、秋、そして冬！　真夜中すぎまで手紙を読みつづけても、寝つけない。

11

水曜日。早起きをしたが、ルーシーはそれより早く起きている。彼は貯水池でカモを眺めている娘の姿を見つける。

「可愛いでしょう？」彼女は言う。「毎年もどってくるのよ。あの三羽がね。うちに来てもらえて幸せだわ。選ばれた者として」

三。ある種の解決になる数字かもしれない。彼とルーシーとメラニー。それとも、彼とメラニーとソラヤ。

父と娘はともに朝食をとり、二頭のドーベルマンを散歩につれていく。

「ここで暮らしていけそう？　世界のこの場所で」ルーシーがだしぬけに訊く。

「どうした？　新しい〝犬男〟が必要になったか？」

「いいえ、それは考えてないわ。でも、あなたならローズ大学にきっと職が見つかるわよ。コンタクトをとるべきね。それとも、ポート・エリザベスか」

「そうは思えないな、ルーシー。わたしなど、いまでは買い手がつかない。あのスキャンダルがついてまわって離れない。そうだな、職にありついても、もっと地味なものだろう。帳簿係とか。いまでもそういう職があればだが。あるいは、犬舎の世話係とか」

「噂好きのおしゃべりを止めたければ、みずからを弁護すべきじゃないの？　逃げていたら、ゴシップは増長するだけでしょ？」

　子ども時代のルーシーはもの静かで控えめで、父について所見を述べることこそあれ、知るかぎり、断裁することはなかった。二十代なかばになったいま、彼女は一人立ちしはじめている。犬、菜園、占星術の本、無性的な服装。そのどれにも、独立宣言が見てとれる。よく考えたすえの、目的意識の高い宣言。男に背を向けているのもそうだ。自活。父の影から抜けだして。よくやった！　褒めてやろう！

「要は、そういう目で見ていたのか？」彼は言う。「わたしは犯行現場から逃げだしたと？」

「というか、身を引いたんでしょう。でも、実際問題、その違いはなに？」

「大事な点を見落としているな、ルーシー。きみが言わせたいことはわかるが、そういう言い分はいまや通らないのだよ。もう結構《バースタ》。いまの時代、主張しようとしたところで、聞いてもらえない」

「そんなことないったら。たとえ、あなたが自分で言う、その、恐竜みたいなモラルの遺物だとしても、恐竜の話すことを聞く知りたがり屋はいるものよ。わたしなんかも聞きたいわ。どんな言い分なの？　さあ、聞かせて」

彼はためらう。女関係のことを父にもっとしゃべらせたいなど、本気で考えているのか？

「わたしの言い分は欲望という権利にもとづく」彼は言う。「小鳥までもわななかせる神にもとづく」

あの女子学生のフラット、あの寝室にいる自分の姿が、脳裏に浮かぶ。外は雨が降りしきり、部屋の隅のヒーターからパラフィンの臭いが立ちのぼるなか、彼女の上に馬乗りになり、衣服を引き剝がし、彼女のほうは死人のように両腕をだらりとしている。〝わたしはエロスの神のしもべだった〟そう言いたいが、そこまで厚顔《こうがん》になれるものか？　わたしを操っていたのは神だ。なにを気障《きざ》な！　だが、あながち嘘ではない。このくだらない情事にも、惜しみない心はあったのだ。花ひらこうと頑張っていたものが。こんなに時間が短いことを、あらかじめわかってさえいれば！

彼はいま一度説明しようとする。今度はもっとゆっくり。「おまえが小さいころ、まだ家族でケニルワースに住んでいたころ、隣りの家で犬を飼っていた。ゴールデンレトリバーだ。憶えているだろうか」

「ええ、ぼんやりと」

「雄犬だった。雌犬が近くに来ると、きまって興奮して手がつけられなくなる。パブロフ流のしつけでいけば、飼い主は犬を叩く。これが延々とつづくと、そのうち哀れな犬はどうしたらいいかわからなくなる。雌犬の臭いがすると、耳を寝かせて尻尾を股のあいだにたらし、情けない声で鳴きながら庭中をうろついて、隠れ場所を探したものだ」

彼はここで口をつぐむ。「要点がわからないわ」ルーシーが言う。たしかに、なにが要点なのやら？

「あまりに下卑た光景なので嫌になったんだよ。ひとが犬を罰する。わたしにはスリッパを噛んだぐらいにしか思えない悪さのために。犬はその裁きを受けいれるだろう。噛んだことで叩かれる。しかし、欲望というのはまた別物だ。本能に従ったからといって罰せられるとは。そんな裁きを受けいれる動物はいない」

「つまり、雄は本能のおもむくままに生きるのを許されるべきだと？　それがあなたの言うモラルなの？」

「いいや、これはモラルじゃない。ケニルワースの出来事のなにが卑しいかといえば、哀れな犬がおのれの本能を憎みはじめたことだ。もう叩かれる必要はなくなった。もう自分で自分を罰せられる。この時点で、撃ち殺されたほうがよかったんだ」

「それとも、元にもどしてやるか」

「おそらくは。犬も意識の奥底では、撃ち殺されるほうを望んでいたかもしれない。ほかに差しだされた選択肢よりも。選択肢のひとつは、本能を押し殺すこと。もうひとつは、これから一生、家の居間でのらくら過ごし、ため息をついて猫の臭いを嗅ぎながら、太っていくこと」

「いつもそんなふうに感じてきたの、デヴィッド？」

「いや、いつもではない。ときには、まるで逆のことを感じた。欲望は重荷にほかならず、無くてもやっていけるのに、と」

「言わせてもらうと」ルーシーが言う。「わたしもその考えになびきそうだわ」

先をつづけるのを待ったが、彼女はそこで話題を打ちきる。「なんにせよ、本題にもどると、あなたはうまいこと追いだされたわけね。同僚たちはほっと息がつけるようになり、一方、スケープゴートは荒野をさまよう」

陳述？　尋問？　たんなるスケープゴートだと思っているのだろうか、わが娘は？

「スケープゴートという言い方はしっくりこないな」彼は慎重に切りだす。「スケープゴート、すなわち贖罪の身代わりという行為が功を奏するのは、背後にまだ宗教的な力がある場合にかぎる。人々は都会の罪をヤギの背中に乗っけて荒野に追いだしてしまい、それで街はきれいになった。効き目があったのは、誰もが儀式の解釈をわかっていたからさ、神々もふくめてね。ところが、神々は死に、人々は突如として、天の力をかりずに街を浄化するはめになった。シンボリズムでは事足りず、現実の行ないが要求される。検閲というものが生まれる、ローマカトリック教会的な意味の。〝戒心〟はスローガンに形を変える。世の中の感じている警戒心を言葉であらわすわけだ。魂の浄化は追放にとって代わられた」

いくらなんでもやりすぎだ。これでは講義ではないか。「ともあれ」と彼は話をまとめる。「都会に別れを告げてきたわたしは、気づいてみれば、この荒野でなにをしている？　犬の治療、それに、不妊手術と安楽死を専門とする女性の助手のまねごと」

ルーシーが笑い声をあげる。「ベヴのこと？　ベヴを圧力団体の一員とでも思っているの？　彼女のほうはあなたを崇《あが》め奉っているのに！　だって、教授先生じゃないの。彼女は古いタイプの教授なんかに会ったことがないの。目の前で文法ミスでもやらかしたらと、ビクビクしてる」

小径《こみち》のむこうから三人の男たちが歩いてくる。正確にいえば、二人の男と一人の少年。三人の歩みは速く、田舎の住人らしい悠々たる足どりである。ルーシーのつれた犬が、毛を逆立てて歩調をおとす。

「気をつけたほうがよさそうか？」彼は小声で訊く。

「どうかしら」

ルーシーはドーベルマンたちの引き綱を手繰《たぐ》りよせる。男たちが間近まで来る。会釈、あいさつ、そしてすれ違う。

「誰なんだ、いまのは？」彼は訊ねる。

「見たことのない顔ね」

農園の境まで来たところで、ふたりは振りむく。よそ者たちは視界から姿を消している。母屋に近づいていくと、ケージのなかの犬たちが吠えたてているのが聞こえる。ルーシーが歩調を速める。

さきほどの三人がそこでふたりを待っている。男ふたりはケージから距離をおいているが、少年はケージのかたわらに立ち、犬たちをシッと制したり、やにわに脅かすふりをしたりする。逆上した犬たちは、吠えたて噛みつこうとする。ルーシーのつれた犬が綱を振りほどこうとする。あの雌の老ブルドッグまでが――彼は貰い子にした気になっていたが――低く唸り声を発している。

「ペトラス！」ルーシーが声高に呼ばわる。しかし、ペトラスの来る気配はない。「犬たちから離れなさい！」彼女は叫ぶ。「ハムバ！」

少年はゆっくりケージを離れると、連れのかたわらに寄る。のっぺりと表情のない顔のわりに、強欲そうな目。花柄のシャツにだぶだぶのズボン、小さな黄色の日よけ帽。男ふたりはどちらもオーバーオール姿だ。背の高いほうの男はハンサム――はっと目をひくほどの男前で、広い額に彫像のような頬、横に大きくひらいた鼻孔。

ルーシーが近くに行くと、犬たちは静まる。三番めのケージを開け、ドーベルマン二頭をなかに入れる。果敢にふるまっている。彼は胸のうちでつぶやく。だが、賢明なことかどうか？

男ふたりに、ルーシーが言う。「用はなんなの？」

少年が口をだす。「電話をしなくちゃならない」

「なぜ電話を？」

「急にこの人の姉さんが」と後ろの男をあいまいに指し、「困ったことになったから」と言う。

「困ったこと？」

「そう、すごく大変なことだ」

「どんなことなの？」

「赤ん坊だよ」

「姉さんに赤ちゃんが生まれるの？」

「そうだ」

「あなたたち、どこから来たの？」

「エラスムスクラール」

彼とルーシーは目を見交わす。エラスムスクラールといえば、森林管理地のなかにあり、電気も電話もない小村落である。ならば、話はわかる。

「なぜ森の警察署からかけなかったの？」

「誰もいないから」

「ちょっとここにいて」ルーシーは父に囁くと、少年に言う。「電話をしたい人は誰?」

少年は背の高いハンサムな男を指す。

「いらっしゃい」彼女は言い、裏口の鍵をあけてなかに入る。背の高い男があとにつづく。

その一瞬後、もうひとりの男も、彼を押しのけて家に入っていく。

なにかおかしい。彼は直観する。「ルーシー、出てこい!」と大声で呼びながら、男たちを追うべきか、とどまって少年を見張るべきか、去就にまよう。

屋内はしんとしている。「ルーシー!」また呼んでから、なかへ入ろうとしたところで、ドアの掛け金がカチャリと閉まる。

「ペトラス!」彼は声をかぎりに叫ぶ。

少年が身をひるがえして走りだし、玄関口へ向かう。彼はブルドッグの綱をほどく。

「捕まえろ!」彼がけしかけると、犬は少年を追い、重い足どりで駆けていく。

彼は母屋の前で、少年と犬に追いつく。少年は豆作の添え木を手にとり、それで犬を追い払おうとしている。「シッ……シッ……シッ!」少年は息を切らしながら、棒を突きだす。ブルドッグは低く唸りながら、右へ左へ弧を描くように動く。

少年と犬をその場においたまま、彼は裏の勝手口のドアへとんでいく。折り戸のいちばん下の部分は閂《かんぬき》が掛かっていなかった。二、三度、強く蹴ると、戸が内側にひらく。彼は四つん這いになってキッチンに入りこむ。

　そのとたん、脳天に一発がつんと食らう。〝まだ意識があるんだから死んじゃいない〟と考える間が一瞬あったのち、手足の力が抜け、床にくずおれる。気づいてみると、キッチンの床を引きずられている。その後は目の前が真っ暗になる。今度は冷たいタイルの上に、うつぶせになっている。立ちあがろうとするが、足がなにかにぶつかって動かせない。また目を閉じる。つぎに目を開けると、トイレにいる。母屋のトイレに。起きあがると、立ち眩《くら》みがする。ドアには外から錠が掛けられ、鍵はなくなっている。

　便座に腰をおろして、なんとか立ち直ろうとする。家のなかはしんとしている。犬たちは吠えているが、気が立っているというより、義理で鳴いているようだ。「ルーシー！」彼は声をしぼりだし、さらに声を高くして、「ルーシー！」と呼ぶ。

　ドアを蹴ろうとするが、気が動転しており、ともかく場所が狭く、ドアは旧式であまりにも頑丈だ。

　いよいよ来たわけだ、審判の日が。なんの前ぶれもなく、高らかなファンファーレもなく、それはやって来た、わたしはその直中《ただなか》にいる。胸の鼓動もはげしく、まぬけな心臓も心臓なりにそれと悟っているらしい。われわれはいかにして審判に耐えるのだろうか？わたしと、わが心臓は。

そして、わが娘はよそ者の手中にある。一分後にも、一時間後にも、手遅れになるかもしれない。あの子の身になにがおきようと、それはいずれ碑銘に刻まれるがごとく石化して過去のものとなるだろう。だが、たったいまは未《ま》だ手遅れではない。いま、なにかしなければ。

物音を聞こうと耳をそばだてるが、室内の音はなにも聞きとれない。しかし、わが子が叫んでいるなら——どんなにか細い声でも——きっと聞こえるはずなのに！

ドアを乱打する。「ルーシー！　ルーシー！　返事をしろ！」とまた大声で呼ぶ。

ドアが内側にひらき、それに押されてバランスをくずす。目の前にいるのは、背の低いほうの男。空《から》の一リットル瓶のネックをつかんで持っている。「鍵を出せ」男は言う。

「だめだ」

男に突きとばされる。彼は後ろによろめき、どすんと便座に腰をおろす。男が瓶を振りかざす。その顔には怒りの気配すらなく、いたって穏やかだ。たんに仕事をこなしているだけなのだろう。誰かに売り物を引きわたすのとおなじ。瓶でこの男を殴れと言われたら、殴る。必要なだけ殴る。それで瓶まで割れようと。

「鍵だ、持っていけ」彼は言う。「なんでも持っていけ。娘にだけは手をだすな」

男は一言もなく鍵の束を手にとると、またドアの外から錠をおろす。

彼は身震いをする。危険な三人。なぜ事前に察知しなかった？　だが、体は無事だ、いまのところ。家にある物を盗《と》っていくだけで、気がすむかもしれない？　ルーシーに手をかけることなく去っていくのでは？

母屋の裏手から、人声が聞こえてくる。犬の鳴き声が大きくなり、いちだんと猛《たけ》った声になる。彼は便座の上に立ち、窓の桟《さん》のあいだから外をのぞき見る。

ルーシーのライフルと、やたら膨らんだゴミ袋を抱えて、背の低い男がちょうど母屋の角をまわって姿を消すところだ。車のドアがバタンと閉まる。その音でわかった。わたしの車だ。男が今度は手ぶらで現われる。一瞬、ふたりは窓ごしにまっすぐにらみあう。

「ハイ！」男は言うと、陰気に笑い、なにごとか叫ぶ。いきなり笑い声があがる。すぐに少年がやってきて、窓の下に並んだふたりは〝捕虜〟をしげしげと眺め、捕虜の運命を話しあう。

彼はイタリア語も話せるし、フランス語も話せるが、イタリア語もフランス語も、ここ暗黒のアフリカではこの身を救ってくれぬ。無力な標的、まさしく〝サリーおばさん〟だ（年増女の木像の口にくわえさせたパイプに棒を投げて落とす遊戯がある）。漫画に出てくるような。長い法衣に日よけ帽。先住民たちが煮えたつ大鍋に彼を放りこむ算段をしながら土着語でぺちゃくちゃおしゃべりしているあいだも、ひたすら手を組み目を天にむけて祈っているだけの伝道師。伝道所――それが遺したものとは？　あの輝かしい一大事業が遺していったものとは？　いまの彼には、なにひとつ見えてこない。

背の高い男もライフルをかついで、玄関口からまわってきた。慣れた手つきで、弾薬筒を銃尾に装塡し、銃身を犬のケージに突っこむ。いちばん大きなジャーマンシェパードがよだれをたらして猛り狂い、それに嚙みつこうとする。重々しい銃声がひびく。ケージに、血しぶきと脳みそが飛び散る。一瞬、犬たちの咆吼《ほうこう》がやむ。男はもう二発撃つ。一頭の犬が胸を撃ち抜かれて即死する。もう一頭は喉の銃創にあえぎながら、耳を寝かせてぐったりと座りこみ、この人間の動きをじっと目で追っている。とどめすら刺そうとしない、この男を。

あたりは静まりかえる。残った三頭の犬は、隠れる場所もなく、犬舎の奥に引っこんで、小さく哀れな声をだしながら、一緒になって右往左往している。男は発砲の間隔をたっぷりとりながら、三頭を順繰りに片づける。

通路に足音がし、トイレのドアがふたたび開く。背の低いほうの男が目の前に立っている。その後ろに、花柄のシャツを着た少年の姿がちらりと見える。アイスクリームを大きな容器ごと抱えて食べている。彼は男を押しのけて無理に出ていこうとするが、ばたんと転んでしまう。足技でもかけられたか。やつら、サッカーで鍛えているにちがいない。

大の字にのびているうちに、頭から爪先まで液体を引っかけられる。目が燃えるように熱く、必死で見開こうとする。臭いの正体がわかった。ランプオイルだ。もがきながら立ちあがったものの、また便器に押しもどされる。マッチを擦る音がしたとたん、もう冷たく燃える青い炎に全身包まれている。

やはり見込み違いだった！　やはり自分も娘も半端なことではすまないのだ！　このまま焼け焦げて、死ぬのか。自分が死ぬなら、ルーシーも。ルーシーのほうこそ！　彼はあたりかまわず身をなげだし、意味不明の唸り声を発する。髪の毛に火がついてパチパチ音をたてる。彼は狂ったように顔を打つ。言葉にならない、恐怖そのものの叫び。立ちあがろうとするが、また押さえつけられる。一瞬、視界がはっきりし、眼前に青のオーバーオールと靴が見える。靴の爪先がめくれあがっている。足裏から、草が何本かつきだしている。

手の甲で、炎が音もなく躍っている。なんとか膝をついて、その手を便器のなかへつっこもうとする。背後でドアが閉まり、また錠がまわる。

便器にかがみこみ、顔中に水をかけ、頭を濡らす。焦げた髪の毛からいやな臭いがする。立ちあがり、服でまだ燃えている炎を叩き消す。

紙を束にして濡らし、顔を水でひたす。目に刺すような痛みを感じ、片目のまぶたはもはや閉じかけている。片手で頭をひとなでると、指先が煤《すす》で真っ黒になる。片耳の上あたりをのぞいて、髪の毛は無いようだ。触った感じ、頭ぜんたいが柔らかい。なにもかもが燃えつきた。燃えた、燃えつきた、過去、過去分詞。

「ルーシー！」彼は声をあげる。「そこにいるのか？」

青のオーバーオールを着た男ふたりを相手に揉みあい抗おうとする、娘の図が浮かんでくる。彼は身もだえて、その図をうち消そうとする。

車の発進音、つづいて砂利を踏むタイヤの音が聞こえてくる。これでもう済んだのか？信じられないが、彼らは去っていくのか？

「ルーシー！」何度も何度も呼ぶうち、自分の声に狂気めいたものを感じる。

ありがたいことに、とうとう錠の鍵がまわる。彼がドアを開けるころには、もうルーシーは背中を向けている。バスローブに素足、髪の毛が濡れている。

そのあとについてキッチンを通ると、冷蔵庫が開けっ放しになっており、食料が床いちめん散乱している。勝手口に立ったルーシーが、犬舎の殺戮のありさまに気づく。「わたしの子たち、わたしの子たち！」と低くうめく声が聞こえる。

ルーシーは一番めのケージの扉をあけて入っていく。喉に銃創をうけた犬は、未だかろうじて息をしている。彼女はかがみこんで、話しかける。犬はかすかに尻尾を振る。

「ルーシー！」彼がいま一度呼ぶと、彼女は初めて父のほうに目を向ける。その顔には、けわしい表情がうかんでいる。「父さん、いったいなにをされたの？」彼女は言う。

「心配した」彼は言い、自分もケージのなかに入ると、娘を腕に抱こうとする。彼女はやさしくはあるが決然と、それを振りほどく。

居間の荒らされようはひどく、それは彼の部屋も同様である。物を盗られていた。ジャケット、上等の靴。だが、それはまだ序の口なのだ。

鏡で自分の姿を見る。茶色っぽい灰——髪の毛の燃えかすに他ならないが——が、頭皮から額をおおっている。その下の皮膚は、焼けただれて赤い。皮膚にふれてみる。痛みがあり、汁がじくじく滲《し》みだしていた。片目のまぶたは腫れあがって開かない。眉毛も睫毛《まつげ》もなくなっている。

バスルームへ行くが、ドアが閉まっている。「入ってこないで」ルーシーの声がする。

「だいじょうぶか？　怪我は？」

なんと馬鹿な質問を。彼女はなにも答えない。

彼はキッチンの水道で灰を洗い落とそうと、コップに水を汲んでは頭に何度もかける。水が背中をつたい落ちる。寒さで震えがくる。

日ごと、一時間ごと、一分ごとに、おきていることなのだ。彼は自分に言い聞かせる。この国のそこかしこでは。命拾いをしただけでも、ありがたいと思え。いまこのときも、車に囚われて連れ去られるか、頭に銃弾をうけて谷間に棄てられていないだけ、ましと思え。ルーシーのことも、運があったと思え。なかんずく、ルーシーのことは。

なにかを所有するというリスク。車、靴、ひと箱のタバコ。なにもかも行きわたるほどは無い。車も、靴も、タバコも。人が多すぎ、物が少なすぎる。ここにあるものを使いまわしていくしかないのだ、誰もが一日でも幸福になれるチャンスを得るには。それが理屈だ。理屈を死守し、理屈の慰めにしがみつけ。これは人間の悪業というより、巨大な循環システムなのだから、その営みに憐れみや恐怖は無縁だ。この国では、人生をそんなふうにとらえねばならない。おおむねのところ。そうでもしなければ、頭がおかしくなってしまう。車、靴、それに女もだ。このシステム内には、女と女たちの身の上が納まる位置があるにちがいない。

ルーシーが背後に来ていた。スラックスに着替え、レインコートをはおっている。髪の毛を後ろにとかしつけ、きれいに洗った顔はまったくの無表情だ。彼はその目をのぞきこむ。「ルーシー、心配した」と言うと、急にこみあげてきた涙にむせる。

彼女は父をなだめるのに指一本動かさない。「その頭はひどいわね」とひと言いう。

「バスルームの戸棚にベビーオイルがあるから、つけて。車は盗られた？」

「ああ。ポート・エリザベスの方向に走り去ったようだ。警察に電話しなくては」

「できないわ。電話機をたたき壊されたから」

そう言うと、彼女は出ていく。彼はベッドに座って待つ。体に毛布を巻きつけていても、震えが止まらない。片手の手首が腫れて、ずきずき痛む。どこで傷つけたのか、思いだせない。もう暗くなりはじめている。瞬《また》く間に午後の時間がすぎてしまったようだ。

ルーシーがもどってきて、「あいつら、コンビのタイヤもパンクさせていったわ」と言い、「歩きで、エッティンガーのうちまで行ってくる。そう時間はかからない」と、そこで言葉を切り、「デヴィッド、ひとに訊かれたら、あなたのことだけ話してもらえない？
あなたの身におきたことだけを」

どういうことだか、理解できない。

「あなたは自分の身におきたことだけを話す。わたしはわたしのことだけを話す」彼女は繰り返す。

「それは良くない」彼の声は急にしわがれる。

「いいえ、いいの」彼女は言う。

「ルーシー、わたしの娘」彼は言い、彼女に両手をさしのべる。娘がそばに来ないので、毛布をわきにおいて立ちあがると、両腕に抱く。腕のなかの娘はすっかり身を硬くして、ひと声も洩らさない。

12

エッティンガーはかなり歳のいった男で、きついドイツ語訛りの英語を話す。妻を亡くし、子どもたちはドイツに帰ったので、あとに残った彼はアフリカで独り暮らしだ。三リッターのピックアップで、ルーシーを助手席に乗せて到着すると、エンジンをふかしたまま表で待っている。

「ああ、このベレッタ無しにはどこへも出かけられんね」グレアムズタウン・ロードに出たとたん、彼はそう言って、腰にさしたホルスターを軽くたたく。「自分の身は自分で守るのがいちばんだ。警察は助けてくれようともしない。そうさ、いまとなってはもう頼りにならん」

エッティンガーの言うとおりだろうか？　銃を持っていれば、ルーシーを救えたのか？　いや、それは疑わしい。銃を持っていたら、いまごろ自分が命をおとしていただろう。ルーシーともども。

両手が——気づいてみると——ほんの微かだが震えている。ルーシーは胸の前で腕を組んでいる。彼女も震えているからなのか？

てっきりエッティンガーは警察署に向かっているものと思っていた。ところが、ルーシーの告げた行き先は病院だと判明した。

「きみ自身のためか、わたしの怪我のためか？」彼は娘に訊く。

「あなたのためよ」

「警察もわたしに話を聞きたがるんじゃないかね？」

「あなたに話せてわたしに話せないことなんて無い」彼女は応える。「そうじゃない？」

病院に着くと、ルーシーはしっかりした足どりで、〈救急治療室〉と書かれたドアをくぐっていき、父にかわって診察用紙に書きこみ、待合室に座らせる。その態度はじつに力強く、果断であるが、かたや、父のほうはもはや全身に震えがきているようだ。

「もし治療がはやく済んだら、ここで待っていて」彼女は言いつける。「迎えにもどってくるから」

「そう言うきみはどうするんだ？」

彼女は肩をすくめる。震えているとしても、そんな様子はまるで見せない。

彼は姉妹とおぼしき巨体の女性ふたりのあいだに席を見つける。姉妹のひとりは、むずかる子どもを抱いている。その横に、手に血だらけの脱脂綿をあてた男。彼の順番は十二番めだった。壁掛け時計は、五時四十五分を告げている。無事なほうの目を閉じると、気絶するように意識が遠のき、その横で、姉妹はあいかわらずひそひそ話をしている。チュチョタンテス。ふたたび目を開けると、時計はまだ五時四十五分をさしている。壊れているのか？　そんなことはない、長針がカチッと動いて、五時四十六分をさす。

二時間がすぎたころ、やっと看護婦に呼ばれるが、さらに待たされてようやく、順番がまわってきて、一人しかいない当直医に診てもらえる。若いインド人の女医だ。

頭皮の火傷はそうひどくありませんが、感染症には気をつけてください。そう彼女は言う。目の怪我の診察には、もっと時間がかかる。上と下のまぶたがくっついており、剝がすとなると、これがとてつもなく痛い。

「運がよかった」女医は診察のあとで言う。「目そのものに損傷はありません。ガソリンを撒かれていたら、こうはいかない」

治療室から出てきた彼は、手に包帯を巻いて三角巾でつられ、目には眼帯をし、手首に氷嚢を留めている。待合室にビル・ショウの姿を見つけてびっくりする。彼より頭ひとつぶん背の低いビルは、両肩をつかんでくるなり、「とんでもない、こんなとんでもないことが」と言う。「ルーシーはうちに来ています。彼女は自分で迎えにくるつもりだったが、ベヴが聞きいれなかった。具合はどうですか？」

「いや、わたしはだいじょうぶだ。軽い火傷で、心配はない。夕方の時間を割かせてしまってもうしわけない」

「なにを馬鹿な！」ビル・ショウは言う。「こんなこともしなくて、なにが友だちです？ あなたでも、おなじことをしてくれるでしょう」

この嫌味ない言葉は、心に残って離れそうにない。ビル・ショウは、自分が殴られるなり、火をつけられるなりしたら、デヴィッド・ラウリーが病院へ車でかつぎこみ、読む新聞もそうそうないのに待合室で待ち、また家に送りとどけてくれると信じているのだ。デヴィッド・ラウリーとは一度お茶を飲んだ仲なのだから、デヴィッド・ラウリーは友だちであり、助けあう義理があると思っているのだ。これはビル・ショウの考え違いか、それとも正しいのか？ ここから二百キロも離れていないハンキーで生まれ、金物屋で働いているビル・ショウが、そんなにも世間知らずなのだろうか？ なかには、すぐに友だちをつくらず、男同士の友情を懐疑にまみれた目で見ている人間もいると知らないほど？ 近代英語の friend は、もともと古期英語の freond または freon、愛するという動詞から来ている。お茶を飲んだだけで、愛の絆が生まれるものなのか、ビル・ショウの見地では？ とはいえ、ショウ夫婦がいなければ、エッティンガーじいさんがいなければ、なにがしかの絆がなければ、いまの自分はどうなっているだろう？ 荒らされつくした農園に、壊れた電話、おもてには番犬の死骸が散らばり。

「とんでもないことだ」ビル・ショウが車中で繰り返す。「悪質きわまりない。新聞で読むだけで充分ひどいのに、それが知り合いの身に降りかかるとは」と首を横に振る。「まさに実感しますよ。また戦争が始まったようなものだって」

彼は答えようともしない。今日という日は、まだ死なずに生きているのか。戦争、悪辣。どれも、今日という日を巧くまとめるのに使いたくなる言葉だ。今日という日がその黒い喉の奥に飲みくだす言葉。

ベヴ・ショウが玄関で出迎える。ルーシーは鎮静剤を飲んで、いま横になっています。そうふたりに告げる。だから、そっとしておいたほうがいい。

「娘は警察には？」

「ええ、もう盗難車の手配もでています」

「医者には診てもらったのか？」

「ひととおり診察済みです。ところで、あなたのほうは？ ルーシーの話だと、ひどい火傷だとか」

「たしかに焼けはしたが、見かけほどひどくはない」

「なら、なにか食べて休むといいでしょう」

「腹はすいていない」

ベヴ・ショウが、古めかしい大きな鋳鉄のバスタブにお湯をはってくれる。彼は湯気のたつバスのなかに、青白い体をのばしつつ、リラックスしようとする。ところが、出るだんになって足をすべらせ、あやうく転びそうになる。赤ん坊のように弱って、頭がふらふらしているのだ。ビル・ショウを呼ぶはめになり、バスタブから引っぱりだされ、体を拭いてもらい、借りたパジャマを着せてもらう、という不面目を味わう。あとで、ビルとベヴが小声で話しているのを耳にする。話題の主はこの自分だ。

病院からは、チューブ入りの鎮痛剤と、火傷用の包帯一式と、寝るさい頭を支えておく小さなアルミ器具をもらってきていた。ベヴ・ショウは猫の臭いのするソファに、彼を寝かせてくれる。意外なほどあっさりと、眠りにおちる。真夜中に目覚めると、頭のなかが冴えわたっている。まぼろしを見ていた。ルーシーが呼びかけている。「助けて!」と。それがまだ耳元でこだましている。まぼろしのなかの彼女は、濡れた髪を後ろになでつけた姿で、両手を前にさしのべ、白い光のなかに立っていた。

彼は立ちあがると、椅子につまずいて蹴っ飛ばしてしまう。明かりがつき、目の前にナイトガウン姿のベヴ・ショウが立っている。「ルーシーと話さないと」しどろもどろに彼は言う。口が渇いて、舌が腫れぼったい。

ルーシーのいる部屋のドアはひらいている。夢のなかの姿とは大違いだった。顔は寝腫れがし、明らかに借り物とわかる部屋着の紐を結ぼうとしている。

「すまない、夢を見たんだ」彼は言う。まぼろしという語が、急に古くさく異様に思えてきた。「きみに呼ばれている気がした」

ルーシーはかぶりを振る。「呼んでいないわ。もう寝てちょうだい」

たしかに、呼んでいるわけがない。夜中の三時だ。しかし、気づかずにはいられない。今日これで二度めだが、ルーシーが子どもにでも話しかけるような声をだしていることに。子どもか、老人にでも話しかけるような。

寝なおそうとするが、眠れない。薬の副作用にちがいない、と自分に言い聞かせる。まぼろしでもなく、夢でさえなく、たんに薬のもたらす幻覚だ。それでも、光輪のなかの女がまぶたの裏から消えない。「助けて！」娘が悲鳴をあげ、その言葉がはっきりと間近で響く。ルーシーの魂が肉体を離れ、自分のもとへ来たなど、ありうるだろうか？　魂の存在を信じない人間もやはり魂をもっており、魂は魂の独立した生をいとなんでいる、そんなことがあるだろうか？

まだ日の出までは数時間ある。手首が疼き、目は焼けるように痛み、頭皮がひりひりして気が休まらない。手探りでそっとランプのスイッチを入れて、起きあがる。毛布を巻きつけた恰好で、ルーシーの部屋のドアを開け、なかへ入る。ベッドサイドに椅子がある。そこに腰をおろす。彼女が目覚めているのは感じでわかる。

おれはなにをしているんだ？　か弱い娘を見はって危害から護り、悪霊を追い払おうというのか。しばらくしてようやく、彼女が緊張をといてきたのを感じる。唇がひらいてやわらかな音がする。静かな、静かな、いびき。

朝が来る。ベヴ・ショウがコーンフレイクと紅茶の朝食をだしてくれ、ルーシーの部屋へ消えていく。

「娘の具合は？」ベヴがもどってくると、彼は訊く。

ベヴ・ショウはその応えに、そっけなく首を振るだけだ。あなたは知らなくていいの、そう言っているような。生理、産褥《さんじょく》、辱め、その〃余波〃。血にかかわること。それは女だけの知る重荷であり、女の領土である。

なにも初めてではないが、いまふたたび彼は思う——好きなときだけ男の訪問を許すような女社会に暮らすほうが、彼女たちは幸せなのではないか？ルーシーを同性愛者とみなすのは、おかど違いなのだろう。たんに女同士でいるほうが落ち着くだけなのだ。それとも、それがレズビアンというものなのか？　男を必要としない女たち。

あのふたり、ルーシーとヘレンが、レイプをあれほど烈しく憎悪するのも無理はない。レイプとは、混沌と混交の神、隠遁の地を侵すもの。レズビアンをレイプするのは、処女を犯すより酷《ひど》い。打撃はより大きい。連中はそれを承知でやったのか、あの男たちは？噂が広まっていたのだろうか？

九時、ビル・ショウが仕事に出かけていくと、ルーシーの部屋をノックする。彼女は壁際を向いて寝ている。隣りに腰をおろし、その頬にふれる。頬は涙で濡れている。

「話しにくいことだが」と彼は切りだす。「医者には診てもらったのか？」

ルーシーは上身を起こすと、鼻をかむ。「ゆうべ内科の主治医に診てもらったわ」

「それで、彼はあらゆる可能性にそなえてくれたんだろうね？」

「彼女、よ。彼ではなく」ルーシーは言う。「いいえ」声にうっすら怒気がしのびこむ。「できるわけないでしょう？　どうしたら医者に〝あらゆる可能性にそなえ〟られるの？　馬鹿を言わないで！」

彼は立ちあがる。そういう短気な態度にでるなら、こちらもつられかねない。「訊いたわたしがわるかった。今日はどうしようか？」

「どうしようか？　農園に帰って片づけをするのよ」

「そのあとは？」

「これまでどおりに暮らす」

「あの農園でか？」

「もちろんよ、あの農園で」

「少しはわきまえろ、ルーシー。事態は変わったんだ。止《や》めたところからあっさり始められるか」

「なぜできないの？」

「名案ではないからだ。安全とは思えない」

「安全なんてものはあった例《ため》しがないし、良いも悪いも、そもそも案なんてないのよ。わたしは〝案〟のためにもどるんじゃない。たんに家へ帰るだけ」

そう言って、借り物の部屋着姿で身を起こすと、彼女は目をらんらんとさせ、父をまっこうから頑《かたく》なに見据える。もはやパパの可愛い娘ではない、いまやもう。

13

帰路につく前に、包帯を取り替えてもらわねばならない。せまくて窮屈なバスルームで、ベヴ・ショウが包帯をほどく。まぶたはまだ閉じっぱなしで、頭皮には水ぶくれができているが、危惧したほどの痛手ではない。いちばん痛みがひどいのは、右耳の縁の部分である。例の若い女医がいうには、じっさいに「火がついた」のはここだけらしい。

ベヴ・ショウは赤剝けになった頭皮をまず消毒液で洗浄し、その上に、油っぽい黄色のガーゼをピンセットでおく。まぶたの襞と耳には、そっと軟膏を塗る。治療中は、ひと言もしゃべらない。彼はクリニックに来たヤギを思いだし、あのヤギも彼女の手にゆだねられ、こんな安らぎを得ていたのかと思う。

「これでよし」彼女は最後に言って、一歩さがる。

彼は自分の姿を鏡で検《あらた》める。ぴったりした白の〝帽子〟、片方だけ白抜きになった目。「きれいにまとまったもんだ」そうコメントしたが、心中こう思っている。「まるでミイラだな」

レイプの話題をもちだそうと、いま一度こころみる。「ゆうべ内科の主治医に診てもらったと、ルーシーは言っているが」

「ええ」

「妊娠の危険性があるだろう」彼は追及する。「性病感染の危険も。HIV感染の危険も。婦人科医にも診てもらうべきじゃないか？」

ベヴ・ショウはまごついたように姿勢をかえる。「訊くなら、ご自分で」

「もう訊いた。はぐらかされたよ」

「では、もう一度」

十一時をすぎたが、ルーシーの出てくる気配はない。彼はあてもなく庭を歩きまわる。気ぶっせいで仕様がない。なにも、身をもてあましているせいだけではない。きのうの出来事に心底うちのめされていた。震えや脱力は、あのショックの最初にしてごくごく上っ面の兆しにすぎなかったのだ。体内の大切な器官を傷つけられ、叩きのめされた感じがする。なんだか、心臓までを。老人になるとはどういうことか、その味を初めて知った。体の芯まで疲れきり、希望も欲望もなく、将来に興味がわかない。ビニール椅子に身をしずめ、ニワトリの羽根と腐りかけたリンゴの悪臭漂うなかにいると、自分の内から世の中への関心が一滴また一滴と洩れだしていくのを感じる。何週間、何カ月と経てば、この血も乾くのかもしれないが、いまはまだ出血している。血も止まるころには、自分はきっとクモの巣にかかったハエの羽のように、触ればくずれそうに脆く、もみ殻よりも軽くなり、いまにも舞い飛んでいきそうになっているのだろう。

ルーシーの力に頼ってはいけない。彼女は彼女で暗闇から光のもとへ、辛抱づよく、ひとり孤独に、帰り着かねばならないのだ。娘がもとの自分をとりもどすまで、日々の生活をとりしきるのはこのおれの役割になる。それにしても、あまりに突然のことだ。こんな重荷には、心構えができていない。農作、花作り、犬の預かり。ルーシーの未来、自分の未来、あの土地全体の未来――そんなもの、どれも関心のないことだ。そう言ってしまいたい。ぜんぶ犬どもにくれてやる、おれは知らん。あの訪問者たちについていえば、いまどこにいようと懲らしめてやりたいが、そうもいかないのなら、考えたくもない。

たんなる後遺症だ、そう自分に言い聞かせる。押し入られたショックの後遺症なのだ。しばらくすれば、体の機能も自然と回復し、その肉体のなかにいる亡霊のおれも、もとの自分にもどるだろう――だが、どう言い聞かせても、現実にはそうはいかないとわかっている。わが生きる歓びは、すっかり燃えつきた。いまの自分は川を流れる木の葉のように、軽風《かるかぜ》にのるタンポポの綿毛のように、終焉にむかって漂いつつある。そんな図がおそろしく鮮やかに浮かび、心を絶望――絶望、この言葉はいつまでも頭を離れないだろう――で充たす。生命の血が体から流れだしていき、絶望がそのあとに入りこむ。ガスのように臭いも味もないが滋養もない絶望が。それを吸いこめば、体はほぐれ、憂うこともなくなるのだ、剣の刃がその喉にふれる瞬間にも。

玄関のベルが鳴る。こぎれいな新しい制服を着た若い警官ふたりが、取り調べを始めようと構えている。部屋から出てきたルーシーはやつれた様子で、きのうとおなじ服を着ている。朝食はいらないと言う。警官の乗ったヴァンを後ろに従え、ベヴがふたりを農園に車で送りとどける。

犬の死骸が、倒れ伏したときの恰好のまま、ケージに横たわっている。ブルドッグのケイティはまだ動きまわっていた。寄りついてはこず、厩舎の近くをこそこそ歩いている姿がちらりと目に映る。ペトラスは、影も形もない。

屋内に入ると、警官たちは制帽を脱ぎ、脇の下にはさむ。彼はその場に割りこまず、ルーシーが話そうと決めた筋書きをひととおり陳述させる。警官ふたりはそれを謹んで聴きながら、ペンをせっかちに走らせ、一語一句ノートに書きとめる。ルーシーと同年代だろうに、態度にどこか険がある。まるで、汚染された生き物と接するかのような。その毒素が飛んできて冒されるとでもいうように。

男が三人来ました。と、ルーシーは陳述する。正確には、男が二人と少年が一人。どこからか家にもぐりこみ、(ここで物品を列挙し)お金、衣類、テレビ、CDプレイヤー、弾薬を装塡ずみのライフルを盗っていった。父が抵抗すると、三人は父に襲いかかり、アルコール液を体に撒いて火をつけようとした。その後、犬たちを撃ち殺して、父の車で逃走した。話しおえると、男たちの人相風体を説明する。それから、盗られた車について詳述する。

話しているあいだじゅう、ルーシーは彼のことを見据えていた。父から力の源を引きだそうというのか、さもなければ、異論があるなら言ってみなさいという目なのか。警官のひとりが「そのあいだぜんぶでどれぐらいでした？」と訊ねると、「二十分か、三十分でしょう」と答える。彼も本人も承知しているとおり、事実ではない。もっと長くかかった。どれぐらい長く？　それは、この女あるじを手込めにするのに、男たちが要しただけの時間。

それでも、彼は口をはさまない。関心のないことだ。ルーシーが筋書きを話すあいだも、ろくに聴いていない。ゆうべから記憶の辺《ほとり》を舞っていた詩句が、形をとりはじめる。〝ばあさんふたりトイレに閉じこめられ／月曜から土曜までいたとさ／誰にも気づかれぬま〟トイレに閉じこめられている間に、娘はいいようにされていたのだ。子どものころ覚えた歌の文句がよみがえり、嘲るように指さしてくる。〝おやまあ、これはどうなることか？〟これは、ルーシーの秘密となり、わたしの恥辱となる。

警官たちは用心深く室内を見てまわる。血痕なし、ひっくり返った家具類なし。散らかったキッチンはきれいに片づけられていた（ルーシーの手で？　いつ？）。トイレのドアのすぐそばに、擦ったマッチが二本落ちているが、警官たちは気づきもしない。

ルーシーの部屋のダブルベッドは、カバーがすべて剝がれている。犯行現場か。彼はひそかに思う。彼の心を読んだかのように、警官たちはベッドから目をそらし、つぎに視線をうつす。

冬の朝の静かな家。それ以上でも、それ以下でもない。

「あとで刑事が来て、指紋をとります」警官は帰りしなに言う。「物には触らないように。ほかになにか思いだしたら、署まで電話を」

警官が出て行くかいかないかのうちに、今度は電話の修理屋が到着し、つぎはエッティンガーじいさんが現われる。姿の見えないペトラスについては、暗い顔でこう言う。「あいつらは誰も信じてはだめだ」そして、コンビの修理に坊主をひとり寄越すよ、と。

以前、〝坊主〟という語の使いかたに、いきなりルーシーが激怒するのを目の当たりにしたが、きょうはなにも反応がない。

「ルーシーも気の毒に」エッティンガーが言う。「辛かったろう。しかし、もっとひどい事にもなりかねなかった」

「もっとひどいこと？　どんな？」

「たとえば、誘拐されるとか」

その言葉に、彼はハッとする。エッティンガーもやはりわかっていたか。

やがて、彼とルーシーは二人きりになる。「場所を指図してくれれば、わたしが犬たちを埋めよう」彼は申してる。「飼い主たちにはなんと言うつもりだ？」

「本当のことを」

「保険でカバーできるのか？」

「どうかしら。保険が大量殺戮までカバーするものかどうか。調べてみないと」

会話が途切れる。「なぜすべてを話さないんだ、ルーシー？」

「話したわ。さっき話したことが、すべてよ」

彼は疑わしげに首を振る。「きみなりの理由があるのはわかっているが、広い目で見て、これが最善の途《みち》と確信できるか？」

彼女は答えず、彼もいまはそれ以上問いつめない。しかし、彼の考えは三人の侵入者のことにおよぶ。三人の侵略者。もう二度と見ることもない男たち。なのに、彼の人生の、娘の人生の、消せない一部となってしまった。男たちは新聞を目にし、ゴシップを耳にするだろう。記事を読み、自分たちが押しこみ強盗の罪だけで手配されているのを知る。あの女の体は毛布のように沈黙を引っ被《かぶ》っているらしい。そう気づきはじめる。恥ずかしいんだろ。三人は言いあう。恥ずかしくて話せないんだ。そう言って、いやらしい含み笑いをし、陵辱を回想する。やつらにそんな勝利をあたえていいと、ルーシーは思っているのか？

ルーシーに言われた場所、境界の間近に穴を掘る。成犬六頭ぶんの墓だ。最近掘りおこしたばかりの土とはいえ、小一時間はかかり、掘りおわるころには、背中が痛くなり、腕が痛くなり、手首がまた疼きだしている。死骸を手押し車にのせて運んでいく。喉に風穴をあけられた犬は、まだ血まみれの歯を剥いている。まったくもって、楽な標的だったろう。彼は思う。卑しくも胸のすく行為なのだろう、黒人の匂いを嗅いだだけで犬が唸るように躾《しつ》けられている国では。すかっとする午後のひと仕事。あらゆる報復とおなじに、陶酔をともなう。彼は犬を一頭ずつ穴にころがし、土をかけて埋める。

母屋にもどってみると、黴《かび》臭くせまいパントリーに、ルーシーがキャンプベッドを設置している。貯蔵室に使っている場所だ。

「それは誰が使うんだ?」彼は訊く。

「わたしだけど」

「空き部屋はどうした?」

「天井板がなくなっているわ」

「なら、奥の大きな部屋は?」

「冷凍庫の音がうるさすぎて」

そんなわけはない。奥部屋の冷凍庫はほとんど音などたてない。ルーシーがあそこで寝たがらないのは、冷凍庫の中身のせいだ。臓物、骨、獣肉、どれも犬の餌で、もはや使い途がない。

「わたしの部屋を使え」彼は言う。「わたしがここで寝る」と言うと、ただちに荷物をまとめに行く。

しかし、こんな小部屋に移りたいなどと本気で思っているのか？　空の保存瓶の入った箱が片隅に積みあげられ、南向きの小さな窓ひとつしかない、この部屋に。ルーシーを陵辱した男たちの亡霊が、まだ彼女の寝室にうろついているなら、そんなものは断固として追いだすべきだ。連中の〝聖域〟として乗っとられてなるものか。そう考えて、荷物をルーシーの部屋に運びこむ。

宵闇がせまる。ふたりとも腹はすかないが、とにかく食べる。食すことはひとつの儀式であり、儀式の積み重ねは物事をたやすくする。

彼はできるだけもの柔らかに、また例の質問をしてみる。「ルーシー、なぜ話そうとしない？　あれは犯罪なんだ。犯罪の被害者であることに、恥ずべき点はなにもない。好きで被害者になったわけではないんだ。きみはなにも悪くない」

テーブルをはさんで向かいに座る彼女は、ひとつ深く息を吸うと、気を落ち着けてから息を吐きだし、首を横に振る。

「あててみようか？」彼は言う。「わたしに忘れるなと言うんだろう？」

「忘れるなって、なにを？」

「男の手にかかった女が味わうものについて」

「それ以上わたしの考えとかけ離れた答えもないわね。あなたとはなんの関係もないことなの、デヴィッド。なぜわたしがある事にかぎって警察に訴えでないのか、その訳を知りたいんでしょう。答えるわ、ただし、もうこの問題は蒸し返さないと約束して。わたしに言わせれば、自分の身におきたことは、まったくもって個人の問題だからよ。べつな時、べつな場所では、社会問題とみなされるかもしれない。でも、この土地、この時代では、違う。これはわたしの問題、わたしだけの問題なの」

「この土地というのは、どこだ？」

「この土地というのは、南アフリカよ」

「同意できんな。きみの行動には同意できない。身に降りかかったことを甘受していれば、エッティンガーのような農夫と一線を画せると思っているのか？　ここでの出来事は試験みたいなものだと思っているのか？　どうにか通過すれば、卒業証書と未来へのパスポートがもらえるとか、疫病が避けて通ってくれる表札が手に入るとか。いいや、復讐心とはそんなふうには働かないんだ、ルーシー。復讐とは炎のようなものだ。滅ぼすほどに、ますます貪欲になる」

「よしてよ、デヴィッド！　疫病だの炎だの、そんな話は聞きたくもない。わたしはその場しのぎで逃げようというんじゃない。そう思っているなら、肝心な点をまるきり見落としているわ」

「なら、わたしにも力をかしてくれ。きみの頭にあるのは、ある意味、個人レベルの救済だろう？　いま苦しむことで過去の罪が償えたら、とでも思っているのか？」

「いいえ。かってな誤解ばかりね。罪だの救済だの、みんな抽象概念よ。わたしは抽象論では行動しない。それをわかる努力をしてくれないかぎり、あなたの力にはなれない」

応戦しようとするが、彼女がさえぎる。「デヴィッド、さっき約束したでしょ。わたしはもうこんな会話つづけたくないの」

これほど心が離れ、これほど苦い決裂をしたことは、過去にない。彼は動揺している。

14

新しい日。エッティンガーが電話をくれ、〝当座のあいだ〟銃を貸してくれると言う。

「ありがとう」彼は答える。「考えておくよ」

ルーシーの工具をとりだし、キッチンのドアを彼なりに精一杯きれいに修理する。エッティンガーがやっているように、立入禁止の柵、防犯ゲート、囲いのフェンスなども、とりつけるべきだ。母屋はそれこそ要塞に仕立てねばならない。ルーシーにはピストルと送受信無線機を買わせ、射撃訓練をうけさせる。しかし、〝うん〟と言うだろうか？　彼女がここに暮らしているのは、この土地と、古き田舎《レーントリッヒエ》の生活を愛しているからだ。その生活様式がなくなったら、あとに残ったなにを愛せばいい？

隠れ家からなんとか誘《おび》きだしたケイティは、キッチンに腰を落ち着けた。すっかり気骨をぬかれておどおどし、ルーシーの後ろをぴったりついてまわる。絶え間なくつづく生活は、もはや以前とおなじではない。踏みつけにされた家には違和感があり、ふたりは絶えず気を張って、物音に耳をすましている。

そこへ、ペトラスがひょっこり舞い戻ってくる。おんぼろの小型トラックがうめくような音をたてながら、轍《わだち》のついた車道をやってきて、厩舎の脇で止まる。運転席からおりてきたペトラスは、かなりきつそうなスーツを着ている。そのあとから、妻と運転手がおりてくる。男ふたりがかりで、トラックの後ろの荷台から、ボール箱、防腐剤処理をした柱、トタンの波板、ビニールの管をひと巻き積みおろし、最後に、すったもんだの騒ぎのすえ、幼羊二頭がおろされ、ペトラスがフェンスの支柱に結わえつける。トラックが厩舎をまわって大きくUターンし、車道に轟音が響きわたる。ペトラスと妻が家のなかに消えていく。石綿セメントの煙突から、羽根飾りのように煙が立ちのぼりだす。

彼はひきつづき様子をうかがう。そのあいだ、ペトラスの妻が外に姿を現わし、しだら無くゆったりした身ごなしで、バケツの濯《すす》ぎ水を空ける。端整な顔立ちの女だ。彼はひそかに思う。長いスカートにターバンを高く巻きあげるという、この土地らしい出で立ちである。美しき女と果報な男か。それにしても、ふたりでどこへ行っていたのか？

「ペトラスが帰ってきた」彼はルーシーに告げる。「建築材を積んで」

「それは、結構ね」

「なぜ留守にすると知らせていかなかったんだろう？　ちょうどこの間だけ行方をくらますとは、あやしいと思わないか？」

「ペトラスにあれこれ指図はできないわ。一国一城のあるじだもの」

質問の意図とずれた答えだが、彼は聞き流す。当面、ルーシーの受け答えは、なんでも聞き流すことにしている。

ルーシーは自分の殻にこもったきり、なんの感情も顕《あら》わさず、まわりになにも興味をしめさない。では、カモを囲いから出し、貯水池の水門のあつかいを覚え、水を菜園にひいて渇水から守るのは、ぜんぶこの自分の役目なのか？ 農業のことなどなにも知らないこのわたしの？ ルーシーは日がな一日、ベッドに寝ころがり、うつろな目で宙を見つめているか、古い雑誌を読んでいるかだ。古雑誌はいくらでも出てくると見える。そのページをせっかちにめくる。まるで、そこに無いものを探すかのように。〝エドウィン・ドルード〟（ディケンズの未完の遺作で行方不明になったまま帰らない男）の現れる気配はない。

ペトラスが作業着のオーバーオールを着て貯水池に出てきたところを偵察する。まだルーシーに帰宅を報告していないのは妙だ。ふらっと近づいていき、あいさつを交わす。

「聞いていると思うが、きみの留守中の水曜に、とんでもない強盗に遭った」

「ああ」ペトラスは言う。「聞いている。まったくひどい、本当にひどいことだ。でも、もう心配なさそうだ」

心配ないだって、このわたしが？ ルーシーも？ ペトラスは「心配ないですか」と訊いたのか？ 質問のようには聞こえなかったが、そうとしか考えられない、好意的に考えるには。問題は、これになんと答えるか？

「まあ、生きてはいる」彼は言う。「ひとは命があるかぎり、〝心配ない〟んだろう。ああ、たしかに、わたしは心配ない」彼は間をおいて待ち、沈黙の流れるままにする。この沈黙はペトラスがつぎの質問でうめるはずだ。〝それで、ルーシーはどうしてる？〟と。ところが、当てがはずれた。「ルーシーはあした市場に行く気だろうか？」ペトラスはそう訊く。

「さあ、わからない」

「いや、行かないと露店をなくすから」ペトラスは言う。「たぶん」

「あしたは市場に行くのかと、ペトラスが訊いていた」彼はルーシーに伝える。「露店をとられるんじゃないかと心配してる」

「ペトラスとふたりで行って」彼女は言う。「わたしは気が乗らない」

「本当か？　一週抜けると、あとで悔やむぞ」

彼女は答えない。顔を隠しておきたいのだろう、その理由は察しがつく。屈辱のあまり、恥辱のあまり。これが、あの〝訪問者〟どもが勝ちとったものだ。これが、自信あふれる現代女性にやつらがしたことだ。噂は染みのように、地域中に広がっていく。広まるのは彼女の語る話ではない、やつらの語る話だ。やつらが物語のあるじなのだ。彼女をしかるべき役につけ、女の役割を思い知らせた。

かくいう彼も、片目に眼帯、頭には白いキャップとなれば、人前に出るのはそれなりに恥ずかしい。しかし、ルーシーのことを思って、ペトラスと並んで露店に座り、好奇の目にも耐えて、市場の仕事をこなす。わざわざ憐れみにきた例のルーシーの友人らにも、ていねいな礼を返す。「そう、車をなくしましてね」彼は言う。「それから、もちろん犬も、一匹だけのぞいて。いえ、娘はだいじょうぶですよ、今日はたまたま気分が乗らないだけで。いや、期待はしていませんよ、ご存じかと思いますが、警察も手を広げすぎだ。ええ、かならず娘に伝えておきます」

《ヘラルド》紙に掲載された犯人たちの記事を読む。〝身元不明の襲撃者〟と男たちは呼ばれていた。「三人の身元不明の襲撃者が、ミズ・ルーシー・ラウリーと高齢の父親の住む、セーレム郊外の自作農園に押しいり、衣類、電化製品、ライフルなどを持ち逃げした。妙なことに、強盗団は六頭の番犬も撃ち殺し、その後車で逃走。車は、九三年型のトヨタ・カローラ。登録ナンバーは、CA507644。ミスター・ラウリーはこの襲撃で軽傷をおい、移民病院で手当をうけて、その日に帰宅した」

ミズ・ラウリーの老いた父と、デヴィッド・ラウリーを結びつける表現がなくて、ほっとする。自然派詩人ウィリアム・ワーズワースの教え子であり、つい最近までケープ・テクニカル・カレッジの教授だった、デヴィッド・ラウリー。

商いの実務面では、ほとんどすることがない。てきぱきと売り物を並べたのも、価格を把握しているのも、代金を受けとって釣り銭をわたすのも、ペトラスである。じっさいに仕事をしているのはペトラスだけで、そのあいだ彼はじっと手を温めている。古き時代のように。おえらいだんなさま《バース・エン・クラース》。ただし、ペトラスに指示などだそうとは思わないが。ペトラスは為すべきことを為している。なら、それで良い。

とはいえ、儲けはかばかしくなく、三百ラントにも満たない。ルーシーがいないからだ、まちがいない。コンビの後ろに積まれているのは、箱入りの花、袋入りの野菜でなくてはならない。ペトラスが首を振り、「売れてない」と言う。

ペトラスはまだ不在の弁明をしていない――ペトラスには好きなとき出かけて帰ってくる権利があり、それを行使しただけであり、それについて黙っている権利もある、ということか。しかし、疑問はいくつか残る。ペトラスはあの侵入者たちの正体を知っているのか？　ペトラスがなにか情報を漏らしたせいで、やつらは、たとえば、エッティンガーではなく、ルーシーを標的に選んだのか？　やつらの計画をペトラスは事前に知っていたのか？

古き時代なら、つけつけと問い質せばすんだことだろう。古き時代なら、怒鳴りちらしてペトラスに荷造りをさせ、代わりに誰かを雇えばすむことだ。ところが、ペトラスは給金という形で金をもらっているのだから、厳密にいって、もはや〝下男〟ではない。では、厳密にいって、ペトラスはなんなのかというと、これがむずかしい。しかし、いちばんなじみそうな語は〝隣人〟だろう。今日はたまたま労働力を売っている隣人。それも、自分の都合にあうからだ。不文律ながら契約のもとで労働力を売り、その契約には、たんなる疑惑だけを理由に解雇できる土台はない。ここは新しい世界なのだ、わたしとルーシーとペトラスが暮らしているのは。ペトラスはそれを承知しているし、わたしも承知しているし、わたしが承知しているのもペトラスは承知している。

そんなこんなにもかかわらず、彼はペトラスといると落ち着く。少しずつではあるが、好ましくさえ思いはじめている。同世代の男だ。これまでには、きっといろいろあったろう。ひとくさり話すこともあるだろう。そのうち、ペトラスの身の上話を聞くのもやぶさかではない。だが、できれば英語にしないまま聞きたいものだ。最近ますます実感してきたが、英語は南アフリカの現実をつたえる媒体として適していない。酷使されてきた英語文法は、一文一文がつとに複雑化しており、その明断さ、その明晰性、その明晰であることを失っているのである。恐竜のように絶滅して泥土に埋もれ、この言語は固くこわばってしまった。英語の鋳型《いがた》に押しこんでしまっては、ペトラスの物語も関節炎をおこし、老化してしまうだろう。

ペトラスに惹かれるのは、その顔だ。顔と手である。もし、〝正直者の骨折り〟のようなものがあるとしたら、ペトラスにはそんな印《しるし》があった。忍耐と精力と不屈の男。農夫、百姓《ペィザン》、野人。そのへんの農夫とおなじに、策士でも業師《わざし》でもなく、嘘つきでもありえない。

正直に骨を折り、正直に悪知恵をはたらかす。

しかし彼は彼なりに、ペトラスがもっと先まで見越してなにを企《たくら》んでいるのかと、疑わしい気持ちを抱いてきた。たった一ヘクタール半の自作地を耕すことに、いつまでも甘んじてはいないだろう。ルーシーとて、彼女のヒッピーや流れ者の友人より長続きしているかもしれないが、ペトラスにしてみれば、まだまだ〝ひよっこ〟である。農婦までもいかないアマチュア、いうなれば、農園生活愛好家だ。ペトラスは彼女の土地を乗っ取ろうという気をおこすだろう。いずれは、エッティンガーの土地も手に入れようとする。少なくとも、牧畜ができる広さの土地は。ルーシーにくらべれば、エッティンガーは手ごわいはずだ。なにしろ、ルーシーはただの流れ者だが、エッティンガーはまたひとりの農夫であり、土くれとともに生きる人間である。しぶとい。大地に根《アインゲヴュルツェルト》をはっている。とはいえ、彼もこの何年かのうちには死ぬだろうし、ひとり息子は故郷《くに》に逃げ帰っている。それがエッティンガーの短慮たるゆえんだ。良い農夫は息子を多くつくっておくものである。

ペトラスにはきちんとした未来図があり、そこにはルーシーのような人々の居場所はない。しかし、だからといってペトラスが敵とはかぎらない。農家の生活というのは、つねづね隣人同士の足の引っ張り合いであり、隣りの畑に害虫がつくことを、不作であることを、破産することを願っているが、いざという時にはすすんで手を貸す。

最悪の邪推をすれば、ペトラスがあの三人を雇ってルーシーに教訓を叩きこんだ、とも考えられる。強奪品をその報酬として。だが、それは考えにくい。いくらなんでも、単純すぎる。思うに、真相はもっともっと――どういう言葉を使えばいいのか――人類学的なことではないか。すっかり明らかにするには何カ月もかかるような。何カ月もかけて、何十人という人々と辛抱づよく焦らず話をし、通訳事務所とかけあって。

そう思う一方、ペトラスは近い将来おきるなにかを知っているのではないか、そんな気がしてならない。それで、ルーシーに警告したのではないか。だから、この件はまだ水に流せないのだ。だから、あいかわらずペトラスにぶつぶつ言ってしまうのだ。

ペトラスはコンクリートの貯水池から水を抜きおわり、藻の掃除をしている。汚れ仕事だ。それでも、彼は手伝いを申しでる。ルーシーのゴム長に足を無理やり押しこんで貯水池ににじり降り、滑りやすい底に恐るおそる足をつける。彼とペトラスはしばし力をあわせ、藻を土からこそげ、こすり、掻きだす。やがて、彼はこう切りだす。

「なあ、ペトラス、ここに来た三人がまったくのよそ者とは、どうもわたしには思えないんだよ。どこからともなく現われ、することだけして、幽霊みたいに消えてしまうなんて、どうも信じられない。それに、うちに目をつけたのが、たんにあの日最初に行きあった白人だから、というのも考えにくい。きみはどう思う？　わたしの思い違いかね？」

ペトラスはパイプをたしなむ。柄が弓なりに曲がり、火皿の上に銀の小さな蓋がついている、旧式のパイプだ。身をおこすと、オーバーオールのポケットからパイプをとりだして蓋をあけ、火皿にタバコの葉をつめこみ、火をつけずにパイプを吸う。もの思いに沈んだ様子で貯水池の壁を、丘陵地を、ひらけた野を眺めやる。その顔はどこまでも穏やかだ。「警察がきっと見つけだす」ペトラスはようやく言う。「警察が見つけて牢屋にぶちこむ。それが警察の仕事だ」

「しかし、警察もまわりの協力なしには見つけられない。あの三人は森林管理地の警察署のことを知っていた。きっとルーシーのことも知っていたのだと思う。この地域にまったく不案内なら、なぜ知ることができる？」

これをペトラスはあえて質問とはとらない。パイプをポケットにしまいこみ、ほうきを手鍬《てすき》に持ちかえる。

「あれはただの泥棒ではなかったんだ、ペトラス」彼は食いさがる。「たんなる物盗りではない。わたしをこんな目に遭わせにきたわけでもない」と包帯に触れ、眼帯に触れる。「ほかにも目的があったんだ。言いたいことはわかるだろう。わからなくても、推測はつくはずだ。あんなことをされれば、ルーシーもいままでどおりの生活をすんなり続けられるわけがない。わたしはルーシーの父親だ。あの三人がつかまって法の前に出され、罰せられることを望む。わたしは間違っているか？　正義を求めるのは間違いか？」

どうやってペトラスから言葉をひきだすか、その手段はもはやどうでもよい。ただただ、聞かなくては気がすまない。

「いや、間違いじゃない」

怒りが突風のように吹きぬけ、そのあまりの烈しさにわれながら驚く。彼は手鍬をとりあげると、貯水池の底についた泥と水草の塊をいっきに引き剝がし、肩ごしに、壁ごしに、放りなげる。これでは、自分で怒りを煽りたてるばかりじゃないか。彼はみずからをいさめようとする。やめろ！　ところが、その瞬間、ペトラスの胸元をつかみそうになる。これがうちの娘ではなくおまえの女房だったら、と言いそうになる。パイプをくゆらして、賢《さか》しく言葉など選んでいられないだろう、と。暴行。ペトラスに無理ずくでも言わせたいのは、この言葉だ。たしかに、あれは暴行罪だった。そうペトラスが言うのを聞きたいのだ。あれは陵辱だった、と。

彼とペトラスは隣りあいながら、黙りこくって仕事を終える。


こうして農園での彼の毎日は過ぎていく。ペトラスが貯水池を掃除するのを手伝う。菜園が荒れないよう手入れをする。作物を市場用に荷詰めする。クリニックでベヴ・ショウの手伝いをする。床の拭き掃除をし、食事をつくり、ルーシーがしなくなった仕事すべてを引きうける。夜明けから日没まで休む暇もない。

目の傷はびっくりするほど早く癒えていく。ほんの一週間で、ものが見えるようになる。火傷のほうが予後が長びく。頭のキャップと耳の上の包帯はまだはずせない。むきだしの耳はピンクの軟体動物のようだ。人前に堂々とさらせる度胸がつくのは、いつのことやら。日射しよけに帽子を買う。ある意味では、顔隠しの用もある。おかしな外見に慣れようと努力するが、おかしいどころではなく、気持ちがわるい。町中で子どもがポカンと見ている例の気の毒な人々のようだ。「ねえ、あのおじさん、すごく変だよね？」子どもたちは母親に訊き、〝シーッ〟と窘《たしな》められるはめになる。

セーレムに買い物に行くのは最低限にとどめ、グレアムズタウンには土曜日しか出かけない。急に世捨て人になってしまった。侘びしい里の世捨て人。バイロンの詩ではないが、〝さすらいをやめよう〟か。心はまだ愛にあふれ、月はまだ輝いているけれど。終わりの来るのがこんなに早く唐突だとは、誰が思ったろう？　さすらうこと《ローピング》、愛すること《ラビング》の終わりが！

父と娘の災難がケープタウンで噂の種になっているとは、まさか思えない。それでも、歪んだ形でロザリンドの耳に入っていないか確かめたい。二度電話をしてみるが、通じない。三度めは、彼女の働く旅行会社にかける。ロザリンドは人材スカウトの仕事でマダガスカルに行っているとのことで、アンタナナリヴォのホテルのファックス番号を教えられる。

彼は電報文を書く。「ルーシーとわたしは災難にあった。わたしの車が盗まれ、ちょっとした揉み合いになり、少々なぐられた。重傷ではない。ふたりとも動揺してはいるが心配ない。妙な噂になっているといけないので、知らせておくことにした。きみは充実した時間を過ごしていることだろう」これをルーシーに見せて承諾をえると、ベヴ・ショウにわたして送ってもらう。アフリカでも暗黒中の暗黒地にいるロザリンドへ。

ルーシーはなかなか回復しない。夜どおし起きていて、眠れないと愚痴をこぼす。と思えば、午後にはソファで昼寝をしている。子どものように親指を口にくわえて。食べ物にはまるで興味をなくしている。こんどは、彼がなだめすかして食べさせる番だ。肉はいっさい受けつけないので、仕方なく不慣れな料理をつくる。

おれはこんなことのために来たのではない。僻地《へきち》の僻地に引きこもり、悪霊を追い払い、娘のお守りをし、つぶれかけた農園事業の世話をするなど。

悪霊どもは過ぎ去らない。彼は彼で悪夢をみる。そのなかの彼は、血まみれのベッドでのたうちまわっているか、喘《あえ》ぎ、声にならない叫びをあげ、鷹のような、ベニンの仮面のような、トト（エジプト神話に出てくるトキの頭部をもつ知識・学芸などの支配者）のような顔をした男から逃げている。ある晩など、夢遊病者か半狂乱の体で、ベッドのシーツを引き剝がし、マットレスまでひっくり返して、血の染みを探す。

バイロンの歌劇を書く計画はまだある。本もいろいろとケープタウンから持ってきたが、残っているのは手紙の巻が二冊だけである。あとはすべて盗まれた車のトランクのなかだ。グレアムズタウンの公共図書館で借りられるのは、詩の選集ばかり。しかし、これ以上なにか読む必要があるだろうか？　古きラヴェンナでバイロンと友人たちがどんなふうに時を過ごしていたか、それを知るのにまだなにを読めというのか？　いまならもう実在のバイロンではないバイロンとテレサを創出できるのでは？

本当のところ、それをこの数ヵ月、先延ばしにしてきたのだ。真っ白なページに向かいあわねばならない瞬間、最初の一音を鳴らし、自分の力量のほどを知る瞬間を。恋人同士のデュエット。ソプラノ、テノールのボーカルラインが、歌詞もなく蛇のようにとぐろを巻き、すれちがう。そんな部分部分はもう頭に刻みこまれている。クライマックスのないメロディー。大理石の階段で爬虫類の鱗《うろこ》が擦れて、ささやくような音をだす。バックで脈打つように響くのは、侮辱された夫のバリトンだ。よこしまな三人が命を吹き返すのはここになるのか？　ケープタウンではなく、この古き東部のカフラリアに？

15

厩舎の脇、草もはえない場所に、例の二頭の幼羊が一日中つながれている。メエメエ啼く声は単調でとぎれず、彼はいらいらしはじめる。ペトラスのもとへ行くと、彼は自転車を逆さまにして整備の最中である。「あの羊だが」彼は言う。「草を食める場所につないでやったらどうかな？」

「あれはパーティに使う」ペトラスが言う。「土曜日には、パーティの料理にするから殺す。あなたとルーシーもぜひ来てくれ」と言って、手を拭く。「あなたとルーシーをパーティに招待する」

「土曜日か？」

「そうだ、土曜日にパーティをひらく。大きなパーティだ」

「お招きありがとう。しかし、パーティ用の肉になるにしても、草ぐらい食べてもいいと思わないか？」

一時間後、羊たちはまだおなじ場所につながれて、哀しげに啼いている。ペトラスの姿はどこにも見当たらない。頭にきた彼は羊の鎖をとき、草の生い茂る貯水池のそばにつれていく。

羊たちは長い時間かけて水を飲み、のんびりと草を食みだす。二頭とも黒い顔をしたペルシャ子羊で、大きさといい、体格といい、さらには動作まで似かよっている。ふたごの羊は、生まれたときから肉屋の刃にかかるまで、運命をともにするのだろう。まあ、それはどうということでもない。羊が老衰で死んだのはいつの時代が最後か？　羊には自分というものも、自分の生活もない。利用されるために存在するのだ、最後の一オンスまで。肉は食べられ、骨は砕かれて家禽《かきん》の餌になる。余すところなく、おそらく誰も食べない胆嚢以外は。デカルトならあれを思うところか。魂は闇をさまよい、苦き胆汁は闇に隠れる。

「ペトラスがパーティに招《よ》んでくれたよ」彼はルーシーに告げる。「どうしてまたパーティなんかひらくんだ？」

「土地の譲渡を祝うんじゃないかしら。来月の一日、正式に受理されるのよ。彼にとってはおめでたい日なの。少なくともちょっと顔を出して、お祝いをわたさないと」

「あの二頭の羊を料理にするらしい。羊二頭がそんな話にまで発展するとは思わなかった」

「ペトラスはしみったれね。むかしなら、牡牛一頭ってところよ」

「どうも、彼のやりかたには納得できない。殺すつもりの動物をつれかえって隣人になじませ、それをみんなして食べようというんだから」

「なら、どうすればましなの？　殺すのは専門の場所でやってくれと？　自分がそのことを考えなくてすむように？」

「そうだな」

「目を覚ますことね、デヴィッド。ここは農村なの。アフリカなのよ」

最近のルーシーはなんだか訳もなく刺々《とげとげ》しい。そうなると彼はきまって口を閉ざしてしまう。すると、しばらくは、ひとつ屋根の下に他人同士が暮らしているようになる。

根気よくやらなくては、と彼は自分に言い聞かせる。ルーシーはまだあの襲撃の影が射すなかで暮らしている、もとの彼女にもどるには時間がかかるのだ、と。しかし、これが自分の思い違いだったら？　あんなことがあった人間は、二度ともとにもどれないとしたら？　あんな目に遭った後はひとがちがってしまい、すっかり沈んでしまうとしたら？

ルーシーの鬱《ふさ》ぎには、もっと良からぬ理由があるのではないか。自分があえて考えまいとしていること。この日、彼はだしぬけに訊ねる。「ルーシー、わたしになにか隠しているんじゃないか？　あの男たちになにかうつされたんじゃないのか？」

彼女はパジャマにナイトガウンをはおってソファに腰かけ、猫とたわむれていた。午《ひる》をすぎたころだ。猫はまだ幼く、好奇心が強く、すばしこい。ルーシーは目の前でガウンのベルトをぶらつかせている。猫はベルトに嚙みつこうとし、すばやく右手のブローをくりだす。ワン・ツー・スリー・フォー。

「男たち？」彼女は言う。「どの男たちよ？」とベルトの端をぴしゃりと片側に置く。猫がそれめがけて跳びつく。

どの男たちよ？　彼の心臓は止まりそうになる。娘は気でも狂ったのか？　思いだすのを拒んでいるのか？

だが、見たところ、からかっているだけのようだ。「デヴィッド、わたしはもう子どもじゃないのよ。医者にも診てもらったし、検査もした。できるかぎりのことは、ぜんぶやったの。あとは、待つしかない」

「そうか。で、〝待つ〟のは、わたしが思っているとおりのものをか？」

「そうね」

「どれぐらいだ？」

彼女は肩をすくめる。「ひと月。あるいは三カ月。もっとかもしれない。どれだけ待つはめになるか、それはまだ科学でも線引きができない。一生、かもしれない」

猫がはしこくベルトに跳びついたが、もうゲームは終了している。

彼は娘の隣りに腰をおろす。猫はソファから跳びおり、悠々と歩みさる。彼は娘の手をとる。そばに寄ると、風呂をご無沙汰しているむっとした臭いが微かに鼻をつく。「少なくとも、一生ということはないだろう」彼は言う。「そんなはめにだけはならない」

羊たちはその日一日、彼がつないでやった貯水池のそばで過ごす。翌朝になると、厩舎脇の不毛な場所にもどされている。

おそらく、土曜日の朝まで二日間。生き物が生涯最後の二日間を過ごすには、悲惨な環境ではないか。農村の流儀——ルーシーはそんな言いかたをする。彼なら、べつな言葉を選ぶだろう。無神経、心無い。田舎に都会が裁断できるなら、都会が田舎を裁断してもいいはずだ。

彼はペトラスから羊を買いとることを考えた。だが、そうしたからといって、なんになる？　ペトラスはまたその金で食糧用の動物を買い、差額を懐に入れるだけだろう。それに、奴隷の身から金で解放したはいいが、いずれにせよ、その羊を自分でどうする？　公道に放してやるのか？　犬のケージに閉じこめて、干し草で育てるのか？

彼と二頭のペルシャ子羊のあいだには、ある絆《ほだ》しが生まれているようだ。どういうわけか、わからない。この絆しは愛着とは違う。この二頭にかぎって感じるものですらない。野に群れでいたら、区別もつかないだろう。それでも、突如として訳もなく、彼らの運命が重要に思われてきたのだ。

彼は日射しを受けて二頭の前に立ち、胸の鼓動がおさまるのを待ちながら、きっかけを待つ。

羊のかたわれの耳に、ハエがもぐりこもうとする。耳がぴくぴくする。ハエは飛びたって旋回し、舞いもどってきて耳のなかに落ち着く。耳がまたぴくぴくする。

彼は一歩前にふみだす。羊は不安げに、鎖がのびるところまで後ずさる。

ベヴ・ショウが睾丸に深手をおったじいさんヤギに鼻をすりつけていたのを思いだす。撫でていたわってやり、ヤギの生のなかに入りこもうとしていた。どうしたらうまくできるのだろう、この動物との交わりというものは？　わたしの知らない術。ある種の人間でないとだめなのだ。おそらくは、ややこしいものをとっぱらった人間。

春らしい輝きに充ちた陽が顔に射す。わたしは変わらねばならないのか？　ベヴ・ショウのような人間に？

彼はまたルーシーに話しかける。「ペトラスのパーティだが、よくよく考えてみた。やはり、気がすすまない。失礼にならずに断われるかね？」

「羊を殺すことにこだわっているの？」

「ああ。いや、そうじゃない。もとの考えが変わったわけではないんだ、そういうことを言いたいのなら。獣にれっきとした個々の生があるとは、いまも思っていない。そんななかで生まれるもの死ぬものがあっても、わたしに言わせれば嘆く対象ではない。だが、それでも……」

「それでも、なんなの？」

「それでも、今回の件は心が乱れる。なぜなのか解らない」

「ペトラスも招待客も、あなたとあなたの感受性を尊重してマトン・チョップをあきらめるなんてことは、間違ってもしないわよ」

「そんなことを頼むつもりはない。今回はパーティに出席したくないというだけだ。こんなことを言いだすとは、われながら思わなかった」

「神は不可思議な行動をとるのよ、デヴィッド」

「そうからかわないでくれ」


土曜日、市場の日が、また目の前に立ちあらわれる。「屋台、出さないとだめか？」彼はルーシーに訊ねる。彼女は肩をすくめ、「自分で決めて」と言う。彼は屋台を出さない。娘の判断もあおがない。正直いって、ほっとしている。

ペトラスの祝宴の支度は、土曜の午、女たちの到着をもって始まる。総勢六人ばかり、教会用の盛装と見える服をまとっている。女たちは厩舎の裏手に火をおこしにかかる。じきに風にのって、臓物の煮える異臭が漂ってくる。その臭いで、彼は事が済んだのを察する。二回ぶんの事が。すべては片づいた。

悼《いた》むべきだろうか？　仲間内で死を悼みあう習慣のない生き物の死を悼むのは、はたしてまともなことか？　胸のうちをのぞいてみても、漠とした哀しみしか見つからない。

近すぎるのだ。彼は思う。ペトラスと暮らしが接近しすぎている。他人とひとつ家を分かちあい、物音を分かちあい、臭いを分かちあっているようなものだ。

ルーシーの部屋のドアをノックし、「散歩にでも行かないか？」と誘いかける。

「ありがとう、でもやめておくわ。ケイティをつれていって」

雌ブルドッグをつれていくが、歩くのがやたらと遅くふてくされているので、だんだん苛ついてきて、農園に追いかえしてしまい、八キロの往復路を独りで歩きだす。疲れきってしまいたくて早足で歩く。

五時になると、客たちが到着しはじめる。車で、タクシーで、歩きで。彼はその様子を、キッチン・カーテンの後ろから眺める。客のほとんどはホストと同世代らしく、みな堅実そうで、がっちりした体をしている。ある老女が着くと、まわりがことさら騒がしくなる。そこへ、青のスーツにけばけばしいピンクのシャツという装いのペトラスが、家からわざわざ出迎えにやってくる。

若い者たちが現われる前に、もう暗くなってしまう。風にのって、遠くの話し声と笑いと音楽が聞こえてくる。子どものころ暮らしたヨハネスブルグを思いだす音楽。これならじゅうぶん我慢できる。彼はひとり思う。それどころか、じつに楽しい。

「もう時間よ」ルーシーが言う。「行くの？」

ルーシーはめずらしく膝丈のドレスにハイヒールをはき、木製の彩色ビーズをつないだネックレスと揃いのイヤリングをつけている。この演出は、好みとは言いきれない。

「わかった、行くよ。いつでも出かけられる」

「スーツは持ってきてないの？」

「ああ、ない」

「なら、せめてネクタイをして」

「ここは田舎の村だと思ったが」

「だからこそ、ドレスアップするのよ。ペトラスの人生にとって、それはおめでたい日なんだから」

彼女は小さな懐中電灯を持っていく。父と娘が腕を組み、娘は電灯で道を照らし、父は贈り物を抱え、そうして小径をたどってペトラスの家に向かう。

開け放したドアの前で、ふたりは微笑みながら立ち止まる。ペトラスの姿は見えないが、パーティドレスを着た小柄な娘が出てきて、ふたりをなかへ案内する。

古い厩舎は天井板もなく、まともな床もないが、少なくとも広々としているし、少なくとも電気はとおっている。シェードつきのランプ、壁には絵が飾られ（ヴァン・ゴッホの《ひまわり》、青い服を着たトレチコフの婦人、宇宙飛行士〝バーバレラ〟の衣装を着たジェーン・フォンダ、ゴールを決めんとするドクター・クマロの写真）が、殺伐とした雰囲気をやわらげている。

白人はふたりだけだ。彼の耳にも覚えのある古いアフリカン・ジャズにあわせて、みなダンスを踊っている。好奇の目が父と娘に向けられる。彼の頭のキャップが目立っているだけかもしれないが。

ルーシーの知る女たちも何人かいる。紹介が始まる。じきにペトラスが、かたわらに現われる。あまり甲斐甲斐しいホストぶりではなく、飲み物もすすめないが、はっきりとこう言う。「もう犬はいなくなった。もうおれは犬男じゃない」これをルーシーはジョークと受けとり、パーティは、見た目、上首尾である。

「贈り物があるの」ルーシーが言う。「でも、奥さんにわたしたほうがよさそう。家事に使うものだから」

ペトラスがキッチンから（その一角を夫婦がそう呼んでいるのなら）妻を呼び立てる。彼の妻を間近に見るのは初めてだ。まだ若い――ルーシーよりも若く、美人というより愛敬のある顔をしている。はにかんだ様子。どうやら妊娠しているらしい。ルーシーの手はとるが、彼の手はとらず、目もあわせない。

ルーシーが二言、三言、コーサ語で話しかけてから、彼女に包みをわたす。いまや、五、六人の見物人がまわりをとり巻いている。

「早く開けないと」ペトラスが言う。

「そうよ、開けてみて」ルーシーが言う。

マンドリンと月桂樹の小枝の柄が散った贈り物用の包装紙を破くまいと苦心しながら、若い妻はそうっと包みをひらく。目に鮮やかなアシャンティの模様の布。「ありがとう」彼女は英語で小さく言う。

「ベッドカバーよ」ルーシーがペトラスに説明する。

「ルーシーはおれたちの恩人だな」とペトラスは妻に言い、今度はルーシーに、「あなたはわたしたちの恩人だ」と言う。

彼にしてみると、その言葉は両刃《もろは》の剣のようで不快に響き、気分がしらけてしまう。だが、ペトラスを責められようか？　彼が悠然と使っている英語という言語は——わかってもらえるなら——もはや疲弊して脆くなり、内側からシロアリに食われているようなものなのだ。いまもって信頼できるのは単音節の語ぐらいだが、それもすべてとはかぎらない。どうしたらいい？　かつてはコミュニケーション学の教師だったくせに、答えがなにも見つからない。ＡＢＣから始めるしかないだろう。偉大なる言葉が再建され、洗練され、いま一度頼れるものになって還ってくるころには、自分は死んでいるにちがいない。

彼は身震いをする。まるで、自分の墓をガチョウに踏まれたように。

「子どもは——お子さんはいつのご予定ですか？」彼はペトラスの妻に訊く。

彼女は、意味がわからないという目で、見かえしてくる。

「十月だ」ペトラスが横から答える。「赤ん坊は十月に出てくる。わたしたちは男の子を望んでる」

「ほう。なぜ女の子ではいやなんだ？」

「わたしたちは男の子が生まれるよう祈ってる」ペトラスは言う。「最初の子は男がいちばんと決まってる。そうすれば、息子が妹たちに教えてやれる――行儀の手本を教えてやれる。そうとも」と間をおく。「それに、女の子は高くつく」と言って、親指と人さし指をこすりあわせる。「いつも、金、金、金だ」

そのジェスチャーを最後に見てから久しい。むかしユダヤ人がよくやった。「金・金・金」と言いながら、おなじく意味ありげに首もかしげる。だが、ペトラスはそんなヨーロッパの習慣の切れ端など知りもしないだろう。

「男の子だって、ことによれば金はかかる」彼はとりあえず自分が言葉を返す番なので、そう言う。

「娘には、あれも買わなきゃならん、これも買わなきゃならん」ペトラスはもはや耳を貸さず、調子づいてつづける。「今日び、男は女に金は出さない。でも、おれは出す」と言って、妻の頭の上にふわりと手をかざす。妻はおとなしく目を伏せる。「おれは出す。けど、これは昔の流儀だ。服だの、飾り物だの、どれもみんなおなじ。支払い、支払い、支払い、だ」ペトラスは指をこすりあわせる仕草をくりかえす。「いや、やっぱり男の子のほうがいい。ただし、おたくの娘はべつだ。娘さんは、ほかとは違う。男とおなじぐらいしっかり者だ。おなじとは言わないが！」と言って、自分の洒落《しゃれ》っけに笑う。「なあ、ルーシー！」

ルーシーはにっこりするが、気まずい思いをしているのだろう。「踊ってくるわね」そう小声で言うと、その場を離れていく。

フロアに出た彼女は、いまの流行りらしい〝唯我主義的〟な振りで、独り踊る。まもなく、背の高い、しなやかな物腰の、身なりの良い、若い男が寄ってくる。彼女と向かいあって踊りながら、指を鳴らし、愛想笑いをふりまいて、言いよろうとする。

おもてから、肉料理の盆を抱えた女たちが入ってきはじめる。室内は食欲をそそる匂いで充たされる。あらたにどやどや入ってきた客の一団は、みな若く、にぎやかで、快活で、古くさい感じはちっともしない。パーティはしだいに盛りあがる。

料理の皿が、彼の手にまわってくる。彼はそのままペトラスにわたす。「いや」ペトラスは言う。「あなたの食べるぶんだ。でないと、わたしたちはひと晩中、皿をまわしてることになる」

ペトラスと妻は彼にほとんどつきっきりで、くつろがせようとしてくれる。親切な人たちだ。彼は思う。田舎の人々。

ルーシーのほうをちらりと見やる。さっきの若者はいまや数インチの距離まで近づいて踊っており、足を高くあげては床を踏み鳴らし、腕をリズミカルに振って、おおいに楽しんでいる。

　彼の持つ皿には、ふた切れのマトン・チョップ、ベイクトポテト、グレイビーソースに浸ったライスひと盛り、カボチャの薄切り一枚がのっている。ともかく尻をのっける椅子を見つけ、目のただれた痩せこけた老人と半々に座る。よし、この肉を食べるぞ。胸のうちで言う。食べてから、赦しを乞うんだ。

　そのとき、ルーシーが脇に立つ。呼吸が速く、顔がこわばっている。「出る？」と言う。「連中が来てるわ」

「誰が来ているって？」

「裏手で、ひとりを見たの。デヴィッド、わたしは妙な騒ぎをおこしたくない。いますぐ出ましょう？」

「これを持ってろ」彼は皿を手わたすと、裏口へ向かう。

　おもてにも室内とおなじぐらいの客が、焚き火を囲んであつまり、しゃべり、酒を飲み、声高に笑っている。焚き火の輪の向こう側から、誰かが見つめてくる。一瞬にして、すべてがぴたりと納まる。知った顔だ。即座にわかった。彼は人集《ひとだか》りをかきわけていく。騒ぎをおこしてやる。彼は思う。よりにもよって今日とは申し訳ない。しかし、世の中には待てない事もある。

　彼は少年の前に立ちはだかる。三番めのやつだ。のっぺりした顔の子分、あの使いっ走り。「また会ったな」彼はむっつりと言う。

少年は驚いたふうもない。それどころか、この時を待って身構えていたかのようだ。その喉から出た声には、烈しい怒りがこもっている。「誰だ、おまえ？」少年はそう言うが、言外にはべつなことを言っている。〝なんの権利があってここにいるんだ、てめえ？〟全身が凶暴な光を発している。

そこへペトラスがやってきて、早口のコーサ語でまくしたてる。

彼はペトラスの袖に手をかける。ペトラスはそれを振りほどき、苛立ちのまなこでにらんでくる。「こいつが誰だか知っているのか？」彼はペトラスに訊く。

「いいや、これがなんの騒ぎなのかも知らない」ペトラスは尖り声を出す。「なにを揉めているのかわからん。なにを揉めているんだ？」

「こいつ——この強盗——は、前にもここに来たことがある。仲間といっしょに。あの一味のひとりなんだ。だが、なんの騒ぎかは彼に話してもらおうじゃないか。彼の口から聞かせてもらおう、なぜ警察のお尋ね者になっているのか」

「嘘だ！」少年が怒鳴り、またペトラスにむかって、怒りながら早口でなにかまくしたてる。音楽はとぎれなく夜気に漂い流れているが、もはや誰も踊っていない。彼らのまわりに、客たちが人垣をつくり、それぞれに驚きの声をあげながら、押し合いへし合いしている。なごやかな雰囲気ではない。

ペトラスがしゃべりだす。「この子はあんたの話がさっぱりわからないと言ってる」

「嘘をついているんだ。こいつはようくわかってる。ルーシーもそう言うだろう」

とはいえ、ルーシーが〝そう言う〟はずがない。そんなこと、どうして望めよう？　この他人たちの前に出てきて、少年と向かいあい、指さしながら、〝ええ、あの一味のひとりよ。例の悪さをした連中のひとりなのよ〟などと言うだろうか？

「警察に電話する」彼は言う。

野次馬のあいだから、不満げなつぶやきが洩れる。

「警察に電話する」彼はペトラスにむかって、もう一度言う。ペトラスは表情ひとつ変えない。

雲のようにたれこめた沈黙のなか、部屋にもどると、ルーシーが先刻の場所で待っている。「行こう」彼は言う。

目の前の客たちが道をあける。その顔つきに、もう親しみは窺《うかが》われない。ルーシーは懐中電灯を忘れてきてしまう。ふたりは暗闇のなか道に迷う。ルーシーはハイヒールを脱ぐはめになる。ジャガ芋の苗床を踏みつけたあげく、やっと母屋にたどりつく。

彼が受話器をとりあげたところで、ルーシーが制する。「デヴィッド、やめて。ペトラスのせいじゃないわ。もし、いま警察に連絡したら、彼のおめでたい夜がだいなしになる。どうか、こらえて」

彼は仰天する。仰天するあまり、娘にくってかかる。「ペトラスのせいでない訳が一体どこにある？　どのみち、最初にあの連中をここにつれこんだのは、あの男なんだ。そのうえ、ふてぶてしくもまた招待するとは。なぜ、わたしがこらえねばならない？　まったく、わたしには一から十まで理解できんよ、ルーシー。なぜ連中を正式に訴えなかったのかわからない。いまはいまで、なぜペトラスをかばうのかわからない。ペトラスは無関係どころか、共犯者なんだぞ」

「わたしに怒鳴らないで、デヴィッド。ここはわたしの生活の場なのよ。ここで暮らしていかなきゃならないのは、わたしなの。この身になにがあろうと、それはわたしの、わたし独りの問題であって、あなたには関係ない。わたしにひとつ権利があるとしたら、それはこんなふうに〝審理〟にかけられないこと。あなたにも、誰にも、自己弁護しなくてすむこと。ペトラスについて言えば、悪い連中とつきあっていると判断してクビにできるような雇い人じゃない。そんな習慣はもうないの、風と共に去りぬ、よ。ペトラスを敵にまわすつもりなら、まず自分の状況をよく考えることね。警察になんか電話できないわ。わたしが許さない。朝まで待って。ペトラスの側の言い分を聞くまで待ってちょうだい」

「けど、そのあいだに、あのガキが行方をくらますぞ！」

「そんなことはない。ペトラスに顔を知られているもの。いずれにせよ、東ケープでは、誰も行方をくらましたりしないの。そういう場所ではないのよ」

「ルーシー、頼む！　きみは過去の過ちを償おうというのだろうが、こんなやりかたは間違っている。いま自分の身を護らなければ、二度とまともに顔をあげて歩けなくなる。それなら、荷物をまとめて出ていったほうがいい。警察のことだって、いまさら連絡するのに神経をつかうぐらいなら、最初から通報しなければよかったじゃないか。ひたすら口を閉ざして、つぎの襲撃を待っていれば。あるいは、自分たちで喉を掻き切るか」

「もうやめて、デヴィッド！　あなたを相手に自己弁護する必要がどこにあるの。なにがあったか、知りもしないくせに！」

「知りもしない？」

「ええ、このぶんじゃ、わかりそうにもないわね。あのときのこと、一度よく考えてみて。まず警察の話だけど、そもそも通報したのはなぜか、言わせてもらえば、保険のためでしょう。警察に届けなければ保険がおりないから通報したのよ」

「ルーシー、きみにはあきれるな。そんなことはまるで事実に反するし、きみだってわかっているはずだ。ペトラスについては、何度でも言う。この時点で折れたら、敗けてしまったら、きっときみは自分を許せなくなる。自分自身を、その未来を、自尊心を守る義務ってものがあるだろう。警察に連絡させてくれ。それとも、きみ自身でするか」

「ノー、よ」

ノー。それが父にたいする娘の最後の言葉だった。彼女は部屋に引きあげると、ドアを閉め、父を閉めだす。一歩一歩、まるで夫婦のように容赦なく、父と娘は引き離されていき、彼になす術《すべ》はない。最近、ふたりの喧嘩はまさに夫婦げんかのようになっていた。ともに閉じこめられ、ほかに行き場もない。父がころがりこんできた日を、娘はいかに恨めしく思っていることだろう！　出ていってくれと願っているにちがいない。早ければ早いほどいい、と。

とはいえ、長い目で見れば、彼女もいずれは去らなくてはならない。農園を独りで切りまわしている女に未来はない、わかりきったことだ。銃と有刺鉄線と警報装置で武装したエッティンガーでさえ、残された日々はかぎられている。ルーシーにいくらかでも分別があれば、〝死よりむごい運命〟よりさらにむごい運命が降りかかる前に出ていくだろう。しかし、現実には出ていくわけがない。強情なうえ、自分の選んだ人生にどっぷり浸《つか》っている彼女のことだ。

彼はそっと家を出る。夜道を慎重に踏みしめて、裏手から厩舎に近づく。

大きな焚き火の炎は小さくなり、音楽は止まっていた。裏口のあたりに人垣ができている。ドアは、トラクターが一台通れるていどの間口である。人垣の頭ごしになかをのぞく。

フロアの真ん中に、招待客のひとり、中年の男が立っている。すっかり剃りあげた頭に、太く短い首。ダークスーツに、首にはゴールドのチェーン。チェーンには、拳大のメダルがさがっている。かつて権力のシンボルとして〝族長〟に授けられたたぐいの物だ。いまは、コヴェントリーかバーミンガムの鋳造所で箱単位でつくられているシンボル。片面には、不機嫌そうなヴィクトリア女王の顔。女王にして女帝《レジーナ・エト・インペラトリクス》（英国女王とインド帝国の女帝を指す敬称）。裏面には、銃あるいは羽根を広げたトキの図。メダル、族長、それぞれの使い道。むかしの帝国全土にばらまかれたもの。ナグプル、フィージー、黄金海岸、カフラリア。

　中年の男がしゃべっている。演説の語調は強弱をつけながら曲線的な周期をえがく。男の話している内容は、彼には見当もつかないが、ときおり間があり、聴衆から賛同のつぶやきとおぼしきものが聞こえる。聴衆は老いも若きも、統治されることにいたく満足げだ。

　彼はあたりを見まわす。あの少年がそばにいる。ドアを入ってすぐのところに。うそうそとした目で、彼のほうを盗み見る。ほかの客たちの視線も彼に向く。メダルをさげた男は顔をしかめ、一瞬、言いよどむが、また声を高くする。

　彼としては、注視されるぐらいなんでもない。まだおれがここにいることを知らしめてやれ。大きな屋敷に隠れてなどいないことを。それがやつらの親睦会に水を差すなら、そうさせておけ。彼は頭の白いキャップに手をのばす。これがあって良かったと思ったのは初めてだ。わが物として、これを被っていて。

16

翌日の午前中いっぱい、ルーシーは父を避けてまわる。ペトラスと約束した話し合いはもたれない。すると、午後になって、ペトラスのほうから裏口のドアをノックしてくる。いつもどおりのビジネスライクな態度で、長靴にオーバーオールという出で立ちだ。そろそろ水道管をひく時期だ、と言う。貯水池から自分の新宅の敷地まで、二百メートルの距離に、ポリ塩化ビニールの水道管をひきたい。工具を貸してもらえないか、調節器の設置をデヴィッドに手伝ってもらえないか？

「調節器にしろ、配管工事にしろ、わたしはとんと疎《うと》いんでね」ペトラスに協力する気分ではない。

「ハイカンコージじゃない」ペトラスは言う。「パイプ工事だ。パイプをひくだけだ」

貯水池までの道々、ペトラスは類々の調節器のこと、圧力弁のこと、連結器のことを話す。専門知識をひけらかそうと、もったいぶった手ぶりをつけて講釈する。新しいパイプはルーシーの土地を横切ることになると言う。彼女の許可がもらえるといいが。彼女は

〝前向きの〟人だから。「彼女は前向きの人だ、後ろ向きの人じゃない」ゆうべのパーティのこと、うそうそとした目の少年のことには、ペトラスはなにもふれない。まるで、なにも無かったかのように。

貯水池での彼の役割はすぐに明らかになる。ペトラスはなにもパイプ工事（すなわち配管工事）のアドバイスを乞おうというのではなく、たんに物を押さえたり、工具を手わたしたりする役割のために呼んだのだ。要は、雑用係である。彼としては、その役どころに異議をとなえるものではない。ペトラスは腕のいい職人であり、その仕事ぶりを見るのは勉強になる。彼がいやになりはじめているのは、ペトラス本人なのだ。自分の計画をくだくだ説明されるほど、ますます冷ややかな気持ちになってくる。ペトラスとだけは、無人島にふたりで置き去りにされたくない。嫁にいきたい相手ではけっしてない。居丈高《いたけだか》な性格。あの若い妻は幸せそうにしているが、前の古女房ならどんな話を語るやら。

とうとう辛抱できなくなり、延々とつづく話をさえぎる。「ペトラス」彼は言う。「昨晩きみの家にいた少年だが——名前はなんというんだ？　いまどこにいる？」

ペトラスは縁なし帽を脱ぎ、額をぬぐう。きょう被っているのは尖《とん》り帽子で、南ア鉄道・港湾局の銀バッジを留めている。被り物のコレクションがひと山ありそうだ。

「なあ、デヴィッド」ペトラスが眉をひそめる。「あなたは大変なことを言ってるんだ、あの子が泥棒だなんて。泥棒呼ばわりされて、彼はとても怒ってる。みんなにそう言ってまわってる。そこで、おれは、おれの役割は平静をたもつことだ。おれもおれで大変なんだ」

「ペトラス、この件にきみを巻きこむつもりはない。少年の名前と居場所を教えてくれれば、わたしが自分で警察に情報をわたす。その後の調査と彼ら一味の裁きは、警察にまかせよう。きみは巻き添えになったりしない、わたしもだ。これは法の問題なんだ」

ペトラスは陽を顔にいっぱい浴びながら伸びをする。「でも、保険で新しい車が買えるだろう」

これは質問なのか？　そう断言しているのか？　ペトラスはどういう企みを弄している？

「いや、保険で新車は買えない」彼はなるべくこらえて説明する。「いまごろは、保険会社でも国中の車泥棒のことを考慮したすえ、このラウリーは破産したわけでもあるまいしというんで、あの古い車の価値の何パーセントかを独自の判断で払ってくるだけだろう。その金では新車は買えない。ともあれ、筋というものがあるだろう。法の執行は保険会社にはまかせられない。彼らは無関係だ」

「だからって、あの子から車をとりかえせないだろう。彼に新車が買えるわけでもない。車のありかを知っているわけでもない。あなたの車は消えたんだ。保険でべつの車を買いなおすのがいちばんんだ」

　どうしてこんな袋小路に入りこんでしまったのか？　彼は新たな道筋を探そうとする。

「ペトラス、訊かせてくれ、あの少年はきみの親戚なのか？」

「ところで」とペトラスは質問を無視してつづける。「あなたはあの子を警察につきだしたいのか？　彼はまだ若すぎる。刑務所には入れられない」

「十八歳なら審理を受けられる。いや、十六歳でも受けられる」

「いいや、十八歳にはなっていない」

「なぜ知っている？　わたしには十八ぐらいに見える。十八以上に見えるが」

「とにかく、おれは知ってるんだ！　彼はまだ子どもだ、刑務所には入れられない。それが法律だ。子どもは刑務所には入れられない、かんべんしてやれ！」

　ペトラスとしては、議論を打ち止めにしたつもりなのだろう。のっそり片膝をつくと、排水パイプの連結作業にかかる。

「ペトラス、うちの娘は善き隣人であろうとしている。善き隣人、善き市民であろうと。東ケープを愛しているんだ。ここに自分の生活を築き、まわりと仲良くやっていこうとしている。しかし、押しこみ強盗にいつ襲われるかわからないようでは、そうもいかない。連中が大手をふって歩いているようでは。わかるだろう！」

　ペトラスは連結部分をぴったりはめこもうと苦心している。手には深くがさついたひび割れが見える。小さくうなりながら作業をする。彼の声が聞こえた様子もない。

「ルーシーはここにいれば安全だ」と唐突に言いだす。「心配いらない。あなたが帰っても、彼女は安全だ」

「しかし、じっさい危険じゃないか、ペトラス！　安全でないのは明らかだ！　二十一日にここでなにがあったか、知っているだろう」

「ああ、なにがあったかは知ってる。でも、もうだいじょうぶだ」

「誰がそんなこと言える？」

「おれが」

「きみがか？　娘を守ってくれるのか？」

「ああ、守る」

「このあいだは守ってくれなかった」

ペトラスはパイプに潤滑油を塗り重ねる。

「なにがあったか知っていると言いながら、先日は守ってくれなかった」彼はくりかえす。「きみが出かけると、あの三人の強盗団が現われた。しかも、なかの一人は友だちらしいじゃないか。これをどう結論づけるべきか？」

ペトラスをこんなに論難しかけたのは初めてだ。それにしても、なぜ詰め寄ってしまわない？

「あの子は無罪だ」ペトラスは言う。「犯罪者じゃない。泥棒でもない」

「わたしが言いたいのは、盗みのことだけではない。犯罪はほかにもあった。はるかに重い罪が。きみはあの日の出来事を知っていると言った。なら、わたしの言わんとすることもわかっているはずだ」

「あの子に罪はない。まだ幼すぎる。大きな失敗をしただけだ」

「きみにわかるのか？」

「ああ、わかる」パイプがはまった。ペトラスはクランプを噛ませて締めると、立ちあがって背筋を伸ばす。「おれにはわかる。いいか、おれにはわかるんだ」

「そうか。きみには未来がわかるんだな。そう言われては、なんと答えたらいい？　きみの話は済んだ。わたしはまだここにいる必要があるかね？」

「いや、あとは簡単だ。パイプを埋めこむだけだから」


ペトラスは保険業というものを信頼しているらしいが、彼の支払い請求にたいして、なんの対応もなかった。車なしでは、農園に閉じこめられた気がする。

ある日の午後、彼はクリニックでベヴ・ショウに悩みを打ち明ける。「ルーシーとうまくいってないんだ。それ自体は大したことではない、と思う。もともと親と子は同居に向いていない。ふつうの情況なら、わたしもいまごろはあそこを出て、ケープタウンへもどっているだろう。しかし、いまはルーシーを農園に独りおいておけない。身の危険がある。

運営をペトラスにまかせてしばらく休暇をとれと説得しているんだが、耳を貸そうとしない」

「子どもは自由にしてやるべきです、デヴィッド。娘をいつまでも監視してはいけない」

「とっくに自由にしたよ。わたしは過保護な父親からはほど遠い。だが、いまは情況が違うんだ。客観的に見て、ルーシーは危ない環境にいる。それは実体験させてもらった」

「それなら心配ありません。ペトラスがしっかり守るから」

「ペトラスが？　ルーシーを守って彼になんの得がある？」

「ペトラスを見くびらないで。ルーシーのために、市場むけの野菜をせっせと育てたんですよ。ペトラスの力なくして、いまの彼女はない。なにもかも彼のおかげとは言わないけど、かなりの恩はあります」

「そうかもしれない。問題は、ペトラスがどれだけ彼女に恩があるか？」

「彼は気の良いおじいさんですよ。信頼できます」

「信頼できる？　ペトラスが顎髭をはやし、パイプを吸い、ステッキを持ち歩いているというだけで、昔気質のカフィール人だと思うのか。いや、それはおかど違いだ。ペトラスが昔気質のカフィール人だなんて、ましてや、気の良いじいさんだなんて、とんでもない。わたしに言わせれば、あれはルーシーを追いだしたくてたまらないんだ。論より証拠、ルーシーとわたしの身におきたことを思えば、一目瞭然だろう。あれはペトラスの企《たくら》みではなかったかもしれないが、彼はあえて見ないふりをした、われわれに警告もしなかった、現場をわざと離れていたんだ」

彼の剣幕にベヴ・ショウは驚く。「かわいそうなルーシー」彼女はつぶやく。「さぞかし辛い思いをしたでしょう！」

「娘がどんな目にあったかは知っている。わたしだってその場にいた」

ベヴ・ショウは目を瞠《みは》って見かえしてくる。「その場にいなかったんでしょう、デヴィッド。彼女はそう言ってました。あなたはいなかったって」

その場にいなかったんでしょう。なにがあったか知らないくせに。どうなっているんだ。ベヴ・ショウによれば、ルーシーによれば――おれはどこに居なかったというんだ？ 侵入者どもが陵辱をはたしているその部屋にか？ おれがレイプのなんたるかを知らないとでも思っているのだろうか、彼女たちは？ 娘とともに苦しんでこなかったとでも言うのか？ その場にいれば、想像しうる以上のなにを目撃できたと言うのか？ それとも、殊《こと》レイプにかんするかぎり、男は当事者の女性とおなじ立場には立ちようがないと？ 答えがなんであれ、業腹《ごうはら》でしかたがない、のけ者扱いされるのが癪《しゃく》に障る。

テレビが盗まれたので、代わりに小さなテレビを買う。夜、夕食がすむと、父と娘はソファに並んで座ってニュースを見る。そのあと我慢できれば、娯楽番組も見る。

たしかに、長居をしすぎている。自分でもそう思うのだから、ルーシーはなおその感が強いだろう。彼としても、旅寝の生活に疲れ、小径の砂利を踏む音にしじゅう聞き耳をたてていることに疲れた。むかしのように自分のデスクに着き、自分のベッドで眠れたらと思う。とはいえ、ケープタウンは遠く、異国のようだ。いくらベヴ・ショウに進言されても、ペトラスに請けあわれても、ルーシーに頑張られても、娘を棄てていく気にはなれない。ここが自分の生きていく場なのだ、当面のあいだは。いまは、この場所で。

視力はすっかり回復した。頭皮も治癒した。軟膏をつけた包帯も必要なくなった。まだ毎日の手入れが要るのは、耳の部分だけだ。なるほど、時が癒すとはこのことか。おそらくルーシーも癒されているだろう。そうでなくても、忘れていくだろう。あの日の記憶のまわりに少しずつ瘡蓋《かさぶた》ができて包みこみ、封じこむ。そうしていつか、こう言える日が来るかもしれない。「ほら、うちが泥棒に遭った日」と。たんに泥棒に遭った日として考えられるようになるかもしれない。

彼は日中、屋外で過ごすようにし、家にいるルーシーに息抜きさせてやる。菜園で野良仕事をし、疲れたら貯水池のほとりに腰をおろし、飛びたち舞いおりるカモの一家の様子を観察し、バイロンの著作について考えにふける。

執筆は進捗《しんちょく》をみていない。思いつくのは断片ばかりだ。第一幕の最初の詞がどうしても出てこない。物語の登場人物たち、この一年あまりも幻の友であった彼らまで消えていきそうな恐怖に、ときおりとらわれる。なかでもとびぬけて個性の強いマルガリータ・コーニさえ、その情熱的なコントラルトがバイロンの情婦テレサ・グィッチョーリに烈しくぶつかっていく彼女の声さえ、こぼれ落ちていきそうになる。あの声が聞きたくてたまらないというのに。その空白は彼を絶望でみたす。大局においては、頭痛のように陰鬱で平板でとるにたりない絶望で。

動物愛護クリニックにも、なるべく頻繁に足をのばし、技術の要らない仕事ならなんでも手伝いを申しでる。餌やり、洗浄、モップ拭き。

クリニックで世話をするのはおもに犬で、猫はあまり預からない。家畜にかんして、Dヴィレッジには、独自の獣医術、薬種があり、独自の治療師がいるらしい。ジステンパー、足の骨折、噛まれた傷の炎症、疥癬、うっかりしたのか故意なのか放置による症状悪化、老齢、栄養失調、腸内寄生虫が原因で担ぎこまれてくる犬たちもいるが、大半はその繁殖力ゆえである。ひとえに、数が多すぎるのだ。人々は動物をつれてくるなり、単刀直入に「この犬を殺してもらいにきた」とは言わないが、希望はずばりそれなのだ。犬を始末し、消し去り、忘却のかなたへ押しやる。望まれているのは、つまり〝レーズング〟、溶解、抹消（消失概念を適切にあらわすには、きまってドイツ語が便利だ）。あるいは、昇華。水からアルコールが昇華するように、なにも残さない、なんの後味も残らない。

日曜日の午後、クリニックのドアは閉まって鍵が掛かっているが、奥では、その週にこなしきれなかった犬をベヴ・ショウが〝レーゼン〟するのを彼が手伝っている。一回に一頭ずつ、奥部屋のケージから犬を出し、綱をひくか抱きかかえて手術室につれていく。どの犬にも――それぞれの最期の時間に――ベヴ・ショウは心血をそそぎ、体を撫でてやり、話しかけ、その道程をやわらげてやる。しばしばあることだが、犬が彼女の魔術にかからないとすれば、それは彼がそばにいるせいだ。彼が異質な臭いを放っているのだ（犬はひとの考えを嗅ぎとる）。屈辱の臭いを。それでも、犬をしっかり押さえるのは彼の役割である。針が血管を探りあて、薬が心臓に入り、犬の足ががくりと折れ、目がどんよりしてくるあいだ。

こういうことにも慣れるだろうと、当初は思っていた。だが、そんなことはない。死殺を手伝えば手伝うほど、ますます神経過敏になっていく。ある日曜日の夕方など、ルーシーのコンビで帰宅途中、やむにやまれず道ばたに車を停め、気を落ち着かせたこともある。涙が顔をつたって止まらない。手が震えている。

わが身になにがおきているのか、理解できない。いままで動物の死には、さしたる興味はなかった。抽象論としては虐待を非とするが、本当のところ、自分という人間が残虐なのか優しいのかわからない。まさにどちらでもないのだ。仕事柄、ある種の冷酷さを要求される人たち、たとえば精肉工場で働く人たちなどは、動物の魂というものにたいして無頓着になっていくものと思っていた。慣れは感覚を麻痺させる。おおかたはそうなのだろうが、自分の場合は違うようだ。〝麻痺する〟才能がないらしい。

手術室での出来事に、彼は身も心もすくんでしまう。犬たちは最期が来たのを悟っているのだ、と説得させる。いくら処置が静かに無痛のうちに済まされても、いくらベヴ・ショウがプラス思考をし、彼自身もそれに倣おうとしても、いま殺した死体を縛って入れる袋が気密性であっても、クリニック内で行なわれていることを裏庭の犬たちは嗅ぎつけている。犬たちは耳を寝かし、尻尾をたれる。まるで、彼らまでが死の屈辱を味わっているかのように。犬たちは四肢を固定され、引きだされるのか、押しだされるのか、連れさられるのか、ともかくも、いやおうなくその〝一線〟を超える。手術台では、ある犬は猛々しく噛みつこうと顎を左右に振り、ある犬は哀れに鳴くが、一匹として、ベヴ・ショウの手にある針をまっすぐ見る犬はいない。その針が自分を恐ろしく傷つけようとしているのをなぜか知っているのだ。

いちばんつらいのは、彼の手をくんくん嗅いだり舐めようとしたりする犬だ。むかしから舐められるのは好きではないから、まずとっさに手を引っこめてしまう。現に下手人《げしゅにん》になろうというときに、なぜ親友を装わねばならない？　ところが、情にほだされる。まさにいま死の影が被さろうという生き物が、なぜひとの尻込みに遭わねばならない？　触れることさえ、忌まわしいかのように。そう思えばこそ、望まれれば舐めさせる。動物さえ嫌がらなければベヴ・ショウは撫でたりキスしたりする。それとおなじようなことだ。

自分は感傷に流される人間ではない、と思いたい。自分が殺した動物もベヴ・ショウも、感傷的な目で見ないようにする。彼はこういう言葉も避ける。「どうしたらそんなことができるんだ」こう切り返されないために。「誰かがしなくてはならないから」しかし心の奥底にある考えを払拭できない。ベヴ・ショウは救いの天使ではなく悪魔なのではないか。憐れみと見せかけた裏には、殺し屋のようなすさんだ心が隠れているのではないか。彼はひらけた心を失うまいと努める。

針を刺すのがベヴ・ショウなので、亡骸《なきがら》の処理は彼の担当になる。午前中、始末が済むたび、ルーシーのコンビに荷物を積んで移民病院へ向かい、敷地内の焼却炉にはこびこんで、黒い袋に入った屍《しかばね》を炎の手にゆだねる。

〝処置〟のあとすぐ袋を荷車で焼却炉に置いてきて係員に処理させたほうが、話は簡単である。しかし、そうなると週末に出たほかの屑といっしょくたにゴミ捨て場に置かれることになる。病室から出た汚物や、道ばたで拾われてきた動物の屍や、革なめし工場の悪臭芬々《ふんぷん》たる廃物——そういうものと無神経にごっちゃにされるのだ。犬たちの骸《むくろ》にそんな屈辱を味わわせるわけにはいかない。

というわけで、日曜日の夕方になると、彼はコンビの後ろに袋を積んでいったん農園にもどり、そのままひと晩駐車しておき、月曜の朝、移民病院の敷地にはこぶのである。そこで手ずから一四一四、給餌用のトロリーに積みかえ、クランクをまわして機械を作動させると、トロリーは鉄のゲートをとおって火中へ放りこまれる。レバーを引くと、トロリーの中身が空けられ、そこでクランクをもどす。普段はこの仕事をしている作業員たちが、そのかたわらで黙って見守る。

最初の月曜は、焼却作業を彼らにまかせた。一夜明けた骸は、死後硬直で硬くなっていた。死体の脚がトロリーのバーに引っかかり、トロリーが焼却炉へ行って戻ってきたときには、ビニール袋はすっかり焼け落ち、歯をむいて黒焦げになり毛皮の焼けた臭いをさせた犬の骸がのっていたものだ。しばらくすると、作業員たちが積み込みの前にショベルの背で袋を打って、硬直した四肢を折るようになった。さすがにその時点で、彼はなかに割って入り、みずから作業をすることにした。

焼却炉は無煙炭燃料で、煙道の空気を吸いとる電動ファンがついている。おそらくは、病院棟が建てられたのとおなじ一九五〇年代の代物だろう。週に六日、月曜から土曜まで稼働する。七日目は休息日。作業員は仕事場に来ると、まず前の日の灰をかきだし、火を焚きつける。午前九時までには、炉内の温度は摂氏千度にもなり、骨が灰になるほど熱している。火は昼前まで焚きつづけられ、温度がさがるには午後いっぱいかかる。

彼は作業員たちの名前を知らず、作業員たちも彼の名を知らない。作業員にとって、彼は月曜になると動物愛護クリニックから袋を抱えてやってくるようになった男、というだけである。初日以来、彼のやってくる時間はだんだん早まる。焼却炉に来る、仕事をこなす、そして去っていく。彼は焼却炉を生活の中心とする社会の成員ではない。たとえ、金網のフェンスや、南京錠の掛かった門や、三ヵ国語で記された注意書きのある、閉ざされた場所に入りこんではいても。

というのも、フェンスはとっくのとうに切られているし、門も注意書きもあっさり無視されているような状態だ。病院の廃物の袋を持った当直員の第一陣が到着するころには、もう大勢の女子《おんなこ》どもが、注射器、針、洗って使える包帯などなど、買い手《ムーティ》がつく物ならなんでも漁ってやろうと待ちかまえている。が、とくに薬だ。これを薬局に売るか、町中で売買する。それから、宿無したち。昼間は病院の敷地をうろつき、夜は焼却炉の壁にもたれて眠るか、暖をとるために煙突にまで入ってしまう。

彼はなにも友好関係を築こうというのではない。ただ、彼がそこにいるときは、彼らもそこにいるということ。そして、彼がゴミ捨て場に持ってくるものが興味をひかないとすれば、それは犬の死肉はバラしても売れないし食べられもしないからだ。

なぜ彼はこんな仕事を引きうけた？　ベヴ・ショウの重荷を軽くしてやるためか？　だったら、ゴミ捨て場に袋を置いて去っていけばいい。犬たちのためか？　だが、犬たちは死んでいるのだ。どのみち、犬に栄辱のなにがわかるというのか？

なら自分自身のためか。自分なりの世界観のため。処理に便利な形にしようと死骸をショベルで叩いたりしない世界。

犬たちがクリニックにつれられてくるのは、要らないからだ。彼らに言わせれば〝おーすぎる〟からだ。彼が犬たちの生活に入っていけるのは、このクリニックなのだ。救い主にはなれないかもしれない。相手がいくらいても〝おーすぎない〟と言える人間にはなれないが、いったん彼らが困ったら、どうにも体が言うことをきかない状態になったら、ベヴ・ショウすら匙《さじ》をなげたら、彼らの面倒をみる覚悟はある。犬男、ペトラスはかつてそう自称した。それがどうだ、いまではこのおれが犬男になっている。犬下請け人。冥界への犬案内人。犬の僕《しもべ》。

おれほど利己的な男がすすんで死んだ犬にお仕えしようとは、おかしなものだ。世の中（あるいは世の中というものの概念）に参加するなら、もっと生産的な方法がほかにもあるだろうに。たとえば、クリニックでもっと長時間働くこともできよう。最悪、毒漬けになると、ゴミ捨て場の子どもたちを説き伏せることもできよう。バイロンの歌曲台本をそれらしく手にして座っているだけでも、人類への奉仕とみなされるかもしれない。

ところが、そういうことをする人々はほかにいるのだ——動物愛護のうんぬん、社会復帰のかんぬん、バイロンのことさえも。おれが死骸の名誉を護るのは、そんなことをする馬鹿がほかにいないからだ。そう、おれはそんなものになりつつある。馬鹿で、おろかな、頑固者。

17

クリニックの日曜の仕事が終わる。コンビには、屍の荷が積みこまれている。最後の雑用として、彼が手術室の床をモップで拭く。

「わたしがやっておきます」裏庭から入ってきたベヴ・ショウが言う。「そろそろ帰りたいでしょう」

「べつに急がないよ」

「でも、べつな類の生活に慣れなくては」

「べつな類の生活？　生活が種類に分かれるとは知らなかった」

「そうじゃなくて、あなたはここの生活をひどく退屈に思っている。むかしの仲間が恋しい。女友だちがいたころが懐かしい」

「女友だちだって。ルーシーめ、わたしがケープタウンを出てきた訳を話したな。むこうでは、女友だちにはあまり良い目に遭わせてもらえなかった」

「彼女につらく当たらないで」

「ルーシーにつらく当たる？　そんなことは自分で我慢ならない」

「ルーシーではなくて——ケープタウンの若い女性のこと。ずいぶん迷惑な子がいたとか、ルーシーに聞きました」

「ああ、いたよ、たしかに若い女が。でも、あの場合、迷惑をかけたのはわたしのほうだ。少なくとも、わたしと同程度の迷惑はむこうもこうむっている」

「大学を辞職するはめになったとルーシーに聞いてます。いろいろ大変だったでしょう。悔いはありますか？」

なんたる野次馬根性！　スキャンダルの匂いにかくも女たちが目の色を変えるのは、なぜなのか。この不器量な小女は、おれがショッキングな話のひとつもできないと思っているのか？　それとも、ショックを受けることもまた自分の背負う務めだとでも？　世界中の暴行の割当量が少しでも減るようにと、みずから横たわって辱めを受ける尼僧のように？

「わたしが悔いているかって？　さあね。ケープタウンの一件があって、わたしはここに来た。ここでのわたしは不幸ではない」

「でも、そのときは——そのときは、後悔しました？」

「そのとき？　要するに、事の真っ最中という意味か？　するわけないだろう。事の最中に迷いなどない。それはきみ自身もわかっていると思うが」

彼女は赤面する。いい歳をした女がここまで真っ赤になるのを見たのはいつ以来だろう。まさに、毛の生え際まで。

「でも、グレアムズタウンはおとなしすぎるでしょう」彼女はつぶやく。「前とくらべると」

「グレアムズタウンに不満はないさ。少なくとも、誘惑とは縁を切った身だ。それに、わたしの住んでいるのはグレアムズタウンじゃない。農園に娘と暮らしているんだ」

誘惑とは縁を切った。女にたいして、あんまりな言い種《ぐさ》だ。たとい、不器量な相手でも。いや、誰しもの目に不器量と映るわけではないだろう。若いベヴにビル・ショウが魅力を感じたこともあるはずだ。ほかの男たちも同様に。

二十歳若いときの彼女を思い描こうとする。短い首に鼻が上を向いた顔も小生意気で可愛く、そばかすだらけの肌も家庭的で健康に見えたにちがいない。ついつい、彼は手を伸ばしてその唇を指でなぞる。

彼女は目を伏せるが、たじろぎはしない。それどころか、彼の手に唇をすりつけて応えてくる。見ようによってはキスとも言えるが、そのあいだも終始真っ赤になっている。

それだけの出来事である。そこ止まりのことだ。ほかに一言もなく、彼はクリニックを出ていく。背後で、ベヴが電気のスイッチを切る音が聞こえる。

翌日の午後、彼女から電話がある。「クリニックで会いましょう、四時に」彼女は言う。

それは都合を訊くというより通知であり、その声は緊張してうわずっている。彼は「なぜ?」と訊きそうになるが、やめておけと良識が働く。とはいえ、内心驚いている。こんな道に足を踏み入れたことなど、まちがっても彼女は無いはずだ。きっとあのうぶな頭のなかでは、不倫とはこうして始まるものとされているのだろう。女が求愛者に電話をし、支度がととのったことを告げる。

クリニックは月曜は休みだ。彼は自分でドアを押して入ると、内側から錠を掛ける。ベヴ・ショウは手術室で、こちらに背を向けて立っている。彼はその体を両腕に抱く。彼女は耳を顎にすりよせてくる。短く縮れた髪を、彼の唇がなでる。「毛布があります」彼女は言う。「収納棚のなか。いちばん下の段に」

毛布は二枚ある。一枚はピンク、一枚はグレイ。自宅からある女の手でこっそり持ちだされてきたものだ。きっとその女は出がけに、風呂に入り、体にパウダーをはたき、ローションを塗って身じまいをしたのだろう。おそらく、日曜ごとに独りパウダーをはたきローションを塗って、収納棚には毛布をそなえていたのだろう、いざという時のために。彼が大都市から来たからといって、札付きの男だからといって、女と寝まくったうえ、女と見れば頂戴できるものと思っている、そんなふうに誰が思うのか。

選ぶとなれば、手術台か床のどちらかである。彼は床に毛布を広げる。グレイのを下に、ピンクのを上に。電気のスイッチを切って部屋を出ると、裏口の鍵が掛かっているのを確かめて待つ。彼女が服を脱ぐ衣ずれの音が聞こえてくる。ベヴ。ベヴ。よもや、ベヴという名の女と寝るとは、夢にも思わなかった。

彼女は毛布から頭だけ出して横になっている。薄暗がりのなかでさえ、そそられる眺めではない。彼はパンツをすばやく脱ぐと、彼女の隣りに入りこみ、両手で体をなでる。どうと言うこともないバスト。がっしりした、腰のくびれのほとんどない、浅くてずんぐりした湯船のような体。

彼女が手を握って、なにかをわたしてくる。避妊具。あらかじめ一から十まで考慮済みか。

ふたりの交合はというと、少なくとも彼は務めをはたしたと言える。気は入らなかったが、そう嫌でもなかった。というわけで、結局はベヴ・ショウも満足したようだ。彼女の目論見《もくろみ》はすべて遂げられた――彼デヴィッド・ラウリーは救われたのだ、世の男が女に救われるように。また、彼女の友人ルーシー・ラウリーは忌まわしい訪問にかんして少しは慰めを得られた。

この日のことを忘れまい。彼は自分に言い聞かせる。ふたりとも果て、彼女の隣りに横たわりながら。メラニー・アイザックスの美しく若い肉体のあとに行きついたのが、これだ。今後はこれに慣れなくてはならない。これか、ことによると、これ以下のものに。

「もう遅いから」ベヴ・ショウが言う。「わたし、帰らないと」

彼は毛布を脇に押しのけ、前を隠そうともせずに立ちあがる。彼女に愛しのロミオをとくと眺めさせろ。彼は思う。猫背の肩、痩せた臑《すね》。たしかに、もう遅い。地平線に、落日の紅い陽が燃えている。頭上に月がぼんやりと浮かぶ。あたりには煙霧が漂い、細くのびた荒れ地のむこう、建ち並ぶバラックの手前のあたりから、がやがやと人の声がする。ドアロでベヴは最後にいま一度、彼に体を押しつけ、胸に顔をうずめてくる。彼はしたいようにさせておく。さっきも、彼女がしたいと感じることはなんでもさせてやった。それとおなじに。彼の想いはエマ・ボヴァリーにとぶ。めくるめく昼下がりを初めて過ごした夫人が、鏡の前で得意げにしているところを。恋人ができたのよ！　恋人が！　エマは独り高らかに謳う。いいじゃないか、貧しいベヴ・ショウにも家に帰って謳わせてやれ。それから、彼女のことを〝プア・ベヴ・ショウ〟と呼ぶのはやめること。ベヴが貧《プア》しいなら、おまえは破産者だ。

18

ペトラスはどこからともなくトラクターを借りてきた。そこに古い回転耕耘機《こううんき》をくっつけたが、これはルーシーが越してくる以前から厩舎の裏に錆びてころがっていた物だ。それで自分の土地ぜんぶを数時間で耕した。きわめて敏速に、ビジネスライクに。すべてがいたって非アフリカ的だった。昔日のころ、すなわち十年ばかり前には、手鍬と牛を使って何日もかかった仕事だ。

この新生ペトラスに対して、ルーシーにどんな勝ち目があるだろう？　ペトラスは、耕作男、運送男、給水男として到来した。ところが、いまやそんなことには、忙しくてかまけていられない。畑を耕し、運転をし、給水をしてくれる人材など、どこで見つけようというのか？　これがチェス・ゲームだとすれば、王手をかけられたというところか。彼女にいくらかでも分別があれば、勝負をおりるだろう。土地銀行にかけあい、取引を算段して、ペトラスに農園をゆずり、文明社会に復帰する。郊外地で、犬の預かり所を開業してもいいだろう。あらたに猫部門をつくってもいい。なんなら、友だちとヒッピー時代にやっていたことに立ち戻ってもいいのだ。エスニックな織物、エスニックな飾り壺、エスニックな籠細工をつくり、ビーズを観光客に売る。

敗残者。十年後のルーシーを思い浮かべるのは、むずかしくない。どっしりと太って、顔には哀しい皺が刻まれ、とうに廃《すた》れた服を身につけ、ペットたちに話しかけながら、独り食事をする女。生活といえるものは、あまりない。とはいえ、つぎの襲撃に怯えて日々を過ごすよりはましだ。犬たちが護衛の役に立たず、誰も電話連絡に応えてくれないというなら。

ペトラスが新居に選んだ敷地に彼を訪ねていく。ルーシーの母屋を見晴らす、やや高台にある場所だ。すでに測量技師が訪れたらしく、木釘が打たれている。

「家の建設まで自分でやるつもりじゃないだろうね？」彼は訊く。

ペトラスはククッと笑う。「いいや、技術のいる仕事だ、建設は」彼は言う。「煉瓦積み、左官工事、どれも技術がいる。いや、おれは溝を掘るぐらいだ。それなら、おれ独りでもできる。たいした専門技術はいらない、坊主がやるような仕事だ。掘るだけなら、坊主で充分だ」

ペトラスはその語をじつに楽しそうに口にする。かつては自分も坊主だったが、いまはそうではない。いまの自分は、坊主ごっこができるご身分なのだ、マリー・アントワネットに搾乳女の真似っこができたように。

彼はついに核心に切りこむ。「ルーシーとわたしがケープタウンへ帰ったら、彼女のぶんの農園経営までこなせる余裕はあるか？　きみには給与を払う。それとも、歩合制でやってもいい。利益に準じた歩合だ」

「ルーシーの農園はつぶせない」ペトラスは言う。「おれが農園経営者になるしかない」

〃のうえんけいえいしゃ〃という語を、まるで一度も聞いたことのないように発音する。まるで奇術の兎《うさぎ》が帽子からピョンと跳びでてきたかのように。

「そうだな、お望みなら、経営者さんとお呼びしよう」

「それで、ルーシーはいつかまた帰ってくる」

「きっと戻ってくるだろう。娘はこの農園に深い愛着をもっている。手放すつもりはさらさらないんだ。ところが、最近いやな目に遭ったろう。休息が必要なんだよ。しばらくの休暇が」

「海の近くで」ペトラスはそう言うと、にっこりし、ヤニで黄ばんだ歯を見せる。

「ああ、彼女が望むなら海辺もいい」言葉を宙に浮かすようなペトラスのしゃべりかたが癪にさわる。ペトラスと友だちになれる気がした時期もあったのだが。いまは厭《いと》わしい。ペトラスと話すというのは、サンドバッグを打つのに似ている。「休暇をとるかどうかルーシーに打診するのは、きみもわたしも適任でないと思う」彼は言う。「きみも、わたしも、だ」

「おれはどれぐらいのあいだ経営者をやることになる?」

「いや、まだわからないんだ、ペトラス。ルーシーと話しあったわけでもない。そういう可能性を探っているだけでね、きみに打診しながら」

「となると、何から何までおれの役目だ。犬に餌をやって、野菜を育てて、市場に出て——

——」

「ペトラス、まだそんなにまとめなくていい。犬だって当面はいない。わたしはおおざっぱな意味で訊いているだけなんだ。ルーシーが休暇をとるとなったら、農園の面倒をみてくれる余裕があるかどうか?」

「コンビもないのに、どうやって市場へ行けというんだ?」

「それは細かいことだ。くわしくは後で話しあおう。わたしが訊きたいのは、おおざっぱな答えだ。イエスかノーか」

ペトラスは首を横に振る。「やることが多すぎる、多すぎる」と彼は言う。

青天の霹靂《へきれき》のごとく、警察から電話がある。かけてきたのは、ポート・エリザベスのエステルハウゼ部長刑事だ。彼の車が発見されたという。ニューブライトン署の車置き場とのことで、車の同定と返還請求にきてほしいと言う。二名の男が逮捕されていた。

「それは助かった」彼は言う。「なかばあきらめかけていました」

「いえ、二年間は事件ファイルは閉じません」

「それで、車の状態は？　運転できそうですか？」

「ええ、できるでしょう」

いつになく胸はずませて、ルーシーとふたり、ポート・エリザベスへ、そしてニューブライトンへ向かう。そこで道路標識に従って、ヴァン・ダヴェンター・ストリートへ入り、平たい要塞のような本署に着く。ぐるりを囲む二メートルほどのフェンスには、てっぺんに刃の鋭いレザーワイヤがついている。厳重な注意書きが、警察署前の駐車を禁じている。

ふたりはかなり離れた場所に車を駐める。

「わたしは車で待っているわ」ルーシーが言う。

「そうか？」

「この場所、好きになれない。ここで待っているから」

管理所に出頭すると、迷路のような廊下を通って盗難車部へつれていかれる。エステルハウゼ部長刑事は、ぽっちゃりした金髪の小男で、彼のファイルに目を通すと、車置き場に彼を導く。そこには、何十台という車が鼻つきあわせて駐まっている。ふたりはこちらの列、あちらの列と、行き来する。

「どこで見つけたんです？」彼はエステルハウゼに訊く。

「ここ、ニューブライトンの町ですよ。あなたは運がよかった。ふつう車ドロは年式の古いカローラだと、ばらしてパーツにするからね」

「逮捕したと聞きましたが」

「男二名。内報をうけて捕まえたんです。家じゅう盗品でいっぱいでしたよ。テレビ、ビデオ、冷蔵庫、なんでもござれ」

「その男どもは、いまどこにいるんです？」

「保釈中です」

「そのふたりを釈放する前に、わたしに連絡して面通しさせるのが筋というものじゃないですか？　保釈中の身とあらば、かんたんにトンズラできる。おわかりのはずだ」

刑事は頑なに口をつぐんでいる。

ふたりは白いカローラの前で立ち止まる。「これはわたしの車じゃない」彼は言う。「わたしの車のプレートはＣＡだ。この件の要領書にもそう書いてある」と、用紙に書かれた数字を指す。ＣＡ５０７６４４。

「スプレーしなおしたんですよ。偽のプレートをつけた。連中はプレートをどんどん変えるからね」

「それにしたって、これはわたしの車じゃない。ドアを開けてくれないか？」

刑事は車のドアを開ける。車内は、湿った新聞とフライドチキンの匂いがする。

「うちの車にオーディオはついていない」彼は言う。「わたしの車じゃないんだ。この置き場のべつなところにあるのでは?」

ふたりは車置き場をひととおりめぐる。やはり車はなかった。エステルハウゼは頭をかき、「調べておきますよ」と言う。「きっとなにかの取り違いだ。ナンバーを教えておいてください、のちほど連絡します」

ルーシーはコンビの運転席に座って、目を閉じていた。窓をたたくと、ロックをはずしてくれる。「とんだ間違いだ」と、乗りこみながら彼は言う。「カローラはあったが、わたしの車ではない」

「男たちとは会ったの?」

「男たち?」

「男がふたり逮捕されたと言ったじゃない」

「また保釈金で自由の身らしい。いずれにせよ、わたしの車でないのだから、誰が逮捕されようと、わたしの車を盗んだ犯人ではありえない」

長い沈黙がながれる。「そういう結論でいいのかしら、理論的に?」彼女は言う。

そう言うと、車のエンジンをかけ、ハンドルをはげしくつかむ。

「連中の逮捕を、きみがそれほど望んでいるとは知らなかった」彼は言う。われながら声に苛立ちを感じるが、止めようともしない。「捕まったとなったら、つまり、裁判と裁判に付き物のありとあらゆる事がおきる。きみは証言台に立つことになるだろう。それだけの覚悟はできているのか？」

　ルーシーはエンジンを切る。涙をこらえようと顔がこわばっている。

「どのみち、裁判というのは冷たいものよ。われらが友人たちが捕まることはないでしょうね、少なくともこんな体たらくの警察には。だから、あのことは忘れましょう」

　彼は構えなおす。うっとうしい小言屋になりつつあるが、それも仕方あるまい。「ルーシー、まさにいまは選択肢と正面から向かいあう時だろう。おぞましい思い出だらけの家で、身に降りかかったことをいつまでも思って暮らすのか、あの一件はすべて掻《か》い遣《や》って、余所で人生の第二章を始めるのか。わたしが見るかぎり、選択肢はそのふたつだろう。きみがここに留まりたいのはわかっているが、もうひとつの案もせめて検討すべきじゃないか？　おたがい冷静になって話しあえないものかね？」

　彼女は首を振り、「これ以上は話せないの、デヴィッド。話せないといったら話せない」と低く口早に言う。言葉が干あがってしまうのを怖れるように。「煮え切らない態度なのは自分でもわかっている。説明できればと思う。でも、できないのよ。あなたはあなたという人間であって、わたしはわたしという人間だから。ごめんなさい。それに、車のこともね、さぞ気落ちしているでしょう、気の毒に」

　そう言って、ハンドルに置いた腕に突っ伏す。肩が上下する。涙に屈したのだろう。

　彼はまたあの気持ちにおそわれる。もの憂い無関心。だが、内側から食いつくされ、腐食した心臓の殻だけが残っているような、無重力感もある。こんなありさまの人間に、死者を甦らせる詩句だの音楽だのが、どうして見いだせよう？　心中そう思う。

五メートルと離れていない歩道から、内履きに襤褸《ぼろ》をまとって座りこんだ女が、険しい目でふたりをにらんでくる。彼はルーシーをかばう態で肩に手をかける。〝娘よ〟と彼は思う。〝最愛の娘よ。導く役目をわれが負ってきた娘よ。やがてはわたしを導くことになる娘よ〟

父のこの思いを嗅ぎつけられるか？

けっきょく運転を替わるのは彼だ。家路のなかば、意外なことに、ルーシーがこう切りだす。「あれは個人にたいする恨みだった」彼女は言う。「あれはわたしに向けられた怒りだった。なにより面食らったのはその点。あとのことは……予測がついた。それにしても、わたしは彼らになぜそこまで嫌われたの？　見かけたこともない連中なのに」

彼は言葉の先を待つが、もう出てこない、しばらくは。「彼らをとおして歴史がものを言ったのか」しまいに彼はそう言ってみる。「過ちの歴史が。そんなふうに考えてみたらどうだ、気休めにでもなるなら。私怨のように感じられたかもしれない。だが、じっさいは違う。祖先たちから受け継いできたものだ」

「気休めにもならないわね。あのショックは簡単には消え去らない。憎まれることのショック、という意味よ。事の最中に」

事の最中。これは思ったとおりの意味にとっていいのか？

「いまでも恐怖心が？」彼は訊く。

「ええ」

「やつらがもどってくるのではないかと？」

「ええ」

「警察に訴えでなければ、もどってこない、そう考えたのか？　そう自分に言い聞かせていたのか？」

「違うわ」

「なら、なんだ？」

彼女は押し黙る。

「ルーシー、あっさり済むことじゃないのか？　犬舎を閉める。いますぐにだ。家に鍵を掛け、ペトラスに管理費を払う。半年か一年、休みをとり、この国の情勢が好転するのを待つ。海外にでも行け。そう、オランダに。費用ならわたしが出す。いずれもどってきたら、全体の成り行きを考えて、新たなスタートをきればいい」

「いま出ていったら、二度ともどらないでしょうね、デヴィッド。申し出はありがたいけど、それでは解決にはならない。わたし自身、百回も考えてきたことよ、あなたにできる助言はないわ」

「なら、きみはどうしようというんだ？」

「わからない。でも、どんな結論をだそうと、なにに無理強いされることなく、自分ひとりで決めたいの。世の中には、あなたにわかっていないこともあるのよ」

「わたしがなにをわかっていないと言うんだ？」

「まず、あの日わたしの身におきたことを理解していない。わたしのことで腐心してくれる、それは感謝するわ。けど、あなたは理解しているつもりでも、やはり違う。なぜって、あなたには理解できないから」

彼はスピードをおとし、車を道路脇によせる。「よしてよ」ルーシーは言う。「ここはだめ。こんな物騒なところ、停めるには危険すぎる」

彼はまたスピードをあげる。「それは逆だな、わたしはなにもかも嫌というほど理解している」彼は言う。「おたがい避けとおしてきた言葉をいってやろう。きみはレイプされたんだ。一度ならず。三人の男に」

「それで？」

「命の危険にさらされた。利用されたあと殺されるだろうと怯えた。始末のために。連中にとっては、価値のない存在だからだ」

「それで？」彼女の声はもはや掠《かす》れている。

「なのに、わたしはなにもしなかった。きみを救わなかった」

いつのまにか、彼自身の告白になっている。

ルーシーはうるさげに小さく手を振り、「自分を責めないで、デヴィッド。わたしを助けろというほうが無茶よ。だいたい、あれが一週間前だったら、わたしは家に独りきりだった。でも、あなたの言うとおりね、わたしは彼らにとってなんでもない。なんの価値もない。それを感じたわ」

いっときの間。「彼らには前歴があるんだと思う」ルーシーがふたたび口をひらく。声に少し落ち着きがもどっている。「少なくとも、年上のふたりは。いちばんの目当てはレイプなのよ。物盗りは二の次。おまけにすぎない。レイプの常習犯なんでしょう」

「また来ると思うか？」

「ここは彼らのテリトリーのようね。わたしは目をつけられた。狙いをつけてもどってくるはずよ」

「なら、留まるわけにはいかないだろう」

「なぜ？」

「また来てくれと言っているようなものだ」

彼女は長考のすえに答える。「でも、ほかに考えようがないんじゃないの、デヴィッド？　それが、留まることで支払うべき代価だというなら……どうなる？　おそらく彼らはそういう見方をしている。なら、きっとわたしもそう考えるべきなのよ。彼らはわたしに貸しがあると思っている。自分たちを借金の取り立て人か収税吏のように思っている。それを払いもせずに、どうしてここで暮らすことを許される？　彼らはそう思いこんでいるはずよ」

「そうだろうな、連中はいろいろなことを思いこんでいるさ。自分を正当化する話をでっちあげたほうが身のためだ。だが、きみは自分の感覚を信じろ。連中からは憎しみしか感じなかった、そう言ったろう」

「憎しみね……男とセックスの話となれば、デヴィッド、わたしはもうなにも驚かない。たぶん、男にしてみれば、女を憎んでいるほうが、セックスは刺激的になる。あなたは男なんだから、わかるはずでしょう。見知らぬ相手とセックスをするとして――その女を閉じこめ、抑えつけ、組み敷いて、押しかぶさる――これは少しばかり殺しに似ているんじゃない？　そして、ナイフを挿しこむ。それが済むと退場し、血まみれの体をあとに残していく。殺人のような感覚じゃないの？　殺して逃げおおせるような？」

〝あなたは男なんだから、わかるはずでしょう〟ふつう、実の父にむかってこんな話し方をするだろうか？　はたして、ルーシーとわたしは味方同士なのか？

「そうかもしれない」彼は言う。「ときには。ある男たちにとっては」それから、慌てて深く考えもせずに言う。「あのふたりにとっても、おなじことだったろうか？　死と組みあうような？」

「彼らはたがいにけしかけあう。そのために、集団でするんでしょう。群れた犬みたいに」

「それで、三人めの少年は?」

「後学のために居ただけ」

車はサイカズの標識をすぎた。もうあまり時間がない。

「彼らが白人だったら、そんな言い方はしないだろうな」彼は言う。「たとえばの話、デスパッチから来た白人の押しこみ強盗だったら」

「そうかしら?」

「ああ、そうだ。それが悪いと言っているんじゃない。そういう問題ではないんだ。しかし、きみの口からそんなことを聞くのは初めてだ。隷属か。きみを奴隷にしたいわけだな」

「奴隷じゃない。服従よ。屈服させたいのよ」

彼は首を振る。「もうたくさんだ、ルーシー。売り渡せ。ペトラスに農園を売って、余所へ行くんだ」

「いやよ」

そこで会話は終わる。だが、ルーシーの言葉が彼の頭のなかで木霊《こだま》する。〝血まみれになって〟娘はなにを言わんとしているのか? 血のベッド、血の風呂の夢をみたが、あれはやはり当たっていたのか？

〃レイプの常習犯〃三人の訪問者がさほど古くないトヨタで逃走する図を思う。後部座席には、家財が山と積まれ、やつらの武器であるペニスは、まだ温かく充ち足りて、股のあいだに納められている。思い浮かんだ語は、〃グルル〃と喉を鳴らす擬音語だ。午後のひと仕事に満足しない理由がどこにあろうか。天職をまっとうし、さぞ悦に入っていたことだろう。

　そういえば、子どものころ、新聞記事で〃rape《レイプ》〃という語をまじまじと眺めたのを思いだす。それは一体どういうものなのか読み解こうとし、いつもは優しげなpの文字が、口にするのも憚《はばか》られるほど恐ろしげな雰囲気の語の真ん中でなにをしているのかと訝った。図書館の画集には、《サビニの女たちの略奪》《ザ・レイプ・オヴ・ザ・セイバイン・ウイメン》（ローマの建国伝説。サビニ人を宴会に招いた留守中にローマの若者たちにサビニの女たちを奪い去らせたという物語。しばしばバロック絵画などの画題となった）と題する絵があった。簡素なローマの具足を身につけて騎乗した男たち。薄布のヴェールに身を包み腕を振りまわして泣き叫ぶ女たち。彼が漠と想像するレイプなるものと、この勿体つけた絵画に、どんな関係があるのか？　彼の思うレイプとは、女に押しかぶさって突き入れることだったが。

　バイロンを想う。突き入れたであろう数々の伯爵夫人や下女中のなかには、レイプ呼ばわりする者もいたにちがいない。しかし、陵辱の果てに喉を掻き切られるなど、誰も恐れる由《よし》はなかったはずだ。いまの彼の立場、ルーシーの立場から見れば、バイロンはいかにも大時代の人である。

　ルーシーは怯えていた。死ぬほど怯えていた。口をふさがれ、息もできず、手足が萎えていく。〝こんなことは現実じゃない〟男たちに押し倒されながら自分に言い聞かせる。〝ただの夢、ただの悪夢〟男たちのほうは、女の恐怖を飲みつくし、歓びをむさぼり、ありとあらゆることをして彼女を痛めつけ、脅かし、恐怖心をさらに煽る。〝犬を呼べ！〟そんなことも言ったのだろう。〝ほら、呼んでみろ！　犬がいないのか？　じゃあ、おまえの犬どもを見せてやろう！〟

〝あなたはわかっていない、その場にいなかったのでしょう〟ベヴ・ショウは言う。いいや、それは思い違いだ。ルーシーはやはり直観で見抜いていたのだ。父は理解している、と。われを忘れて一心不乱になれば、あの場にいることも、あの男どもと同化して内に宿り、亡霊となってやつらにとり憑くこともできる、と。だが、問題は、その女になる力が父にあるかどうか？

　部屋の寂寞《せきばく》にたえかね、彼は娘に宛てて手紙を書く。


　　最愛のルーシー、愛のすべてを以てすればこそ、この手紙を書かねばならない。きみは危険な過ちをおかしかけている。きみは歴史の前では謙虚でありたいと言う。しかし、いま辿っている道は間違いだ。いずれ、尊厳をすっかり剝ぎとられてしまうだろう。自分で自分がゆるせなくなるだろう。頼むから、わたしの話に耳を傾けてくれ。

おまえ《ユア》の父より

半時間後、一通の封筒がドアの下から挿しこまれてくる。

愛するデヴィッド、わたしの話をちっとも聴いていなかったのね。わたしはあなたが思っているような人間ではないの。いうなれば、死人。なにをもってすれば生き返れるのか、いまもってわかりません。ただひとつわかっているのは、ここを去れないということ。

あなたには理解できないでしょう。理解してもらうために、これ以上なにをしたらいいのか、それもわかりません。あなたは陽の光の射さない片ほとりにいることをわざわざ選んだようね。三匹の猿の一匹を思わせるわ。両手を目にあてた〝見ザル〟を。ええ、わたしの辿っている道は間違いかもしれない。でも、いま農園を去ったら、負けたまま終わってしまう。その敗北感を死ぬまで味わうことになる。

わたしはいつまでも子どもではいられない。あなたもいつまでも父親ではいられない。気づかいはわかりますが、あなたはわたしの必要とする案内人ではない。少なく

敬具《ユアーズ》 ルーシー

とも、現時点では。

ふたりはこんなやりとりを交わし、そしてルーシーは結びの言葉にこう書いたのだった。

その日の犬の始末がすべて終わると、ドアロに黒い袋が積みあげられる。どの袋にも、肉体と魂を入れて。彼とベヴ・ショウは抱きあって手術室の床に横たわる。半時間後には、彼女は夫ビルのもとへ帰り、彼は袋を車に積みこみはじめるだろう。

「最初の奥さんのこと、話してくれませんね」ベヴ・ショウが言う。「ルーシーもその人のことは話しません」

「ルーシーの実母はオランダ人だった。それぐらいはあの子が話したろう。名前はエヴェリーナ。エヴィ。離婚後はオランダへ帰った。しばらくして再婚した。ルーシーは新しい義父とそりが合わなかった。南アへもどりたいと頼んだ」

「つまり、あなたを選んだんですね」

「ある意味では。同時に、ある環境、ある地平を選んだ。いまはわたしのほうが、ほんの休暇でもいいからと、またオランダへ返そうとしている。オランダは生きていくのにそう刺激的な場所ではないが、少なくとも悪夢は生まない」

よ　彼は肩をすくめる。「ルーシーは、いまのところ、わたしの助言に耳を傾ける気はない
ようだ。良き案内人ではないと言われた」

「でも、先生だった人なのに」

「ひょんな事からなってしまった口だ。天職とはとても言えない。だいたい、ひとに生き方を教えるなどという大志は抱いていなかった。一時わたしは学者と呼ばれる身だった。死んだ詩人について何冊か本を書いた。わたしの心のありかはそこだった。教職は食べていくための手段にすぎなかった」

ベヴ・ショウは話の先を待っているが、もうつづける気分ではない。

陽は沈みゆき、寒くなりかけている。ふたりはまだ愛を交わしていない。ともに分かちあう行為だというふりは、なかば投げてしまっている。

彼の頭のなかでは、バイロンが独り舞台に立ち、息をひとつ吸って歌いださんとしている。ギリシャへ旅立とうという時だ。三十五歳にしてようやく、人生の尊さをわかりはじめたのだ。

スント・ラクリマエ・レルム・エト・メンテム・モルタリア・タングント――われらの試練には涙がつきもの、その涙がひとの心にふれるのだ――ヴェルギリウス、『アイネーイス』。台詞はこれにしようと、それだけは決めている。曲のほうはというと、地平線の

どこかに漂えど、いまだ来たらず。

「心配しないで」ベヴ・ショウが言う。頭を彼の胸にあずけている。胸の音が聞こえるのだろう。その鼓動に六分格の詩が歩調をあわせる。「ルーシーは、ビルとわたしが引き受けます。農園にもちょくちょく顔を出しましょう。ペトラスだっています。彼が目を光らせていますよ」

「父なるペトラスか」

「ええ」

「ルーシーによれば、わたしはいつまでも父親ではいられないそうだ。わたしには、生きながらルーシーの父でなくなるなんて想像もつかない」

ベヴ・ショウは彼の生えかけの髪に指をすべらせ、「だいじょうぶ」と小声で言う。

「見てらっしゃい」

19

その家は開発計画の一環として建てられ、十五年か二十年前の新築のときは、寒々しかったにちがいないが、以来だんだんと改良され、歩道には植え込み、並木。安建材ながら塀には蔦《つた》がおいしげる。ラッソルム・クレセント八番地には、ペンキを塗った庭門とインターホンまである。

彼はボタンを押す。若い声が応える。「はい？」

「こちらにミスター・アイザックスはいらっしゃいますか。ラウリーと言いますが」

「まだ帰っていません」

「いつごろお戻りの予定です？」

「あ、ちょっと待って」ひそひそ声がし、錠のはずれる音がする。彼は門を押し開ける。

小径をたどると玄関口に行きつき、そこには細身の娘がこちらを見つめて立っている。制服姿だ。紫紺のオーバースカート、膝丈の白い靴下、開襟のシャツ。メラニーそっくりの瞳、メラニーそっくりの広い頬骨、メラニーそっくりの黒髪をしている。もうひとつ言うとすれば、メラニーより美しい。いつか話していた妹だろう、名前はすぐに出てこないが。

「こんにちは。お父さんのご帰宅の予定は？」

「学校は三時に終わるけど、ふつうはもっと遅くまでいるの。構わないわ、あがってて」

娘は客を招きいれるのにドアを押さえ、身を細くして彼をなかへ通す。薄切りにしたケーキを食べていたようだ、二本の指でお上品につまんでいる。上唇にはケーキのくずが。彼は思わず手をのばして拭ってやりそうになる。その瞬間、姉の記憶が熱波のように押しよせてくる。やれやれ。彼は思う。おれはここでなにをしているんだ？

「よかったら座って」

彼は腰をおろす。家具はぴかぴかに研《みが》きぬかれ、部屋は息苦しいほど整頓されている。

「きみ、名前は？」彼は訊く。

「デザリー」

デザリーだ、そう、思いだした。メラニーはメラニン、長女で腹黒い娘、つぎのデザリーは欲される《ディザイアード・ワン》子。そんな名前を彼女につけて、神々の真意を確かめることになったようだ！

「わたしはデヴィッド・ラウリーだ」こちらがまじまじと見ようと、なにも気づいていない様子だ。「ケープタウンから来た」

「ケープタウンには姉さんがいるわ。大学生なの」

彼はうなずく。が、こうは言わない。〝きみの姉さんなら知っている、よく知っているとも〟言わずに心でこう思う。樹をおなじくする果実か。きっとごく密やかな部分に至るまで。とはいえ、血の脈打つさま、情熱の高まり、それぞれ違いはあるだろう。ふたりとベッドをともにする。王にこそふさわしい愉しみか。

彼はかるく身震いをして、腕時計を見る。「どうだろう、デザリー？　学校でお父さんをつかまえようと思うのだが。行き方を教えてくれれば」


その校舎は公営住宅の一部である。化粧煉瓦の背の低い建物、鉄枠の窓にアスベストの屋根、それを囲む埃っぽい校庭には有刺鉄線がめぐる。〈F・S・マレー〉と、玄関の支柱のひとつには書かれている。もうひとつには、〈中学校〉と。

構内はひとけがない。うろついているうちに、〈事務所〉という標示にいきあたる。その奥では、小太りの中年の事務員がマニキュアを塗っている。「ミスター・アイザックスを探しているんだが」彼は声をかける。

「ミスター・アイザックス！」女は大声で呼ぶ。「お客さんですよ！」と言うと、こちらを振りかえり、「どうぞなかへ」と言う。

アイザックスはデスクのむこうで立ちあがりかけるが、中腰のまま面食らった顔で彼を見つめてくる。

「憶えていますか？　デヴィッド・ラウリーです、ケープタウンの」

「ああ」アイザックスは言うと、座りなおす。過日とおなじだぶついたスーツを着ている。首は上着にうもれ、麻袋に捕らわれた嘴《くちばし》のとがった鳥のように、そこから顔だけ出している。窓はぜんぶ閉まっており、煙の臭いがこもっている。

「顔も見たくないと言うなら、すぐにお暇《いとま》する」彼は言う。

「いや」とアイザックス。「座ってくれ。出欠のチェックをしてるだけだ。先に済ませても構わないか？」

「ええ、どうぞ」

デスクの上には、額に入った写真がある。座った位置からは見えないが、なんの写真かはわかっている。メラニーとデザリー、目のなかに入れても痛くない娘たち。それに、ふたりを産んだ母親だろう。

「ところで」とアイザックスは最後の学籍簿を閉じながら言う。「わたしが訪問の栄誉にあずかる理由は？」

緊張するものと思っていたが、その場になると、かなり落ち着いているのに気づく。

「メラニーが訴えでたあと」彼は言う。「大学は公式の査問会をひらいた。その結果、わたしは辞職した。そういういきさつです。あなたもご存じかと思いますが」

アイザックスはあえてなにも言わず、うろんな目で見つめてくる。

「それ以来、ふらふらしていた。今日ちょうどジョージを通ったので、寄ってお話しできないかと思ったのです。われわれの最後の話し合いが……かなり過熱したのは憶えています。それでも、とにかく寄って心中を打ち明けようと」

それだけは本当のことだ。心中を打ち明けたい。ところが、問題は、心の中にあるのはなんなのか？

アイザックスは安いビックのボールペンを手にしている。軸に指をすべらせ、くるりと回し、また何度も軸をさする。苛立ちの表われというより無意識の動作のようだ。

彼はつづける。「メラニーの側の話はすでにお聞きでしょう。今度はわたしの話を聞いてもらいたい、もしそのお気持ちがあれば。

わたしの側からすれば、あれはふとした事から始まった。アヴァンチュールとして。ある種の男どもがするような、わたしもするような、そんなことが活力になるような、ささやかで突然の冒険のひとつとして。こんな言い方をして申し訳ない。率直になろうと心がけているんです。

ところが、メラニーの場合、思いもよらぬ事がおきた。炎のようなものだと思う。彼女はわたしのなかに炎を焚きつけてしまった」

彼は口をつぐむ。ボールペンはダンスをつづけている。ささやかな突然のアヴァンチュール。ある種の男ども。このデスクのむこうに座る男は、アヴァンチュールを知っているだろうか？　考えれば考えるほど、まさかという気がしてくる。アイザックスなら教会の職に就いていてもふしぎはない。助祭だか侍者だか。侍者がなんであれ。

「炎。炎の特徴とはなんでしょう？　火がひとつ消えたら、またマッチを擦って、つぎの火をつければいい。かつてわたしはそう思っていた。ところが、大昔の人々は火を崇拝した。炎が、炎の神が消えてしまう前に、考えをあらためた。あなたの娘さんが焚きつけた炎とは、そんな類のものだった。この身を焼きつくすほど熱くはなかったが、本物だった。本物の炎だった」

焼いた、焼けた、焼けつくした。過去、過去分詞。

ペンの動きは止まっていた。「ミスター・ラウリー」娘の父が言う。顔には、ひきつったような苦笑が浮かんでいる。「あんたがどうしようと言うのか、わたしにはさっぱりわからん。うちの学校まで来て、打ち明け話をして──」

「申し訳ない、無礼は承知のうえです。これで最後、これが思いの丈《たけ》のすべてだ、申し開きとしては。メラニーはどうしています？」

「訊くなら答えるが、元気だ。毎週、電話してくる。復学もした。そうできるよう大学が特別に計らってくれた。あの情況なら、おわかりかと思うが。空いた時間に芝居のほうもつづけているし、なかなか良くやっている。というわけで、メラニーはとくに心配ない。

あんたはどうだ？　教職を退いたとなると、今後はどうする？」

「わたしにも娘がいます。ご興味があるかどうか。自分で農園をやっています。しばらくは娘のところで手伝いをしながら暮らそうかと。それから、書きあげるつもりの本がある。本のようなものを。いずれ、なにかと忙しくしているでしょう」

彼は言葉を切る。アイザックスが見つめてくる目には、辛辣な興味の色が滲んでいる。

「ほう」アイザックスは低く言う。ため息のように洩れでる言葉。「傑物も墜ちたものだ！」

墜ちた？　ああ、たしかに失墜はあった。それにはちがいない。しかし〝傑物〟とは？　このわたしを表する言葉なのか、〝傑物〟が？　いまの自分がしがなく思える、ますますもってしがなく思える。歴史の野末《のずえ》の人物。

「たぶん、善い経験です」彼は言う。「ときには墜ちるのも。おのれが壊れてしまわないかぎり」

「けっこう、けっこう、けっこう」アイザックスは凝視した目をそらさずに言う。その顔にメラニーの面影があるのに彼は初めて気づく。口と唇のきりっとした輪郭。思わず、デスクごしに手をのばし、この男と握手をしようとするが、手の甲をさするだけでやめておく。ひんやりした、毛のない肌だ。

「ミスター・ラウリー」アイザックスは言う。「まだ話したいことがあるか？　あんたとメラニーの話以外に。心中思うところがあるように聞いたが」

「心中思うところ？　いえいえ、メラニーの様子をうかがいに寄ったまでです」彼は席を立つ。「会っていただきありがとう。感謝します」彼は手をさしのべる。今度は迷いなく。

「それじゃ、これで」

「これで」

ドアロまで行ったところで――というより、もう表側のひとけのない事務室になかば足を踏みだしていたが――、アイザックスが呼びかけてくる。「ミスター・ラウリー！　ああ、ちょっと！」

彼は部屋にもどる。

「今夜の予定は？」

「今夜？　ホテルにチェックインしたばかりです。予定はなにもない」

「なら、うちで食事でも。夕食に」

「奥さんが歓迎しないと思いますが」

「かもしれない。いや、そうともかぎらん。とにかく来てくれ。食事をともにしよう。うちの夕食は七時だ。いま住所を書くから」

「それにはおよびません。もうさきほどお宅へ行って、娘さんにも会った。この場所を教えてくれたのも彼女です」

アイザックスは顔色ひとつ変えない。「なら、けっこう」彼は言う。

玄関のドアを開けたのは、アイザックス本人である。「さあ、入って」そう言って、彼をリビングルームへ通す。妻はというと、居る気配がない。下の娘も。

「手みやげを」彼は言って、ワインのボトルをさしだす。

アイザックスは礼を言うが、ワインをどうしたものか困っているようだ。「あんた、一杯飲むか？ ちょっと開けてくるから」と部屋を出ていく。キッチンで、ひそひそ話し声がする。アイザックスがもどってくる。「コルク抜きを失くしてしまったようだ。でも、ディジーが近所から借りてくる」

どうやら、酒はまったく飲まない家らしい。それも考えておくべきだった。プチ・ブルジョワの楽とはいえない台所事情だ、質素で慎ましい。洗車をし、芝をきれいに刈り、銀行預金をする。資産のすべては、ふたりの娘という宝物の将来に投じられる。演劇の仕事を夢見る聡明なメラニーと、美貌のデザリー。

あの晩のメラニーを思いだす。ふたりが初めて懇意になったあの晩、ならんでソファに座りながら、ウィスキーをワンショット滴らしたコーヒーを飲んでいた。ウィスキーをいれたもくろみといえば、彼女を——やっとこさ言葉が浮かぶ——潤すためだ。あの手入れの行き届いた小さな体。セクシーな服。気持ちが昂《たか》ぶって目を輝かせ、足を踏みだして、野生の狼がうろつく森へ入りこんでしまう。

美貌のデザリーが、ワインボトルとコルク抜きを持って部屋に登場する。こちらにやってきながら、あるべきあいさつが無いのに気づいて、一瞬ためらう。「パパ？」と、困ったように小さく言いながら、ボトルをさしだす。

なるほど。ようやく客人の正体に気づく。デヴィッド・ラウリーについては家族間で話題にのぼり、喧々囂々《けんけんごうごう》あったのだろう。招かれざる客。汚名の人物。

父はもうしっかりデザリーの手をとっていた。「デザリー、こちらはミスター・ラウリー」

「こんにちは、デザリー」

顔を隠していた髪がかきあげられる。彼の目をじっと見かえす目は、まだ戸惑いながらも、父の庇護のもとにきて強気になっている。「こんにちは」と小声で言う。彼は思う。おやおや、これは！

彼女の場合、胸中の思いを隠しておけないらしい。〝そうなの、これが姉さんが素肌をさらした男ね！　姉さんがした相手なのね！　このじいさんが！〟

リビングとはべつに小さなダイニングルームがあり、キッチンとはハッチでつながっている。最上のナイフ・フォーク類をそろえて、四人ぶんの席がセッティングされていた。キャンドルが燃えている。「さあ、座って座って！」アイザックスが言う。まだ妻の現われる気配はない。「ちょっと失礼」アイザックスがキッチンに消えていく。彼はテーブルをはさんでデザリーとふたりきりになる。彼女はうなだれ、さっきの威勢はどこへやら、だ。

やがてふたりがもどってくる。両親そろって。彼は立ちあがる。「うちの家内とは初対面だろう。ドリーン、こちらが今夜のお客さま、ミスター・ラウリーだ」

「お宅にあげていただき感謝しております、ミセス・アイザックス」

夫人は背の低い女で、中年太りの域にはいっており、がに股のせいか、心もちよろけたような歩き方をする。とはいえ、姉妹があの容貌をどこから受け継いだか、すぐにわかった。往時は、掛け値なしの美人だったにちがいない。

その表情はまだ硬く、彼の視線を避けているものの、ごく小さく会釈する。従順。良妻。内助の功。〝そして、汝は夫婦として一心同体となる(創世記より)〟娘たちはこの母に似るだろうか？

「デザリー」母は娘に命じる。「料理を出すのを手伝いにきて」

娘はほっとして、椅子からころげるように立ちあがる。

「ミスター・アイザックス、わたしは波風をたてるばかりだ」彼は言う。「ご親切にお招きいただいて感謝しますが、お暇したほうがいいようだ」

アイザックスは微笑する。その顔は驚いたことに、どこかしら愉快げでもある。「いいから、座って！　だいじょうぶ！　うまくやるから！」と身をのりだしてくる。「弱気になってはいかん！」

　そこへ、デザリーと母親が料理を手にもどってくる。鶏肉のトマトシチューはぐつぐつ煮えたち、ショウガとクミンの香りが漂う。ライス、サラダの盛り合わせ、ピクルス。ルーシーと暮らしているあいだ、恋しくてたまらなかった類の食べ物。

　ワインのボトルは彼の目の前に置かれ、ワイングラスは一脚きりだ。

「飲むのはわたしだけ？」彼は訊く。

「ああ、どうぞ」とアイザックス。「遠慮せずに」

　彼は自分でグラスに注ぐ。甘口のワインは好きではないが、これなら一家の口にあうかと、貴腐《きふ》ワインを買ってきたのだ。やれやれ、自分のいちばん苦手なものを。

　あとは、食前の祈りをやりすごさねばならない。一家は手をとりあう。それは彼も手をさしだすことに他ならず、左手は娘の父に、右手は母に、という形になる。「いまから頂くものに、主よ、われらを心から感謝させ給え」アイザックスが言う。「アーメン」妻と娘が言い、彼デヴィッド・ラウリーも口ごもりながら、「アーメン」と言って両手をはなす。絹のようにひんやりとした父の手と、小さく肉づきよく炊事で温まった母の手を。

　夫人が料理を皿に盛る。「気をつけて、熱いから」そう言いながら、彼に皿をまわしてくる。それが彼にたいする唯一の言葉になった。

食事のあいだも、彼は良き客人であろうと努め、会話を盛りあげて、沈黙をうめようとする。ルーシーのこと、犬の預かり所のこと、養蜂のこと、菜園の計画のこと、土曜の朝市の露店のことを話す。例の襲撃についても説明するが、自分の車が盗まれたことにしかふれない。〈動物愛護連盟〉のことも話すが、病院内の焼却炉のことや、時間をくすねてベヴ・ショウと過ごす午後のことは話さない。

　こうして縫いあわせていった物語は、影ひとつなく展開する。能天気なほどシンプルな田舎暮らし。それが真実だったらと、どれだけ願うことか！　彼は影に疲れ、複雑な事情に疲れ、複雑な人々に疲れている。わが娘を愛してはいるが、もっと単純な人間だったらとしばしば思う。もっと単純で、もっと小器用で。彼女をレイプした男、あの三人組のリーダーなどは、そういう人間だった。風を切る剣のような。

　手術台に大の字になった自分の図が浮かんでくる。外科用のメスがきらりと光る。喉元から腰まで、切りひらかれる。一部始終をわが目で見ているのだが、痛みはまるで感じない。顎髭をはやした外科医が、眉をひそめて屈みこんでくる。「なんだ、ここに詰まっているのは？」外科医はうめく。胆嚢をつつく。「なんだ、これは？」と言って、胆嚢を切りだし、ぽいと脇に置く。つぎは心臓をつつく。「なんだ、これは？」

「あんたの娘さんは――独りで農園をきりもりしているのか？」アイザックスが訊く。

「男をひとり雇っていて、彼がたまに手伝いを。ペトラスというアフリカ人です」と今度はペトラスのことを話す。たくましく頼りがいのあるペトラス。ふたりの妻と、そこそこの野心をもった男。

思ったより食欲がわかない。会話はだれ気味だが、四人はなんとか食事を終わらせる。デザリーが〝お先に〟と席を立ち、宿題をしに引っこむ。夫人はテーブルを片づける。

「そろそろ失礼しないと」彼は言う。「あすの朝、早いもので」

「まあ、もう少し」アイザックスが言う。

ふたりきりになる。彼はもうごまかしきれない。

「メラニーのことですが」彼は切りだす。

「というと?」

「あとひとつだけ、もう言い残すことはない。違う結末をふたりは迎えていたかもしれない、わたしはそう信じています。歳の差はあっても。ところが、わたしには与えられない何かがあった。何かが……」彼は言葉を探し求める。「抒情だ。わたしには感情表現が欠けている。愛を巧くあつかいすぎるのだ。燃えあがっているときでさえ歌えない。わかりますか。そのことを悔いに思う。娘さんにあんなことを経験させてしまい、申し訳なく思う。あなたはすばらしい家族をお持ちだ。わたしが原因で、奥さんともども苦しませてしまった。お詫びする。どうか赦していただきたい」

〝すばらしい〟は適当な語ではない。〝模範的な〟のほうが当たっている。

「これで」とアイザックスは言う。「ようやく謝ってくれたわけだ。その言葉がいつ出るかと思っていたが」そう言って考えこむ。まだ腰をおろさずに、部屋を行き来しはじめる。「残念に思う、感情表現ができない、そうあんたは言う。抒情の心があれば、わたしたちは今日こんな立場にはいないんだ、と。だが、わたしはわたしでこう思う。罪を喝破されれば、ひとはみな後悔する。だから、いまわれわれは深く悔いている。問題は、悔いているか、だろうか？　問題は、どんな教訓を得たか？　だろう。大切なのは、悔いているならこれからどうするか？」

彼はそれに応じようとするが、アイザックスは手をあげて制する。「神という語をお耳にいれても構わんか？　あんたは神の名を聞いて逆上する手合いではないだろう？　問題は、神は深く悔いること以外にあんたになにを望まれるか？　思いつくか、ミスター・ラウリー？」

アイザックスの行ったり来たりに気が散りながらも、彼は慎重に言葉を選ぼうとする。「ふつうなら、こう答えるでしょう。ひとはある年齢をこえたら、教訓など学べなくなる。何度も何度も罰されるしかないのだ、と。だが、それは違うかもしれない、そうともかぎらないのでは。いつかは、わかる。神について言えば、わたしは信徒ではないから、あなたが神と呼ぶもの、神の望みと呼ぶものを、自分なりの言葉に訳すことになる。わたしの言葉で言えば、自分はいま娘さんとの一件で罰せられている。恥辱とでもいうべき情況に陥っており、そこから抜けだすのは容易ではない。しかし、拒んだ罰ではない。文句を言ったこともない。それどころか、日々それに耐えて生き、こんなありさまの屈辱を受けいれようと努めている。どう思われます？　神には充分ではないのか、生涯、屈辱にまみれて生きるだけでは」

「さあ、わからんね、ミスター・ラウリー。ふつうなら、こう答えるだろう。わたしに訊くな、神に訊ねろ、と。だが、あんたは祈らんのだから、神に訊ねる手だてもなかろう。なら、神のほうがあんたに教える方法を見つけるしかない。いま自分がここにいるのはなぜだと思う、ミスター・ラウリー？」

彼は黙ったままでいる。

「教えてあげよう。あんたはジョージを通りかかり、生徒の家族がジョージ生まれなのを思いだし、こう思った。〝寄ればいいじゃないか？〟前もって計画したわけでなく、気がついたらこのうちにいた。きっと、われながら驚いたろう。どうだ？」

「少々違う。あれは本当ではなかったんだ。たまたま通りかかったわけではない。ジョージに来たのは、ひとえにある目的のためだ。あなたと話すこと。しばらく前から考えていた」

「なるほど、わたしと話しにきた、あんたはそう言う。でも、なぜわたしと？　話しやすいからだ。じつに話しやすい。それはうちの学校の生徒たちならみんな知っている。アイザックスとなら、すぐ仲良くなれる。もっぱらの評判だ」彼はまたにっこりする。さっきとおなじ、ひきつったような笑顔だ。「じゃあ、本当は誰と話しにきたんだ？」

もうよくわかった。この男は好きになれない。この男のトリックが気にいらない。

彼は立ちあがり、ぎごちない足どりでひとけのないダイニングを抜け、廊下を歩いていく。背後の半開きのドアから、低い話し声が聞こえてくる。そのドアを押しあける。ベッドに腰かけているのは、デザリーと母親。毛糸玉をいじっている。彼の出来《しゅったい》に仰天し、ぱたりと話をやめる。

彼はきちょうめんに儀礼の形にのっとり、跪《ひざまず》いて床に額《ぬか》ずく。

さあ、これで充分か？　そう思いながら。こうすれば気がすむのか？　これでだめなら、あとはなんだ？

頭をあげる。母と娘は凍りついたようにじっとしている。彼は母と目をあわせ、つぎに娘と目をあわせる。すると、また電流が走る。欲望の電流が。

彼は立ちあがる。不本意ながら、少しばかりぎくしゃくと。「おやすみなさい」彼は言う。「いろいろとご親切にありがとう。それから、ご馳走さま」

午後十一時、ホテルの部屋に電話がはいる。アイザックスからだ。「強く生き抜く力をもつように。そう言いたくて電話した」短い間がある。「訊かずじまいになっていることがあるんだが、ミスター・ラウリー。わたしたちに大学との仲立ちに入ってほしい、そう思っているんじゃないか？」

「仲立ち？」

「そう。たとえば、復職のために」

「そんなことは考えたこともない。大学とは縁を切った」

「いまあんたが歩んでいる道は、神がさだめた道だ。わたしらには干渉できん」

「言うまでもない」

20

二号線に乗って、ケープタウンに舞いもどる。離れていたのは三月《みつき》にもみたないが、そのあいだに、掘っ建て小屋の集合住宅《セツルメント》がハイウェイの下をくぐり、空港の東にまで広がっていた。子どもが杖を手に迷い牛を道路から追いだそうとすれば、車の流れは滞る。容赦なく村が都会にせまりくる。そう彼は思う。じきロンデボッシュ・コモンには、また畜牛が群れるだろう。もうじき歴史はひと巡りする。

さて、また帰ってきたわけだ。帰宅という感じはしない。トランス・ロードの家にもういっぺん落ち着こうとは思えない。大学の影が射すなか、犯罪者のように肩身をせまくして、かつての同僚を避けて歩くなど。あの家は売り払い、どこかもっと安いフラットへ越すことになるだろう。

懐具合はというと、火の車である。ここを出てから勘定を払っていない。クレジットカードで暮らしてきた。今日明日にも、限度額まで使い果たしかねない。

〝さすらいをやめよう〟か。さすらいの後にはなにが来る？　白髪で腰もまがった自分が、横丁の店に半リットルの牛乳と半斤のパンをそろそろと買いにいく姿が目に浮かぶ。黄ばんだ紙の散らかる部屋で机を前に徒然《つれづれ》と座る姿が目に浮かぶ。午後が消えゆき夕食をつくって床につける時を待ちながら。夢も希望もない、時代後れの老学者。そんなものになり果てようというのか、おれは？

正面の門の鍵をあける。庭は草木が伸びほうだいに伸び、郵便受けにはビラや広告がぎっしり。まわりの水準からすれば頑丈な造りではあるが、なにしろ数カ月、留守のままだったのだ。ひとに入られていないと思うほうが過ぎた望みである。じじつ、玄関のドアを開けた瞬間から、〝おや〟と思う臭いが鼻をつく。胸騒ぎで、鼓動が烈しくなる。

物音はしない。誰がいたにせよ、出ていったあとだ。それにしても、やつらどうやって入りこんだのか？　部屋から部屋へ忍び足で歩いていくと、すぐに答えが見つかる。裏窓のひとつの鉄格子が折り曲げられてもぎとられ、窓ガラスが叩き割られて、子どもか小柄な男ならもぐりこめるほどの穴があいている。木の葉と砂塵が風で吹きこみ、床にマットのように固まっている。

家中を歩きまわって、盗られた物を調べる。寝室は漁《あさ》られ、戸棚は空っぽの口をあけていた。オーディオセット、テープとレコード、コンピュータも消えている。書斎では、デスクとファイル・キャビネットの鍵がこじあけられ、書類がいたるところに散乱している。キッチンは丸裸にされていた。ナイフ・フォーク類、陶磁器類、小さな電化製品。酒のストックも無くなっていた。缶詰を入れていた戸棚まですっからかんだった。

並みの泥棒ではない。突撃隊が押し入ってきて、家財をきれいさっぱり盗みだし、鞄、箱、スーツケースなどを積みこんで退却した、というべきか。略奪品。戦利品。これもまた、〝富の再分配大作戦〟における、ひとつの事件なのだ。たったいま、誰がおれの靴をはいていることやら? ベートーベンやヤナーチェクは落ち着き先を見つけただろうか、それとも、がらくたの山に放られているのか?

バスルームから悪臭がする。鳩だ。家に閉じこめられた鳩が、洗面台で息絶えていた。彼は骨と羽根の無惨な塊をそっとすくいあげてビニール袋に入れ、口を縛る。

電気コードも切られ、電話も不通になっている。なにか手段を講じなくては、ひと晩、暗闇のなかで過ごすことになる。だが、気が滅入って行動する気がおきない。なにもかも地獄に遣ってしまえ、そう思いながら、椅子に身をしずめて目を閉じる。

宵闇がおりると、立ちあがって家を出ていく。一番星が出ている。閑散とした通りを行き、バーベナとキズイセンの薫るなか、大学のキャンパスへ向かう。

コミュニケーション学部の校舎の鍵はいまでも持っている。幽霊のごとく出没するには、もってこいの時間。廊下はまるでひとけがない。エレベーターに乗り、自分の部屋のある五階へあがる。ドアの名札ははずされていた。ドクター・S・オットー。新しい名札にはそう書いてある。ドアの下から、微かに明かりが洩れてくる。

ドアをノックする。物音ひとつしない。鍵をあけて、なかへ入る。

部屋は改装されていた。彼の蔵書や絵画は姿を消し、壁は殺風景なものである。ただひとつ、漫画雑誌の一ページか、ポスター大の引き伸ばし画が貼ってある。スーパーマンが恋人のロイス・レーンに叱られてうなだれている絵。

コンピュータのむこう、薄明かりのなかに、見知らぬ青年が座っている。青年は顔をしかめ、「誰ですか、あなた？」と訊ねる。

「デヴィッド・ラウリーだ」

「はあ？　それで？」

「わたし宛ての郵便物をとりにきたんだ。ここはわたしの部屋だったんで」〝過去には〟とつけたしそうになる。

「ああ、わかりました、デヴィッド・ラウリーか。すいません、考えていなかった。郵便物はぜんぶ箱にまとめてあります。あと、あなたの私物とおぼしき物も」と手を振って指す。「あそこに」

「それと、本は？」

「階下の倉庫室に」

彼は箱をとりあげ、「ありがとう」と礼を言う。

「構いませんよ」若きドクター・オットーは言う。「その箱、持てますか？」

 彼は重い箱を抱えて図書室へ向かう。そこで郵便物の整理をするつもりだ。ところが、通行ゲートに辿りついてみると、いまや機械が認証カードを撥《は》ねてくる。仕方なく、ロビーの長椅子で手紙の整理を始める。

 快々《おうおう》として寝つけない。夜明けとともに山腹へ向かい、長い散歩に出る。夜から雨が降っており、河水が氾濫している。濃厚な松の木の芳香を吸いこむ。今日はなんの予定もない。誰にたいする務めもない、自分にたいするものをのぞけば。好きに使える時間が目の前にある。心もとない気分だが、そのうち慣れるだろう。

 ルーシーのもとでしばし暮らしたからといって、田夫《でんぷ》になったわけではない。それでも、懐かしく思うものはある。たとえば、カモの一家。貯水池の水面をジグザグに泳ぐ母ガモ。胸を誇りでふくらませて。その後ろで忙しく水を掻く子ガモのイーニー、ミーニー、マイニー、モー（四つあわせて〝どれにしようかな？〟の掛け声になる）は、母さんがそばにいるかぎり、あらゆる危険から護られていると余裕綽々《しゃくしゃく》だ。

 犬たちのことは、考えたくない。月曜からは、クリニック内で安楽死させられた犬たちは、無差別に、悼まれることもなく、火炎に投げこまれる。この裏切りにたいして、自分はいつか赦されるだろうか？

彼は銀行に寄り、洗濯物の山をランドリーに持っていく。長年コーヒーを買ってきた小さな店では、手伝い人が彼に気づかぬふりをする。隣家の女は庭に水撒きをしながら、わざとらしく背を向けたままでいる。

ロンドンに初めて滞在したときのウィリアム・ワーズワースを彼は想う。パントマイムを観にいき、巨人殺しのジャックが(胸の〝見えない人物〟の断わり書きをいいことに)舞台を意気揚々と闊歩して剣を振りまわすのを目にする。

夕方になると、彼は公衆電話からルーシーに連絡をする。「もしや心配しているかと思って電話した」彼は言う。「こっちは元気だ。落ち着くのに少しかかりそうだが。瓶のなかの豆みたいに、広い家をもてあましている。カモたちが懐かしいよ」

家を荒らされたことにはふれない。自分の問題をルーシーに背負わせて、なんの良いことがあるだろう?

「そうそう、ペトラスは?」彼は訊く。「世話をやいてくれているか? それとも、まだ家の建築で手一杯かな?」

「ペトラスなら、手伝いにきてくれるわよ。みんな良くしてくれる」

「そうか、わたしも必要なときはいつでももどる。ひと言いってくれれば」

「ありがとう、デヴィッド。当面はだいじょうぶそうだけど、そのうちね」

わが子が生まれたとき、誰が予想しよう? その娘に面倒をみてくれと取り入る日がこようとは？

買い物にいったスーパーマーケットで、レジの列のすぐ前にイレーン・ウィンターがいるのに気づく。当時いた部の学部長。カートいっぱいに品物を入れた彼女、彼のほうは手提げ籠ひとつだ。彼のあいさつに、イレーンはそそくさと返礼する。

「わたし無しで学部はどうしているかな？」彼はつとめて明るく訊く。

〃きわめて順調です〃――端的な答えはこうだろう。〃あなたが辞めて、とてもうまくいっています〃ところが、行儀のいい彼女にはそんなことは言えない。「ええ、あいかわらずバタバタしています」そう曖昧に答える。

「新たな採用はできたんですか？」

「ひとり新しい人を入れました、契約という形ですが。まだ若手です」

〃ああ、その男なら会ったよ〃そう答えそうになる。〃まったく気にさわるやつだ〃とも付け足したいところだ。だが、それには彼も育ちがよすぎる。そうは言わずに、「それで、専攻は？」と訊く。

「応用言語学です。語学のクラスを受け持っています」

詩人はもう充分、死んだ巨匠たちはお終いというわけか。認めざるをえないが、わたしを正しく導けなかった巨匠たちだ。さもなくば、この自分が、巨匠の教えに正しく耳を傾けなかったか。

　ふたりの前にならんだ女性客が支払いに手間どっている。イレーンにはつぎの質問をする時間がまだある。すなわち、〝それで、あなたはどうしているんです、デヴィッド？〟彼にもこう答える時間がある。〝ああ、順調にやっているよ、イレーン、順調にね〟

「レジ、わたしのお先にどうぞ？」だが、現実のイレーンは彼の手提げ籠を指してそう訊く。「それだけのお買い物なら」

「いや、とんでもない、イレーン」彼はそう答え、彼女が品物をカートからカウンターに並べるのを眺めて愉しむ。パンやバターといった品だけでなく、ちょっとした菓子類もある。独り暮らしの女性が自分にあげるご褒美。全乳のアイスクリーム（本物のアーモンド、本物のレーズン入り）、輸入物のイタリアン・クッキー、チョコバー。それにくわえて、生理用ナプキンをひと袋。

　イレーンは支払いにクレジットカードを使う。仕切りのずっとむこうから、別れのあいさつに手を振ってくる。ほっとしたのが、手にとるようにわかる。「それじゃ、どうも！」彼もレジ係の頭ごしに声をかける。「みなさんにどうぞよろしく！」彼女は振りむかない。

　初めの構想では、歌劇はバイロン卿とその愛人グィッチョーリ伯爵夫人を中心にすえていた。ところはラヴェンナ、蒸す夏の暑気のなか、グィッチョーリ荘に幽閉され、テレサの嫉妬深い夫に盗み見られながら、ふたりは陰気な客間をめぐりつつ、悶々とした熱情を歌いあげる。テレサは自分を囚われの身と感じ、嫌悪で鬱勃《うつぼつ》としながら、別世界へ連れ去ってくれとバイロンに当たり散らす。バイロンとしてはおよそ心もとないが、分別ゆえそれを口にできない。ふたりが逢い初めしころの陶酔は、もうもどるまいと感じている。バイロンの人生はすでに凪《な》ぎ、静かな隠居生活をぼんやりと望むようになっている。それが叶わぬなら、神格化を、すなわち死を。テレサの天駆けるアリアも、情熱の火花を焚きつけはしない。彼のほうのボーカルラインは、暗く、巻き貝のようにいりくみ、テレサのことを素通りし、通り抜け、通り越していく。

最初の着想ではそうなるはずだった。愛と死をめぐる室内劇。情熱の女と、かつては情熱に生きたが今は情熱とはほど遠い年上の男。背景には複雑で急《せ》きたてるような音楽、歌詞の英語は架空のイタリア語にどんどん引きよせられていく、そういう演技場面。

形式からいえば、わるくない構想だ。登場人物はたがいによくバランスがとれている。閉ざされた世界に暮らす夫婦、窓を叩く見捨てられた愛人、嫉妬深い夫。屋敷も屋敷で、バイロンのペットの猿たちがシャンデリアにだらりとぶらさがり、ナポリ風の凝った調度のあいだを、孔雀たちがうるさくとびまわり、悠久の時と退廃が絶妙に混交している。

しかし、最初はルーシーの農園で、いまはここへ帰ってきても、構想が気持ちを上滑りしていく。なにか思い違いがあるのだ、心から湧きでたのではないものが。女は星に文句をぶつける。召使いたちの偵察のおかげで、わたしと愛しの人は箒戸棚のなかで、欲望を吐きだすはめになるのです――誰の知ったことか？　バイロンの台詞は思いつくが、テレサ（歴史の伝えるところによると、若く、貪欲で、意地っぱりで、すねやすい）は、彼の夢に描く音楽に力およばない。ハーモニーは艶麗な秋の色を醸《かも》しながらアイロニーに縁どられているような曲。耳の奥でぼんやり鳴る音が聞こえるだけだが。

ほかの道からもせめてみる。音符を書きつけたページをながうち、生意気で、早熟な、夫にぞっこん惚れられた新妻像をながうち、中年のテレサ像をとらえようとする。新しいテレサはでっぷりした小柄な未亡人、年老いた父とともにガムバ荘に押しこめられ、家事をきりもりし、財布の紐は固く、使用人が砂糖をくすねないかと目を光らせている。バイロンは、この新版では、とうに死んでいる。テレサがいまだ欲することはただひとつ、不死である。寂しい夜の慰めは、ベッドの下にしまってある大箱いっぱいの手紙と備忘録、彼女が〝遺宝〟と呼ぶものだ。きょうだいの孫娘はこれをテレサの死後、開けてすみずみまで読み、畏敬の念にうたれることになる。

これが長年、追い求めてきたヒロインなのか？　年とったテレサにも夢中になれるだろうか、若い彼女にいま心奪われているように？

時の流れはテレサに優しくはしてくれない。重たいバスト、がっしりした体つき、短くなった脚、貴族というより農婦、イタリアの小作農のようだ。かつてはバイロンが称讃した顔立ちも、いまや窶《やつ》れきっている。夏になると、喘息《ぜんそく》の発作に襲われ、しばらく息をあえがせる。

テレサに宛てた手紙のなかで、バイロンは彼女のことを〝わが友〟と呼び、じきに〝わが愛しの人〟と呼び、やがて〝わが永遠の恋人〟と呼んだ。ところが、その反証となるような手紙も現存している。テレサの目にはふれず燃やすこともできなかった手紙。イギリスの友人たちに宛てたそうした手紙のなかで、バイロンはものにしたイタリア女のうちにテレサの名も軽々しく挙げ、彼女の夫をだしにジョークをとばし、彼女の取り巻きのうち寝た女たちについて仄《ほの》めかしている。バイロンが死んでのち長らく、友人たちは彼の手紙をもとに、つぎつぎと回顧録を書いてきた。彼らが語る物語によると、テレサを夫から奪いとってすぐ、バイロンは彼女に飽きてきたらしい。オツムが空っぽだと気づき、たんに忠義心から一緒にいたようだ。ギリシャへの船出――死出の旅にでたのは、彼女から逃れるためだった。

侮辱的な彼らの文章はいたくテレサを傷つけた。バイロンと過ごした歳月は彼女の人生の頂点だったのだ。バイロンの愛があってこそ、テレサは特別な存在になれる。彼なしでは、つまらぬ女である。女盛りをすぎ、将来の見通しもなく、退屈な田舎の町で日々を送り、女友だちと家を行き来し、父親の脚が痛めば揉みほぐし、独り寝をする女。

この十人並みで平凡な女への愛を心に見いだせるだろうか、わたしは？　曲を書いてやれるほど彼女を愛せるだろうか？　それができないなら、あとはどうすればいいのだ？

幕開けの場面となるはずのパートへもどる。今日も蒸し暑い一日が暮れようとしている。テレサは父の家の二階で窓辺に立ち、ロマーニャの沼沢地《しょうたくち》と松林のかなた、アドリア海にきらめく夕陽を見やっている。これが序曲の最終章だ。一瞬の沈黙がある。テレサはひとつ息をつき、ミオ・バイロン、と歌いだす。その声は悲しみにうち震えている。クラリネットのソロが応え、消えいるように鳴りやみ、また沈黙が訪れる。ミオ・バイロン。彼女はふたたび呼びかける、今度はもっと力強く。

彼はどこに、わたしのバイロンはどこにいるの？　彼はどこかに消えた、そう答えが返る。バイロンは陰から陰へさまよい歩く。そして、彼女も消えてしまった。バイロンの愛したあのテレサは。ブロンドの長い巻き毛をたらした、十九歳のあの娘は。傲然《ごうぜん》たるイギリス人に嬉々として首ったけになり、情事のあとには、彼の烈しい情熱のなごりに、深々と息をついて微睡《まどろ》みながら、裸の胸に頭をあずける恋人の額をなでたあの娘は。

「ミオ・バイロン」テレサはみたび歌う。すると、どこからか、地の底の洞穴からか、歌いかえす声が聞こえてくる。肉体をもたない震える声。亡霊の、バイロンの声だ。〝あなたはいまどこにいる？〟彼は歌う。そして、テレサの聞きたくない言葉が。セッカ。渇いてしまった。〝涸渇してしまったのだよ、あらゆるものの泉が〟

バイロンの声のあまりに幽《かす》か、あまりにおぼつかないことに、テレサはその言葉を問いかえすように歌いなおし、ワンブレスごとに先をうながし、彼をこの世に引きもどそうとする。愛しのわが子、わたしの坊や。「わたしはここよ」そう彼女は歌いながら、バイロンがまた黄泉《よみ》の国へ墜ちていかぬよう、しっかりささえる。「わたしこそあなたの泉。ふたりしてアルカの泉を訪れたこと、憶えているかしら？　あなたとわたし、ふたりで。わたしはあなたの永遠の女性ローラだった。憶えていて？」

ここから先はこうなるにちがいない。テレサは恋人に声をあたえ、デヴィッド・ラウリー、すなわち略奪にあった家に住むこの男は、テレサに声をあたえる。割れ鍋がとじ蓋に手をかすようなものか、おっつかっつながら。

テレサにしかとしがみつきながら、精一杯の速さでペンを走らせ、オペラ台本の冒頭数ページを草案なりとも書こうとする。とにかく言葉を紙に書きつけろ。彼は自分に言い聞かせる。いったんそこまでいけば、ずっと楽になる。そうなれば、巨匠たちの作品を調べあげる暇もできるだろう。グルックだ、たとえば。胸躍るメロディー。おまけに、ひょっとしたら？　胸躍るアイデアも。

ところが、テレサと死んだバイロンと毎日を過ごしはじめると、盗んできた歌曲では事足りないのがだんだんわかってくる。ふたりは自分たちだけの音楽を要求するだろう。すると、驚いたことに、雫《しずく》が滴り落ちるように少しずつではあるが、曲が出てくる。ときには、歌詞がおぼろげにも閃かないうちに、楽句の音調だけが浮かぶこともある。また、歌詞が先に浮かび、カデンツァを呼びおこすこともある。メロディーの気配のようなものが、聞こえるか聞こえないかのところで何日も漂ったすえ、ありがたくも花開いて形になることもある。さらに、演技のほうの構想が湧くにつれ、それに合った転調や移行部が呼びよせられるように出てくる。たとえ、音にしてみる楽器が手元になくても、まさに血のなかで感じるぐらいだ。

いよいよピアノに向かう。楽譜の出だしを一気呵成《いっきかせい》に書きはじめる。ところが、その音がぴんとこない。洗練されすぎ、はっきりしすぎ、朗々と響きすぎる。屋根裏部屋にある、ルーシーの子ども時代の本やら玩具やらでいっぱいの籠のなかに、彼は七弦のバンジョーを見つける。彼女がまだ幼いころ、クワ・マシュの街で買ってやった物だ。バンジョーを手に譜面を書きはじめる。いまや嘆きと怒りでいっぱいになったテレサが死んだ恋人になげかける歌、バイロンが消えいるような声で昏《くら》き国から返す歌。

彼女にかわって歌い、ボーカルラインを口ずさみながら、彼女なりの冥途《めいど》へとグィッチョーリ伯爵夫人を深く追っていくほど離れがたくなり、あきれたことに、おもちゃのバンジョーで馬鹿らしくも気分をだして、弾き語りなどしている。テレサに捧げようと夢みていた華麗なアリア、あれにそっと見切りをつける。ここからほんの小さな一歩を踏みだすだけで、彼女にこの楽器を手わたせるのだ。いまテレサは舞台を歩きまわるのをやめ、椅子に腰をおろして、沼沢地のかなた、地獄の門を見やりながら、赤子をあやすようにマンドリンを腕に抱いている。弾き語りをするうちに、情感がしだいに高まる。一方、舞台の片隅では、膝丈の半ズボンをはいた控えめなトリオ（チェロ、フルート、バスーン）が、スタンザのあいだを間奏曲（すなわちコメント）で慎ましくうめる。

書斎の机を前に、草木がうっそうと繁る庭を眺めやるうち、このちっぽけなバンジョー一本でなにがわかったか、それに気づいて愕然とする。半年前には、『イタリアのバイロン』における影の自分の居場所は、テレサとバイロンのあいだのどこかに位置すると思っていた。燃えあがる官能の夏を夢中で引きとめようとする思いと、忘却の永い眠りからしぶしぶ呼びもどされる気持ち。ところが、そうではなかった。けっきょく、誘いかけてくるのは、エロティックな恋愛詩ではなく、哀歌でもなく、喜劇だったのだ。いま歌劇中の自分は、テレサとして居るわけでも、バイロンとして居るわけでもなく、ふたりが融けあったものですらない。音楽そのものに捕らえられている。バンジョーの弦から爪弾《つまび》きださ《た》れる平板で小さな音に。声は馬鹿げた楽器から離れて天駆けようとするものの、たえず手綱《づな》で御される。釣り糸にかかった魚のように。

そう、これが芸術ってやつだ。こういう業《わざ》をやってのけるのだ。なんともおかしなことよ！　だから、やめられない！

彼はブラックコーヒーと朝食用のシリアルだけを糧に、ひがな一日バイロンとテレサに没頭して毎日を過ごす。冷蔵庫は空になり、ベッドも整えられず、割れた窓から吹きこんだ枯れ葉が床いちめんに舞う。かまうものか。死にたるものは死にたるものに葬らせよ。過去を問うなかれ。

〝詩人たちから、わたしは愛することを学んだ〟バイロンが掠れた声で歌う。九音節の台詞を一本調子にドの音で。〝ところが、現実の人生は（と、ここで半音階ずつ下がってファの音にまでなり）それとは別物と知った〟ポロンポロンポロン、バンジョーの弦の音。〝なぜ、なぜあなたはそんな話し方をするの？〟テレサの歌声が咎めるような長い弓形を描く。ポロンポロンポロン、バンジョーの弦の音。

愛されたいのだ、テレサは、とこしえに愛されたい。詩に謳われ女神と崇められる女たちの仲間に格上げされたい。ところで、バイロンは？　バイロンは死を離れはしまいが、せいぜいこう約束してやる。〝どちらかが息絶えるまでふたりは結ばれていよう〟

〝愛しい人〟とテレサは歌う。英語は肥大してしまったが、彼女の口から溢《あふ》れでるのは、かの詩人のベッドで覚えた短い言葉だけだ。ポロン、弦の音が応える。恋する女、恋に身を焼く女。いうなれば、そわそわして鳴き騒ぐ猫だ。血のなかでは、入り組んだ蛋白質が渦巻き、生殖器を怒張させ、手のひらを汗ばませ、声を野太くし、魂はその恋情を空にぶつける。こういう事のためにいたのだ、ソラヤやほかの女たちは。入り組んだ蛋白質を、蛇毒のように、血から吸いだしてもらうために。その後は頭もすっきり、乾いていられる。

ラヴェンナの父親の家にいるテレサは、哀れ、毒を吸いだしてくれる相手がいない。〝そばに来て、ミオ・バイロン〟声をあげて泣く。〝ここに来て、わたしを愛して！〟バイロンはというと、もはや生を逐《お》われ、青白き亡霊の姿で、愚弄するかのような言葉を返す。〝あっちに行け、あっちに、このままでいさせてくれ！〟

何年も前になるが、ラヴェンナとアドリア海沿岸のあいだにあるその森を、彼も訪れたことがある。一世紀半前、バイロンとテレサがよく馬の遠乗りに出かけた森だ。枝間のどこかに、十八歳の別嬪《べっぴん》のスカートをかの英国人が初めてめくりあげた場所があるはずだ。ひとの妻である女の。かつての乗馬道の跡をとぼとぼ辿るうち、まさにその場を通りすぎることもできる。明日にでもベネツィアへ飛び、ラヴェンナ行きの列車にとびのることもあるだろう。この自分は音楽を創っている（それとも音楽に創られているのか）のであって、歴史を創っているのではない。あの落ちた松葉の上で、バイロンはテレサをものにした。「ガゼルのように臆病」だと彼女を評し、ドレスを皺くちゃにし下着に砂を入れてしまい（その最中、馬たちはわれ関せずとかたわらにいる）、そうして、この時から情熱に火がつき、テレサは生涯、熱に浮かされ月にむかって泣き叫ぶことになり、それにつられてデヴィッド・ラウリーも、自分なりの流儀で泣き叫ぶことになる。

テレサに引っぱられていく。彼は何ページも何ページもひたすらその後を追う。そうしたある日、暗闇からまたべつな声が聞こえてくる。いままで聞いたこともない声、よもや聞くとは思わなかった声。話す言葉から、声の主はバイロンの娘アレグラだとわかる。それにしても、わが心のどこから湧いてきたのか？ 〝どうしてあたしをおいていったの？ 迎えにきて！〟アレグラが呼びかける。〝熱い、熱い、熱いよ！〟歌い交わす恋人たちの声もいっこうお構いなしに、彼女は彼女のリズムで泣き言をいう。

邪魔な五歳の子の呼びかけには、なにも答えが返らない。愛らしくもなく、著名な父に愛されもせず棄てられて、あちこちたらい回しにされた末、しまいには修道女たちにあずけられ、やっかいになる。〝すごくすごく熱い、熱い！〟修道院のベッドから泣く声がする。マラリアの死の床から。〝どうしてあたしを忘れたの？〟

彼女の父が答えないのはなぜだろう？ それは、命あるものはもうたくさんだからだ。自分の居たところにむしろ帰りたいからだ。死の向こう岸へ、なつかしき眠りへ。〝可哀想に、わたしの幼子！〟バイロンは震える声で億劫《おっくう》げに歌うが、声が低すぎてアレグラには聞こえない。なつかしの眠りにおちていく。片隅の影に座る器楽トリオが蟹行《かいこう》のモチーフを奏でる。ひとつのラインは上がり、片方は下がる。すなわち、バイロンのほうは。

21

ロザリンドが電話してくる。「こっちにもどったとルーシーに聞いたわ。なぜ連絡もくれなかったの?」「まだ社会生活に適応できないんだよ」彼は答える。「あら、したことがあるの?」ロザリンドがそっけなく返す。

ふたりはクレアモントの喫茶店で待ち合わせる。「痩せたわね」ロザリンドが指摘する。「その耳はどうしたの?」「いや、なんでもない」彼はそう答えたきり、説明しようとしない。

話しているあいだも、彼女の視線はしじゅう不様《ぶざま》な耳にもどる。触れと言われたら、身震いするにちがいない。献身的なタイプではない。至上の思い出といえば、やはり出逢って最初の数カ月のことだ。蒸し暑いダーバンの夏、夜な夜なシーツを汗で湿らせ、ロザリンドのすらりと長く肌白の体は、苦悶とも別しがたい烈しい歓喜のなかで、奔放にみだれた。色を好む同士。ふたりを結びつけるものはそこだった、持続しているあいだは。

ふたりはルーシーのことを話し、農園のことを話す。「あの子、友だちと一緒に住んでいるんだと思っていたわ」ロザリンドが言う。「グレースとかいう」

「ヘレンだ。ヘレンはヨハネスブルグへ帰っている。もう別れたんだろう、きっと」

「あんな寂《さび》れたところに独りでだいじょうぶなの？」

「いや、安全とは言えないな。彼女もなにより安心感がほしいだろう。だが、それでも、あそこに留まるそうだ。いまや、ルーシーにとっては沽券《こけん》にかかわる問題なんだ」

「車を盗まれたと言ってたけど」

「まあ、わるいのはこっちだ。もっと気をつけるべきだった」

「そうそう、言い忘れていたわ。あなたの〝裁判〟のいきさつを聞いたのよ。内幕話を」

「おれの裁判？」

「査問会だか、審理だか、なんと呼ぶにせよ。うまく立ち回らなかったそうね」

「ほう？　どうして耳に入った？　内密事だと思っていたが」

「そういう問題じゃないわ。心証をわるくしたそうじゃない。頑なに胸襟をひらかず」

「どんな印象もあたえる気などない。主義に従ったまでだ」

「そうかもしれないけど、デヴィッド、裁判というのは主義を云々《うんぬん》するものではない、自分の主張をどこまで納得させるかよ。いまでは、わかっているでしょうけど。聞くところによると、あなたは説得にしくじったようね。一体どんな主義に従ったわけ？」

「発言の自由、黙秘する自由」

「ご大層な話だこと。でも、デヴィッド、あなたはいつだって自分をごまかすのがすごく上手い。人にも自分にも嘘をつくのよ。たまたま今回だけは不意打ちを食らってしまった、そういう問題じゃないでしょう?」

こういう餌には食いつかない。

「そのご主義がなんだったにせよ、どのみち聞く側には深遠すぎたようね。言い逃れとしか思われなかった。前もって、専門家の指示をあおぐべきだったのよ。この先、お金のことはどうする気? 大学の恩給は取り上げ?」

「積み立てたぶんはとりかえすよ。あの家は売るつもりだ。独りで住むには広すぎる」

「毎日どうやって過ごすつもり? なにか仕事を探すの?」

「いや、そのつもりはない。手一杯なんだ。ちょっと書き物をしている」

「本?」

「オペラなんだ、じつを言うと」

「オペラ! それはまた新たな旅立ちね。たくさん儲かりますように。それで、いずれはルーシーのところへ身を寄せるの?」

「オペラはたんなる趣味、手慰《てなぐさ》みだ。金にはならんよ。それから、ルーシーのところへは行かない。名案ではないね」

「どうして? あの子とはむかしから馬があうじゃないの。なにかあったの?」

まったくずけずけ訊くものだが、ロザリンドは生来そういうことに引け目を感じない。「十年もベッドをともにしてきた仲なのに」一度はそう言われた。「そのわたしに、なぜ隠し事をしなきゃならないの？」

「ルーシーとはいまも仲良くやっているさ」彼は答える。「しかし、一緒に暮らせるほどではない」

「それがあなたの一生の記ね」

「そうらしい」

会話は途切れ、ふたりはとくと考える。彼の人生の記をそれぞれの角度から。

「あなたのガールフレンドを見かけたわ」ロザリンドが話題を変える。

「おれのガールフレンド？」

「あなたの恋人、メラニー・アイザックス——そういう名前ではなかった？〈ドック・シアター〉の芝居に出ていた。知らなかったの？　あなたが彼女に惚れた理由がわかったわ。大きな黒い瞳。イタチみたいに小狡《こずる》そうな細い体。ずばりあなたのタイプね。あなたはこれも、手っとり早い火遊び、ちょっとした悪ふざけをするつもりだったんでしょう。じゃ、いまの自分を見てごらんなさい。人生を棒に振って。それも、なんのために？」

「人生、棒に振ったわけじゃない。ロザリンド、考えてものを言ってくれ」

「でも、事実でしょう！　仕事を失い、汚名をきせられ、友だちに遠ざけられ、トランス

・ロードでこそこそ暮らしている。甲羅から頭を出すのを怖がる亀みたいに。靴紐を結んでくれるほど優しくない人たちには、さんざんジョークのだしにされ。シャツにはアイロンもかかっていない。どうしてまたそんな髪型になったのか知らないけど、あなたって——」と長くなりそうなところを堪《こら》える。「最後は、それこそ、ゴミ箱をあさる哀しいおじいさんになってしまうわよ」

「最後は、地の穴に入るつもりだ」彼は言う。「きみもそうだろう。われわれはみな」

「もうたくさんよ、デヴィッド、ただでさえ嫌な気分なのに、議論なんてまっぴら」そう言うと、荷物をまとめだす。「パンとジャムの食事に飽きたら、電話して。食事をつくってあげる」

メラニー・アイザックスの話がでて動揺している。女との関係を引きずる気になるなど初めてだ。情事の終わりがくれば、掻《か》い遣《や》ってしまえる。なのに、メラニーとのつきあいには、まだ尻切れとんぼの感がある。奥深くに、彼女の匂いがしまいこまれている。番《つが》いとしての。メラニーもわたしの匂いを憶えているだろうか？　〝ずばりあなたのタイプね〟ロザリンドはそう言った。よくわかっているはずの彼女が。もう一度ふたりの道が交わったらどうなるだろう？　おれとメラニーの道が。関係がたどるべき道程をたどらなかった証に、気持ちがぱっと再燃するだろうか。

とはいえ、メラニーをまた口説こうなど、考えるだにどうかしている。虐待者として裁かれた男と、なぜ口をききたがる？ それに、なんと思われるだろう？ 妙な耳をして髪も切らず襟を皺くちゃにした、〝おちこぼれ〟を？

クロノスとハーモニーの結婚。不自然だ。それを罰するために裁判がひらかれたのだ。ありていな言い方をしてしまえば。彼の生き方を裁く場。不自然な行為を裁く場。古い種を、へたばった種を、元気づくことのない種をばらまいた罪を裁く場。コントラ・ナトゥラム。自然に反する。じいさんたちに若い女性をむさぼられたら、種の未来はどうなる？それがこの訴えの根底にあるものだ。文学の半分がたはこのことをあつかっている。老いた男の重荷から逃れようともがく若い女。種の保存のために。

彼はため息をつく。若者はそんなことにおかまいなく、抱きあいながら淫靡《いんび》な音楽に夢中になる。じいさん好みのカントリー音楽ではない、これは。出るのはため息ばかりなり、というところか。後悔。悔いのしらべ。それにのって退場すべき楽《がく》の音。

二年前まで〈ドック・シアター〉は寒々しい保管倉庫だった。殺した豚や牛がぶらさがり、海のむこうへ移送されるのを待っている。それが、いまでは洒落た遊びのスポットだ。彼は着くのが遅れ、照明が落ちかかったところで席につく。〝大好評につき、あの超人気作がカムバック〟制作を新たにした『グローブ・サロンの夕暮れ』は、チラシでそう銘打たれていた。舞台セットはもっと今風になり、演出もプロらしくなり、新しい主役俳優を入れている。それでも、芝居じたいはユーモアも荒削り、政治的意図があからさまで、彼には前回同様、耐えがたい。

メラニーはあいかわらず新米美容師のグロリア役である。ピンクのトルコ風カフタンドレスに、金ラメのタイツ、どぎついメイク、くるくると結いあげた髪、ハイヒールで舞台をどたばた動きまわる。あたえられた台詞はお決まりのものだが、彼女はそれをうまいタイミングで、ちょっと甘えたようなケープのアクセントで言う。以前にくらべれば、断然押し出しがある。それどころか、はまり役であり、明らかに才能が窺える。留守にしていたほんの数カ月に、成長して自分というものを見つけた、そんなことがありうるだろうか？　〝なにがあっても、殺されないかぎり強くなれるのよ〟おそらく、あの裁判《トライアル》は彼女にとっても試練《トライアル》だったのだろう。彼女もまた苦しみ耐え抜いたのだ。

なにか合図を送ってくれないかと思う。合図があれば、手の打ちようもある。たとえば、あの馬鹿げた衣装が、彼女のなかだけに燃える冷たい炎で焼け落ち、この目の前に立つ。わたしだけに見せる密かな姿で。ルーシーの例の部屋で過ごした最後の晩に見た、一糸まとわぬ完璧な姿で。

まわりは休暇中の観客らしく、赤ら顔にでっぷりした体をくつろがせ、芝居を楽しんでいる。メラニー＝グロリアに引きこまれたようだ。きわどいジョークにくすくす笑い、登場人物が口汚く罵りあう場面では大笑いする。

同国人だというのに、彼らのなかにいると、このうえない違和感を覚える。それどころか、詐称者のような。それでも、メラニーの台詞が笑いをとると、得意にならずにはいられない。わたしのものだ！　彼らにむかってそう言いたくなる。まるで、わが娘のように。

いきなり、何年も前の記憶が甦ってくる。ある女をトロンプスバーグ郊外の一号線で拾い、車に乗せてやったのだ——独り旅をしている二十代の女で、ドイツから来たとかで、陽に灼けて埃まみれだった。ふたりでトゥーズ川まで行き、あるホテルにチェックインした。食事をおごってやり、彼女と寝た。あの長く細い脚を思いだす。あの髪の柔らかさ、指ですいたときの羽のような感触を思いだす。

突如として音もなくなにかが弾け、醒めた夢のなかに転がりこんだように、さまざまなイメージが滔々《とうとう》と流れだす。ヨーロッパとアフリカ、ふたつの大陸で知りあった女たちの像が。なかには、あまりに昔のことで誰だかよくわからない女もいる。風に舞う木の葉のように、ごっちゃになって目の前を飛び交っていく。〝人々でいっぱいの平野〟ラングランドの『農夫ピアズ』から借りれば。何百という人の生が彼の生ともつれあう。息をつめ、幻影を途切れさせまいとする。

彼女たちはみなどうしただろう？　あのすべての女たち、彼女たちの人生は？　やはり彼女たちも、なんの前ぶれもなく、追憶の海に投げこまれることがあるだろうか、そういう女もいるだろうか？　あのドイツ娘。アフリカの道ばたで自分を拾い、一夜をともにした男のことを、彼女もいまこの瞬間に考えている、そんなことがあるだろうか？

〝実り豊かになった〟学内新聞があげつらい嘲った言葉だ。あんな情況でうっかり出るには馬鹿げた言葉だが、いまでも、いまこの瞬間でも、そのことに二言《にごん》はない。メラニーも、トゥーズ川の娘も、ロザリンドも、ベヴ・ショウも、ソラヤも、どの女もひとりひとりがわたしを豊かにしてくれた。ほかの女たちもおなじだ。どんなに冴えない女でも、どんなに不出来な女でも。胸に花が咲くように、感謝の気持ちが胸に湧きあがる。

こんな瞬間はどこから来るのか？　寝入りばなの夢か。ちがいない。だが、これはなにを意味している？　もし導かれているというなら、どんな神が導いているのか？

芝居はお構いなしに進んでいる。メラニーが電気コードに箒を引っかける場面にきていた。パッと白い煙があがり、舞台がいきなり暗転する。「なにやってるのよ、このおっちょこちょい」美容師が金切り声をあげる。

メラニーとのあいだには、二十列ほどの席があるが、いまこの瞬間、その距離をこえて、彼女がこの自分のことを、この自分の思いを嗅ぎつけてくれないかと、彼は願う。

軽く頭を打つものがあり、現実の世界に引きもどされる。一瞬のち、また何かが飛びすぎて、前列のシートにあたる。はじき玉ほどの大きさの紙つぶてだ。三つめは首に当たる。標的はこのわたしらしい。まちがいない。

振りかえって、にらむ。〝誰だ、やったのは？〟そう怒鳴るべきところだ。でなければ、微動だにせず前を向いたまま、気づかないふりをするか。

四つめの玉は肩に当たって跳ねとぶ。隣席の男が、怪訝そうな目でそっと見てくる。

舞台では演技が進行している。美容師のシドニーが運命の封筒をちぎって開け、大家の最後通牒を読みあげる。月末までに延滞家賃を払うこと、払えない場合は、グローブ美容院を閉業してもらう。「わたしたち、どうしたらいいの？」髪洗いのミリアムが嘆く。

「シッシッ」後ろの席から声がする。場内の前のほうでは聞こえないぐらいの低い声だ。

「シッシッ」

振りむいたとたん、紙つぶてをこめかみに受ける。後ろの壁際に立っているのはライアン、あのイヤリングとやぎ髭のボーイフレンドだ。ふたりの目があう。「ラウリー教授！」ライアンがしゃがれ声で囁く。傍若無人なことをするわりに、ずいぶん暢気《のんき》そうである。口元に薄笑いさえ浮かべている。

芝居はどんどん先にいっているが、いまや彼のまわりは、明らかにざわつきだしている。

「シッシッ」ライアンがまた言う。「静かに！」二席隣りの女性が彼にむかって声をあげる。デヴィッド・ラウリーはひと言も発していないというのに。

五対の膝を苦心惨憺して乗りこえ（失礼……失礼……）、むっとした顔、立腹のつぶやき声をしのんだすえ、ようやく通路にたどりついて出口に向かい、おもてに出る。外は風のつよい月夜の晩だ。

背後で物音がする。振りむくと、タバコの火だけがぽつんと見える。ライアンが駐車場までつけてきていた。

「どういう態度なのか説明してもらおうか？」彼は一喝する。「この子どもじみた行動を？」

ライアンはタバコを一服吸いこむ。「あんたのためを思ったまでさ、先生。もう教訓を得たんじゃないのか？」

「教訓というと？」

「てめえの同類とつきあうことだな」

てめえの同類。どんな人間がわたしの同類か教え諭《さと》そうとは、このガキ、なにさまだ？この男に、見ず知らず同士が慎みもなにもかなぐり捨てて抱きあい、近しくなり、類を同じくするような、そういう衝動のなにがわかる？オムニス・ゲンズ・クアエクムクエ・セ・イン・セ・ペルフィケレ・ウルト。世代の種、それはいやおうなくみずからの改良に走り、女の体の根底に走り、未来を形にすべく奔走する。駆り、駆られ。

ライアンがなにかしゃべっている。「彼女には手を出すな、いいか！メラニーは、あんたのこと見たら、その目に唾吐きかけるぜ」と言うと、タバコを捨て、一歩踏みだしてくる。火でもついたかと思うほど煌々と明るい星影のもと、ふたりは向かいあう。「べつな生き方を探せよ、先生。わるいこと言わないから」

グリーン・ポイントの目抜き通りをゆっくりと車で引きかえす。〝その目に唾吐きかけるぜ〟そんなことは思ってもみなかった。ハンドルを握る手がふるえている。実在の衝撃。もっと軽く受け流せるようにならなくては。

街には、連れ立つ人々がくりだしている。ある信号で、そのなかのひとりが目に留まる。黒革のミニスカートをはいた長身の若い女。なぜいけない？　彼は思う。この天啓の夜に？

ふたりはシグナル・ヒルの坂道の袋小路に車を駐める。女は酒かおそらくはドラッグで酩酊している。話がまるで要領を得ない。それでも、期待どおりの務めは果たしてくれた。事が済むと、女は彼の膝に頭をあずけて休む。最初に街灯のもとで見た感じより、じっさい若いようだ。メラニーより若いかもしれない。彼は女の頭に片手を置く。震えは止まっている。満足して眠気をもよおすが、その一方、ふしぎと保護者的な気分でもある。

そう、これで済むことじゃないか！　ふいに思う。どうして忘れていられたのか？

悪い男ではないが、善くもない。冷たくもないが、絶頂の瞬間でさえ熱くならない。テレサをもってしても。バイロンをもってさえも。情熱の炎に欠ける罪。それが自分にたいする評決。この宇宙と、その天眼がくだした評決ではないのか？

女がもぞもぞと動いて、身を起こし、「どこにつれていってくれるの？」と寝ぼけた声で言う。

「さっき見つけたところに」

22

ルーシーとは電話で連絡をとりあっている。会話のなかで、娘は父に、農園の仕事は順調だと納得させることに腐心し、父は娘に、そう信じて疑わないと思わせることに腐心する。花壇造りに力をいれているの、と彼女は言う。いまは春野菜の花が咲いているわ。犬舎のほうも復活しつつあるのよ。すでに二頭、食事つきで預かっていて、今後はもっとふえるといいけど。ペトラスは家の建築で忙しいけど、合間をぬって手伝いにきてくれる。ショウ夫婦もちょくちょく来るし。いいえ、お金には困っていないわ。

それでも、ルーシーの口調にはどこか引っかかりを感じる。彼はベヴ・ショウに電話する。「きみしか訊ける人がいないんだ」彼は言う。「ルーシーはどうなんだ、本当のところ？」

ベヴ・ショウの口が固くなる。「彼女からはどう聞いていています？」

「万事滞りない、と。とはいえ、ゾンビみたいにふぬけた声だ。安定剤でも飲んでいるような。飲んでいるのか？」

ベヴ・ショウはその質問をかわす。だが、よくよく言葉を選んだすえだろう、いろいろ〝展開〟があったのだと答える。

「どんな展開だ？」

「わたしの口からは言えません、デヴィッド。言わせないで。ルーシーが自分で言うべきことです」

ルーシーに電話をする。「ダーバンへ行くことになってね」と嘘をつく。「そっちで仕事があるかもしれないんだ。途中で一日か二日、寄ってもいいかな？」

「ベヴ・ショウと話したの？」

「ベヴは関係ないよ。行ってもいいか？」

ポート・エリザベスまで飛行機で行き、レンタカーを借りる。二時間後、大きな道路から、農園につづく田舎道に入る。ルーシーの農園。ルーシーのささやかな土地。この自分の土地でもあるのだろうか？　そんな感じはしない。しばらく過ごした場所だというのに、異国の地のような気がする。

さまざまな変化があった。いままでは金網のフェンス——あまり巧くできた代物ではない——が、ルーシーの敷地とペトラスの敷地の境をしるしている。ペトラス側では、若い雌牛が草を食んでいる。ペトラスの家はついに完成をみていた。平凡なグレイの家が、古い農家の東の高台に建っている。朝になると、これは、長い影をおとすことだろう。

ドアを開けたルーシーは、寝間着かと思うようなゆるいスモックを着ている。あの潑剌《はつらつ》として健康そうな彼女は見る影もない。顔は精彩をかいて青白く、髪も洗っていない。抱擁すると、温かみのない抱擁が返ってくる。「入って。ちょうどお茶を淹れていたところ」

ふたりはともにキッチンテーブルにつく。ルーシーは紅茶を注ぎ、ジンジャー・クッキーの包みをわたしてくる。「ダーバンの求人のこと話して」彼女は言う。

「あとでいいじゃないか。ここに来たのは、ルーシー、きみのことが心配だからだ。元気でやっているのか？」

「妊娠中よ」

「なんだって？」

「妊娠しているの」

「誰の子を？　まさか、あの日の？」

「ええ、あの日の」

「どういうことなんだ。てっきりそれは処置をしてあるものだと。きみと主治医で」

「いいえ」

「どういう意味だ、〝いいえ〟とは？　処置していなかったのか？」

「処置はしたわ。あらゆるまっとうな処置をね、あなたが言いたいことをのぞいて。でも、中絶はしない。もう味わいたくないことよ」

「きみがそんなふうに思っているとは。中絶に反対だなんて聞いていない。いずれにせよ、どうしてまた中絶の問題が出てくるんだ？ ピルを飲んでいたんだろう」

「反対するしないの問題じゃないの。それに、ピルを飲んでいるなんて言った憶えはないわ」

「もっと早くに話せたろうに。なぜいままで隠していた？」

「また逆上されたらたまらないからよ。デヴィッド、わたしはあなたの好き嫌いに従っては生きられないの。もういまでは。わたしのすることなすこと、あなたは自分の人生の筋書きの一部だと言わんばかり。主人公はあなたで、わたしは中盤をすぎたあたりでようやく登場する脇役なのよ。でも、その考えには反するけど、ひとは主や脇には分けられない。わたしは脇役なんかじゃない。自分自身の人生があるし、わたしにはこの人生が大事なのよ、あなたが人生を大切に思うように。わたしの人生で決断をするのはわたしよ」

逆上？ なら、これは親ゆずりの〝逆上〟なんじゃないか？ 「もう言わなくていい、ルーシー」彼はテーブルごしに娘の手をとって言う。「子どもは産むということだな？」

「ええ」

「あの男たちの誰かの子を？」

「ええ」

「なぜだ？」

「なぜ？　わたしが女だからよ、デヴィッド。子ども嫌いだとでも思うの？　父親が誰だからという理由で、その子を拒めというの？」

「もうわかった。予定日はいつだ？」

「五月よ。五月の下旬」

「それで、気持ちは動かないんだな？」

「ええ」

「いいだろう。正直なところ、ショックだったが、なんであれ、きみが決めたことなら見守ろう。本心だ。ちょっと散歩してくるよ。あとでまた話そう」

なぜいま話せないか？　動揺しているからだ。また逆上する恐れがある。

もう味わいたくないこと、そうルーシーは言った。ということは、過去に中絶の経験があるのだ。それは考えてもみなかった。いつそんなことがありえた？　まだ実家にいるころか？　ロザリンドは知っていて、わたしだけ蚊帳《かや》の外にいたのか？

あの三人組。三人ひと組の父親。強盗というよりレイプの常習犯だとルーシーは言った。このあたりをうろつくレイピスト兼収税吏――女を襲い、腕ずくの歓びにふける。いや、それはルーシーの思い違いだ。彼らはレイプしていたのではない、番《つが》っていたのだ。行動の肝心要は快楽にあるのではない、生殖本能、なんとか形になろうとする種で膨らんだ嚢《ふくろ》にある。どうだ、見よ、こうして子どもが！　すでに〝子ども〟と呼んでいるじゃないか、娘の子宮にあって虫ほどの大きさでしかないものを。あんな精子がどんな子どもをつくれるというのか？　愛情ではなく、憎しみをもって女の体に吐きだされた精子。憎しみとともに、女を辱め、そこには犬の小便のように跡を残そうという欲望も入り乱れていただろう。

息子をもつという感覚を知らない父親。こうしてすべてが終わっていくのか、こうしておれの血筋は途絶えていくのか、したたる水が大地にしみこむように？　そんなこと、前もって誰が考える！　いつもとおなじある日、空は澄みわたり、おだやかな陽が射し、だが突然なにもかもが変わる、一変してしまうのだ！

キッチンの外の壁にもたれ、両手に顔をうずめ、幾度も幾度も肩で息をつき、とうとう彼は泣きだす。

前とおなじルーシーの部屋に腰を落ち着ける。部屋はそのままにしてあった。短慮をおこした言葉をぶつけてしまうのではと、夕方まで彼女とは顔をあわせないようにする。

夕食時に、また新たな事実が露見する。「ところで」とルーシーが言う。「あの少年、もどってきたわ」

「あの少年？」

「ええ、ペトラスのパーティでひと悶着おこした子よ。ペトラスのところに身を寄せて、手伝いをしている。ポラックスというの」

「ムンセディシじゃないのか？　ンカバヤケでもなく？　発音できない名前ではなく、ただのポラックスか？」

「P・O・L・L・U・Xよ。それから、デヴィッド、お得意の毒舌をひと休みしてもらえないかしら？」

「なにが言いたいのか、わからんな」

「いいえ、わかっていますとも。わたしが子どものころも、いつだってそんな皮肉をぶつけては、やりこめようとした。忘れているはずないでしょう。ともあれ、ポラックスはペトラスの奥さんの弟だとわかったの。実の弟かどうかはわからない。でも、ペトラスはあの子に責任があるのよ、家族としての」

「そうか、続々と露呈しはじめたな。で、ポラックス少年は犯行現場に舞いもどり、われわれは何事もなかったようにふるまわねばならない」

「カッカしないで、デヴィッド、怒っても仕方ないのよ。ペトラスの話では、ポラックスは学校を中退して職が見つからないの。彼がそばにいること、前もって知らせておこうと思って。わたしだったら、あの子には近寄らないわね。どうもおかしなところがある。でも、この土地から出ていけとも言えないわ。わたしにそんな権限はない」

ってい るじゃないか。馬鹿げているどころか、忌まわしい。なぜそれが見えないのか、わ

「とくに──」彼はお終いまで言わない。

「とくに、なに？ 言いなさいよ」

「とくに、お腹の子の父親かもしれないとなると。ルーシー、ますます馬鹿げた情況になっているじゃないか。馬鹿げているどころか、忌まわしい。なぜそれが見えないのか、わたしにはわからない。頼むから、手遅れになる前に農園を出てくれ。まともな道は、それしか残っていない」

「農園という言い方はやめて、デヴィッド。ここは農園じゃない、わたしが作物を育てているちっぽけな土地にすぎない。おたがいわかっているはずよ。でも、いいえ、わたしはここを手放さない」

心中快々《おうおう》としながら、彼は床につく。ルーシーとの関係はなにも変わらず、なにも癒されていない。ふたりはまたも嚙みつきあう。彼の不在などなかったように。


朝が来る。彼は新しくできたフェンスによじのぼる。ペトラスの妻が古い厩舎の裏手で、洗濯物を干している。「おはよう」彼は言う。「モロ。ペトラスを探しているんだが」

妻は目をあわせず、家屋のほうをもの憂く指さす。その動作はゆっくりと重たげだ。お産が近づいているのだろう、男の自分が見てもわかる。

ペトラスは窓ガラスに釉薬《うわぐすり》をかけている。白人とアフリカ人のあいだには、会えば避け

て通れない駆け引き含みの長いあいさつがある。だが、彼のほうはいまそんな気分ではない。「ルーシーに聞いたが、あの少年がもどってきたそうだな」彼はいきなり言う。「ポラックスだ。うちの娘を襲った」

ペトラスはナイフをこすってきれいにすると、下に置く。「おれの親戚《リラティヴ》だ」とrの音を巻き舌で言う。「ああいうことがあったから追いだせと言うのか？」

「彼のことは知らないと言ったじゃないか。嘘だったんだな」

ペトラスは黒く汚れた歯のあいだにパイプをはさむと、勢いよく吸う。吸うと、パイプをはなして、大きく相好をくずす。「おれはあんたに嘘をつく」とまたパイプを吸う。「なぜつかなきゃならないか？」

「わたしに訊くな、自分の心に訊け、ペトラス。どうして嘘をつく？」

笑みは消えている。「あんたはいなくなって、またもどってきた——なぜだ？」と挑むような目で見つめてくる。「ここにあんたの仕事はない。子どもの世話にもどってきたんだろう。おれも自分の子どもの世話をする」

「あんたの子どもだと？　今度はわが子になったわけか、あのポラックスは？」

「ああ。やつはまだ子どもだ。それに、おれの家族、うちの子だ」

なるほど、そういうことか。もう嘘はつかせない。〝うちの子〟こういうあけすけな答えを待っていた。なら、ルーシーも〝うちの子〟だ。

「あんたは悪いことだと言う、いつかのあのことを」ペトラスはつづける。「おれも悪いと思う。悪いことだ。でも、終わったことだ」そう言って口からパイプをはなし、さかんに軸で宙を差す。「終わったことだ」

「いや、終わっていない。どういう意味かわかるだろう、とぼけるな。まだ終わっていないんだ。それどころか、始まったばかりだ。わたしが死んで、おまえが死んだあとも、長らくつづくことだ」

ペトラスはもの思う目で見つめてくる。しらを切る目ではない。「いつかは彼女と結婚する」ペトラスはようやく言う。「ルーシーと。ただ、あの子はまだ若すぎる、結婚するには若すぎる。まだ子どもだ」

「危険な子ども、だ。幼い凶悪強盗。悪党の先棒かつぎ」

ペトラスは罵詈雑言を聞き流し、「そう、まだ若すぎる、若すぎるよ。たぶんいつかは彼女と結婚するが、いまはだめだ。おれが結婚する」

「おまえが誰と結婚するって？」

「ルーシーと結婚する」

彼はわが耳を疑う。そうだったのか、あのシャドー・ボクシングのすべては、ここに行きつくのか。この入札《ビッド》、この一撃《ブロー》のために！　見よ、目の前には、空のパイプをふかしながら、毅然《きぜん》と答えを待つペトラスがいる。

「ルーシーと結婚するのか」彼は慎重に言う。「どういうことか説明してくれ。いや、待て、説明されないほうがいい。聞きたい話ではなさそうだ。われわれのやり方とは違う」

〝われわれ〟もう少しでこう言うところだった。〝われわれ西欧人〟

「ああ、わかった、わかった」ペトラスが言う。笑いを抑えきれないでいるのは明らかだ。「でも、おれはあんたに話した、今度はあんたがルーシーに話す。それでこのことは終わりだ、悪いことはぜんぶ」

「ルーシーは結婚を望んでいない。男とは結婚したくないんだ。そういう選択肢は検討しもしないだろう。これ以上はないほどはっきり言っておく。彼女は独りで生きていきたいんだ」

「ああ、わかってる」ペトラスは言う。どうやら、本当にわかっているようだ。ペトラスをあまく見ると馬鹿をみる。「でも、ここは」とペトラスはつづける。「危険だ。あまりに危険だ。女は結婚すべきだ」

「軽くあしらおうとはしたが」彼はあとでルーシーに話す。「耳を疑うような話だ。脅迫以外のなにものでもない」

「脅迫なんかじゃないわ。それは思い違い。カッとなったりしなかったでしょうね」

「いいや、そんなことはしない。彼の申し出は伝えると言っておいた、それだけだ。きみがその気になるとは思えない、とも」

「気分を害した？」

「ペトラスの義父になる見込みにたいしてか？　いや。面食らって、仰天して、言葉を失ったが、いいや、気分を害してはいない。それは信じてくれ」

「というのも、言っておくけど、これは初めてのことではないの。ペトラスはしばらく前から、それとなく言っていた。おれの世帯に入ったほうがずっと安心だろう、というような。冗談でもなく、脅迫でもない。それなりに彼は真剣なのよ」

「真剣なのは、ある意味、間違いないと思う。問題は、どういう意味で真剣なのか？　彼は知っているのか、きみが、その……？」

「わたしの事情を知っているかということ？　話したことはないわ。でも、奥さんと彼で考えるでしょう、二足す二の答えを」

「それでも、彼の気持ちは変わらないと？」

「なぜ変わるの？　わたしが入ってさらに大家族になるのよ。どっちみち、彼が狙っているのはわたしじゃない、狙っているのは農園よ。農園がわたしの持参金」

「待て、ルーシー、なにを血迷ったことを！　だいたいペトラスは既婚者だ。しかも、妻が二人いると言っていたじゃないか。その男と結婚しようなど、よくも検討する気になるな？」

「要点をわかっていないようね、デヴィッド。ペトラスは教会で結婚式をあげて、ワイルド・コーストへ新婚旅行に行こう、なんて申し出をしているんじゃないの。彼が申し出ているのは、共同関係、一種の取引なのよ。わたしは土地を寄与し、その見返りとして、彼の庇護《ひご》のもとにもぐりこませてもらう。さもなければ、思い知らせようとするでしょうね。保護なくしては、わたしは恰好の餌食《えじき》だということを」

「それでも脅迫でないというのか？　プライベートな面はどうなる？　申し出には、個人的な思い入れはないのか？」

「つまり、ペトラスがわたしと寝るのを期待するかってこと？　寝たいかどうかは知らないけど、ただ、自分の言わんとするところは痛感させたいでしょうね。まあ、率直な話、こちらはペトラスとは寝たくないわ。断固として」

「なら、ここから先、話しあう必要もない。きみの結論——申し出は断わる旨をペトラスに伝え、とくに理由は話さない、それでいいな？」

「だめよ、待って。ペトラスに高飛車にでる前に、ちょっとわたしの情況を客観的に考えてみて。客観的にいって、わたしは独りきりの女よ。兄弟もいない。父親はいるけど、遠く離れて暮らしているうえ、とにかく、この土地で幅をきかせている連中相手には無力な人だわ。なら、わたしは誰に保護を、後見を求められる？　エッティンガー？　背中を撃たれた姿で見つかるのは、時間の問題ね。実際問題、ペトラスしか残らない。彼は大物ではないかもしれない。けど、わたしのような弱者にとっては充分な大物なの。それに、少なくとも、わたしはペトラスという人間を知っている。彼に妙な幻想は抱いていないわ。自分がどういう目的で身を処するのかも、わかっている」

「ルーシー、いまケープタウンの家を売る手筈をしている。きみをオランダに送りだす準備はある。あるいは、ここより安全なところでやり直すというなら、必要なものはなんでも用立てるつもりだ。考えてみてくれ」

ルーシーは聞いていなかったかのように、「もう一度ペトラスのところへ行って」と言う。「以下のことを申し出て。わたしは彼の保護を受けいれる。わたしたちの関係についてどんな筋立てを世間に公表しようと、わたしは異論をはさまない。三人めの妻として知られたいなら、それで構わない。愛人でも、おなじく。けど、生まれてくる子も彼の子どもにする。子どもは家族の一員になる。土地については、この家屋が自分のものとして残れば、土地の譲渡にサインする。わたしは彼の土地の借地人になる」

「バイヴォウナー、小作人になるのか」

「そう、バイヴォウナーね。でも、もう一度言っておくと、家はわたしの所有のままよ。この家にはわたしの許可なしには誰も入れない。ペトラスもふくめて。それから、犬舎も手放さない」

「そうはいかないだろう、ルーシー。法律的には、まかりとおらない。わかっているはずだ」

「なら、どうしろと？」

ルーシーは長い部屋着に内履きという恰好で腰をおろすと、昨日の新聞を膝にひろげる。長い髪がつやを失ってたれている。だらしなく不健康な太り方をしていた。ますますもって似てきた――ぶつぶつ独り言をいいながら老人ホームの廊下をすり足で歩く、あんな女たちに。なぜペトラスはわざわざ交渉などするのか？　ルーシーはじきに立ち行かなくなる。放っておけば、自然のなりゆきで腐った果実のように落ちてくるものを。

「提案ならさっきしたろう。二つの案を」

「いいえ、わたしは出ていかない。わたしの言ったことをペトラスに伝えてきて。土地を手放すと伝えて。彼にわたすと伝えて。不動産権利証書からなにから、すべて。大喜びするわ」

ふたりの会話に間があく。

「なんという屈辱だ」彼はしばらくのちに言う。「あんな大志を抱きながら、こんな末路を迎えるとは」

「ええ、そのとおり、屈辱よ。でも、再出発するにはいい地点かもしれない。受けいれていかなくてはならないものなのよ、きっと。最下段からのスタート。無一文で。それどころか丸裸で。持てるものもなく。持ち札も、武器も、土地も、権利も、尊厳もなくして」

「犬のように」
「ええ、犬のように」

23

午前もなかば。彼はブルドッグのケイティをつれて散歩に出る。驚いたことに、ケイティは遅れずについてくる。彼の歩みが以前よりゆっくりになったのか、彼女の歩き方が速くなったのか。あいかわらず鼻水をたらし息を切らしているが、それもいまでは気にさわらない。

家に近づくと、あの少年、ペトラスが〝うちの子〟と呼んだ少年が、裏壁に対《むか》って立っているのに気づく。初めは立ち小便をしているのかと思ったが、じきにわかった。バスルームの窓からのぞいているのだ。ルーシーのことを。

ケイティがうなりだすが、少年は無我夢中で気にもとめない。振りむくころには、犬をつれた彼がすぐそばにせまっている。少年の顔に彼の平手打ちがとぶ。「このませガキが！」彼は怒鳴りつけ、また頰を打つ。少年はよろめく。「薄汚いガキが」

少年は痛みよりも驚きで、とっさに逃げだそうとするが、足がもつれて転ぶ。とたんに、ケイティが跳びかかる。肘のあたりに歯をたてる。うなりながら前足を踏んばって、ぐいぐい引っぱる。痛みに悲鳴をあげながら、少年は腕を引きほどこうとする。拳で何度も殴るが、勢いが足りず、犬は動じない。

さっきの言葉がまだ鳴り響いている。〝ませガキ！〟こんなに直情的な怒りを感じたことはない。それ相応のものをくれてやりたい。したたかに鞭打ってやるか。生まれてこのかた忌み嫌ってきた常套句が、急に正当なものに思えてくる。〝教訓をたたきこんでやろう〟〝身の程わきまえさせてやる〟ああ、こういうものなのかと、わたしも思うだろう！ひとをいたぶるとは、どういうことか！

思いきり強烈な蹴りをいれると、少年はのたうって横向きになる。ポラックスとは！どういう名前だ！

犬が体勢を変え、少年の上に乗りかかると、容赦なく腕に噛みつき、シャツを食いちぎる。少年はケイティを押しのけようとするが、犬はびくともしない。「ヤヤヤヤ！」痛みで叫び声をあげる。

その場に、ルーシーが現われる。「ケイティ！」と犬を制止する。

犬はちらりと横目で彼女を見るが、指示には従わない。

ルーシーは膝をつくと、犬の首輪をつかみ、静かだが有無を言わせぬ口調で話しかける。ケイティはしぶしぶ口をはなす。

「怪我はない？」ルーシーは言う。

少年は痛みでうめいている。鼻から鼻水をたらして。「てめえ、殺してやる！」と息を喘がせる。いまにも泣きだしそうだ。

ルーシーが袖をまくってやる。牙をたてられたところに、引っ掻き傷がいくつもできていた。みるみるうちに、黒い肌に血がぷつぷつと湧きあがってくる。

「さあ、傷口を洗いにいきましょう」ルーシーが言う。少年は鼻水と涙をこらえて、首を横に振る。

ルーシーは部屋着を一枚、巻きつけているだけだ。立ちあがると、サッシュがするりとほどけて、胸があらわになる。

父が最後に見たとき、六歳の娘のバストはまだ澄ましたバラの蕾《つぼみ》だった。いまでは、ずっしりとして丸く、母乳があふれてきそうだ。沈黙がおりる。彼は胸に見入り、少年も臆面もなく見入っている。ふたたび烈しい怒りがこみあげ、目がかすむ。

ルーシーはふたりに背を向けると、胸をおおい隠す。そのわずかな一瞬の隙に、少年はすばやく立ちあがると、身をかわして彼らの手から逃れる。「おまえら、おれたちがみんな殺してやる！」と叫ぶと背を向け、わざとジャガ芋の苗床を踏みつけていき、金網フェンスをくぐって、ペトラスの家へ逃げもどっていく。生意気な歩きっぷりがもどったが、まだ腕はさすっている。

ルーシーの言うとおりだ。この少年にはおかしなところがある。オツムのほうか。青年の体をもった暴れん坊の子ども。だが、それだけではない。なにかわからないが、腹黒いことを企んでいるようだ。ルーシーは少年をかばって、どうしようというのか？

ルーシーが話しだす。「こんなことつづけていられないわ、デヴィッド。ペトラスと彼の取り巻き《アーンハンガー》と渡りあうこともできる、あなたと渡りあうこともできる。でも、両方いっぺんには相手にできない」

「きみのことを窓から覗き見していたんだぞ。気づいていたのか？」

「あの子には障害があるの。障害児なのよ」

「それが言い訳になるか？　きみにしたことの言い訳に？」

ルーシーの口が動くが、なにを言っているのか聞こえない。

「あんなやつは信用せん」彼はつづける。「こそこそして、ジャッカルのようにあたりを嗅ぎまわり、災いを招く。むかしはああいう人間を呼び慣《なら》わす言葉があったものだ。欠陥人間。つまり、精神薄弱、社会不適合者。あいつは施設に入れるべきだ」

「それが無神経な言い種だというのよ、デヴィッド。そう考えたいなら、お願いだから胸のうちにしまっておいて。とにかく、あなたが彼をどう思おうと関係ない。あの子はここにいる、煙みたいにフワリと消えたりしない。あの子は生活のなかにある事実なのよ」ルーシーは彼と真正面から向かいあい、陽射しに目をすがめる。ケイティはぺたりと座りこみ、軽く息をあえがせながら、自分に、自分の手柄に、満足そうにしている。「デヴィッド、こんなことはつづけられない。なにもかも落ち着いたところだった。すっかり平穏がもどったのに、そこへあなたが帰ってきた。わたしには平穏な環境が必要なの。平和をみだすようなことがあれば、なんでもする、どんな犠牲もいとわない覚悟よ」
「で、わたしも犠牲にする覚悟の対象か」

ルーシーは肩をすくめる。「わたしは言ってない、あなたが言ったのよ」

「なら、荷物をまとめるとしよう」


この騒ぎから数時間しても、彼の手は平手打ちのせいでヒリヒリしている。あの少年と脅しのことを思いだすと、怒りで煮えくり返る。それと同時に、自分を恥ずかしく思う。徹頭徹尾、自己嫌悪におちいる。教訓など誰にもあたえた例しがない——まちがっても、あの少年には。自分のしたことといえば、ルーシーとの疎遠に拍車をかけたことぐらいだ。またぞろ頭に血がのぼった姿をさらし、見たくもない場面を見せてしまったにちがいない。

謝罪すべきだ。だが、できない。自分を抑えられなくなる気がする。ポラックスのなにかが逆鱗《げきりん》にふれるのだ。あの醜いどんよりした小さな目、横柄さ。それだけでなく、ルーシーとルーシーの存在に雑草のごとく根を絡ませることをゆるされているのか。そう思うだけで我慢ならない。

もしポラックスがまた娘を侮辱したら、また殴ってやる。ドゥ・ムスト・ダイン・レーベン・エンデルン！　生き方を変えよ、というところか（リルケ『いにしえのアポロの胸像』より）。とはいえ、いまさら思慮をもつには歳、変わるには歳。ルーシーなら嵐に屈することもできよう。だが、わたしは無理だ、面目《めんぼく》がゆるさない。

だからこそ、テレサの声をぜひ聴きたいのだ。もしかして、わたしを救えるのはテレサしか残っていないのではないか。テレサは過去の栄光。胸を太陽にむかってつきだし、召使いたちの前でバンジョーを弾き、作り笑いをされても意に介さない。朽ちることない憧憬をもち、その憧憬を歌いあげる。まさに不死である。

クリニックに着くと、ベヴ・ショウはちょうど帰るところだった。ふたりは他人同士のようにおずおずと抱擁しあう。一時は、裸で横たわり抱きあった仲とは思えない。

「今回は顔を出しにきただけ？　それともしばらく滞在を？」

「必要なだけこっちにいるつもりだ。だが、ルーシーの家には泊まらない。しっくりいっていないんだ。町中に自分の部屋を見つけるよ」

「それは気の毒に。なにが問題なんです？」

「ルーシーとわたしのあいだで？　いや、なにもないと思うが。修復できないようなことはなにも。問題は、彼女が一緒に暮らしている連中だ。わたしがひとり入ると、多くなりすぎる。せまいスペースに、多すぎる住人。瓶のなかのクモみたいなものだ」

『地獄篇』の一場面が目に浮かぶ。三途の川《ステュクス》の大湿地で、魂がキノコのように煮えたっている。ヴェディ・ラニメ・ディ・コロール・クィ・ヴィンセ・リラ。怒りの鬱積した人々の魂を見よ。怒りにうちのめされた魂たちはたがいに蝕《むしば》みあう。罪にみあった罰。

「ペトラスの家に越してきたあの少年のことでしょう。言っておくと、わたしも見た感じ、好きになれない。でも、ペトラスがそばにいるかぎり、ルーシーはまったく心配ないですよ。きっと時期がきたんでしょう、デヴィッド、あなたは少しさがって、ルーシーに自力で答えを出させてはどうです。女には順応性がありますから。ルーシーもそうですよ。それに、まだ若いんだし。彼女はあなたより地に足がついている。わたしやあなたより、ずっと」

ルーシーに順応性がある？ 父の知るかぎりそうとは思えないが。「あなたはさがっていなさいと、きみはそればかりだな」彼は言う。「最初からさがっていたら、いまごろルーシーはどうなっている？」

ベヴ・ショウは押し黙る。ベヴにはわかるが自分自身では気づかない一面があるのだろうか？ 動物が彼女を信用するのだから、やはりわたしも信用して教えを授けてもらうべきなのか？ 動物は彼女を信用し、彼女はその信用を利用して彼らを始末する。さて、ここから導きだされる教えとは？

「もし、わたしがさがっていて」彼はしどろもどろにつづける。「農園がまた新たな災難に遭ったら、どうやって自分を赦せる？」

彼女は肩をすくめる。「それは質問ですか、デヴィッド？」とおだやかに訊く。

「さあ、どうかな。どういう質問なのか、もう自分でもわからない。ルーシーとわたしの世代のあいだには、カーテンが引かれているらしい。引かれたときには、気づきもしなかった」

ふたりのあいだに、長い沈黙が流れる。

「とにかく」彼はつづける。「ルーシーのところには居られないから、部屋を探す。グレアムズタウンの物件がなにか耳に入ったら、知らせてほしい。またクリニックの手伝いができる、なにしろそれが言いたくて今日は来たんだ」

「助かります」ベヴ・ショウは言う。

ビル・ショウの友人から半トン・トラックを買いとる。まず千ラントを小切手で払い、遅れて月末に七千ラントをまた小切手で払う。

「トラックはなにに使う予定なんです？」ビルの友人が訊く。

「動物をはこぶんだ。犬を」

「後ろに柵をつけないと動物が跳びだすよ。柵をつけられるやつを知ってます」

「うちの犬は跳んだりしないんだ」

書類によると、そのトラックは十二年落ちものだが、エンジン音はあんがい危なげがない。どのみち、長くもつ必要はないんだ、彼はそう自分に言い聞かせる。なにもかも長くもつ必要などない。

《グロコッツ・メイル》の広告をしらみつぶしに検討し、病院の近くの家に一間を借りる。ラウリーと名乗って、家賃ひと月ぶんを前払いし、女大家には、病院通いのためグレアムズタウンに来ていると話す。なんの治療かは言わないが、大家はガン治療だと思っているようだ。

湯水のごとくお金を使っている。だが、構うものか。

キャンプ用品店で、簡易電熱器と、小さなガス台と、アルミポットを買う。それを部屋にはこびこむ途中、階段で女大家と会う。「部屋での調理は禁止です、ミスター・ラウリー」彼女は言う。「ほら、火事にでもなったら、ね」

部屋は暗く、家具が多すぎて風通しがわるく、マットレスはでこぼこしている。それでも、じきに慣れるだろう。ほかのものに慣れてきたように。

間借り人はもう一人いる。隠退した学校教師だ。朝食の席であいさつは交わすが、そのあとはなにもしゃべらない。朝食が済むと、彼はクリニックに出かけていき、一日をそこで過ごす。毎日、日曜もふくめて。

いまでは、下宿よりクリニックがわが家である。建物の裏のあいた土地に、彼はいろいろと快適な隠れ家をつくり、ショウ夫婦に借りたテーブルと古い肘掛け椅子をすえ、昼の強烈な日射しをさえぎるビーチパラソルを立てる。例のガス台をこっちにはこび、紅茶を淹れたり、缶詰の食料を温めたりする。スパゲティ、ミートボール、カマス、タマネギ。一日に二度、動物に餌やりをする。檻のなかのゴミをきれいに片づけ、ときおりは動物に話しかける。それ以外は、本を読んだり、居眠りをしたり、密かに着想をえたときはルーシーのバンジョーで、テレサ・グィッチョーリに捧げる曲をつまびく。

子どもが生まれてくるまでは、これが日々の生活となるだろう。

ある朝、ふと顔をあげると、男の子の顔が三つならんでコンクリートの壁ごしに、こちらをのぞいている。彼は椅子から立ちあがる。犬たちが吠えだす。男の子たちは跳びおり、興奮してわいのわいの騒ぎながら、すっとんで逃げる。家に帰ってどんな話を語るだろう？　頭のおかしなじいさんが犬に囲まれて座っていてね、ぶつぶつ歌っていたんだよ！

頭がおかしい、ごもっとも。あの子どもたちに、彼らの親たちに、Dヴィレッジの人々に、どう説明できるだろう？　この世に呼びもどすに価するどんなことを、テレサとその愛人がしたかなど。

24

白いナイトガウンをはおったテレサが寝室の窓辺に佇む。目は閉じられている。夜の暗いなかにもいちばん暗い時間。彼女は深く息をつく。風の鳴る幽《かそ》けき音に息をつく。カエルの鳴き声。

「これが」と彼女はイタリア語で歌いだす。「これが涯《は》てなき孤独というものなの？　そして、わたし、それがわたしなの？」

沈黙。〝涯てなき孤独〟は、彼女の問いかけに音を返さない。隅のトリオまでがヤマネのように静かだ。

「どうぞいらして！」今度は囁くように英語で歌う。「そばに来て、お願い、わたしのバイロン！」と大きく腕をひろげ、闇を抱きしめ、いずれ闇がもたらすものを抱きしめる。

バイロンが風にのって来てくれたらと思う。その腕で包みこみ、胸の谷間に顔をうずめてくれたら、と。さもなくば、夜明けのころやってきて、さながら太陽王のように水平線に姿を現わしてくれたら、と。情熱の輝きを彼女に投げかけながら。どうしても、バイロンに帰ってきてほしい。

彼は犬舎場のテーブルを前に、暗闇と向かいあうテレサの嘆願のトーンが哀しげに急降下するのに耳を傾ける。テレサにとってはその月の辛い時期であり、悲嘆に暮れ、夜はまんじりともせず、恋に身をやつしている。この苦しみから救われたい、この夏の暑熱から、ガムバ荘から、父の癇癪《かんしゃく》から、あらゆるものから救われたい。

彼女は椅子に置いてあったマンドリンを手にとる。子どもをあやすように腕に抱きながら、また窓辺に立つ。腕のなかのマンドリンは、父を起こさぬよう、ポロンポロンと静かな音を鳴らす。一方、アフリカのうらびれた裏庭では、バンジョーがポロンポロンと耳ざわりな音を鳴らしている。

〝ただの手慰みさ〟このあいだもそんなことをロザリンドに言った。嘘だ。オペラは趣味などではない、もはや違う。昼夜分かたず、憂き身をやつしている。

しかし、ひらめきの瞬間こそあるものの、実のところ、『イタリアのバイロン』は二進《にっち》も三進《さっち》もいかなくなっている。筋運び、決まらず、展開、決まらず、ただテレサが虚空《こくう》に投げかける長くたどたどしいカンティレーナが浮かぶぐらいだ。バイロンの呻きやため息が、ところどころワキで入る。夫やライバルの愛人たちは、まるで居ないかのように忘れ去られている。自分のなかの抒情はまだ死んでいないのかもしれない。だが、何十年にもわたる飢餓のすえ、いまや、衰弱して気も遠くなり歪んだ姿で穴蔵から這いだしてくるばかりだ。『イタリアのバイロン』は初っ端から一本調子の行路を走りつづけている。そこから引きあげてやるだけの音楽の泉がないのだ、エネルギーの源泉が。いまでは、夢遊病者でも書けるような作品になっている。

吐息をつく。奇抜な室内オペラの小品の作者として社会に凱旋できたら、どんなに良かっただろう。だが、そうはいくまい。こんな自分の望みは、もっと慎ましくあるべきだ。どこか渦巻く音のなかから、褪せることない恋情を真に伝える音が、たったひとつでいい、鳥のように舞いあがってくれれば。それが伝わるかどうか、それは後代の学者たちにゆだねよう。それまで、学者というものが居ればの話だが。作品が世に出るころには、自分はその音楽を聞くことはないだろう。世に出ればの話だが。それを期待するには、芸術と芸術のありようを嫌というほど知りすぎている。ルーシーが生きているうちに〝証《あかし》〟を耳にし、少しばかり父を見なおしてくれたら、どんなに良かっただろう。

哀れなテレサ！　哀れな傷心の娘！　墓から呼びもどしておいて、新たな人生を約束しておいて、いまさら裏切ろうというのだ、わたしは。赦す心を見いだしてくれるといいが。

クリニックが預かる犬について言えば、一匹ことさら情の湧いた犬がいる。雄の幼犬で、左の尻のあたりが萎えており、足を引きずって歩く。生まれついてのものなのか、それはわからない。犬を物色にきた人々も、誰ひとり彼に興味をしめさない。恩情の期限は切れつつある。近々、針に身をゆだねることになるだろう。

読み書きをするあいだ、ときおり犬舎から出してやり、不様な恰好なりに庭を跳ねまわらせ、また、足元で居眠りさせてやる。いかなる意味においても、〝わたしのもの〟ではない。わざと名前もつけないようにしていた（ベヴ・ショウは三本足《ドリーポート》と呼んでいたが）。それでも、犬から滔々と注ぎこまれる惜しみない愛情には気づいている。勝手気ままに、なんの条件もなく、〝もらわれて〟しまったのだ。きっとわたしを想って死ぬのだろう。

犬はバンジョーの音が大のお気に入りだ。掻き鳴らすと、身を起こし、首をかしげて聴きいる。テレサのボーカルラインを口ずさむと、感情の高まりとともにハミングがなにやら壮麗になってくる（喉仏が太くなったように。喉で血が脈打つのを感じる）。すると、犬は口をぱくぱくさせ、いまにも一緒に歌いだす、というか咆吼しそうになる。

ひとつ、やってみるか。犬を劇中に登場させ、悲恋に嘆くテレサの歌章《ストロペ》の合間に、彼にも天にむかって思いきり嘆かせては？　やればいいじゃないか？　しょせんは演じられることのないオペラだ、なんだってゆるされよう？

ルーシーと話がつき、土曜の朝は、市場の露店を手伝いにドンキン広場へ出かける。その後は、彼女を昼食につれていく。

ルーシーはますます動きが鈍くなっている。自分の世界にひたったたような、おだやかな顔つきになってきた。お腹のほうはそう目立っていない。だが、彼がその徴候に気づくようでは、グレアムズタウンの炯眼《けいがん》の娘たちが気づくまで、どれだけ間があるか？

「ペトラスの調子はどうだ？」彼は訊く。

「家は完成したわ。あとは天井張りと配管工事ね。いま引っ越しの最中よ」

「それで、夫婦の子どもは？　もうすぐお産じゃないのか？」

「予定は来週よ。なにかとタイミングがいいわね」

「あれからペトラスはまたそれらしきことを？」

「それらしきこと？」

「きみのことで。狙っているきみの土地について」

「いいえ、なにも」

「たぶん変わるだろう」と、ごく控えめな手ぶりで、娘のほうを、その体を指す。「子どもが生まれれば。けっきょくは、この土地の子になる。彼らもそれは否《いな》めまい」

長い沈黙がながれる。

「もう愛情はあるか？」

そう言ったのは彼だが、口から出たとたん、自分で驚く。

「この子に？　いいえ。どうして愛せる？　でも、愛するようになるわ。愛情は育つものよ。その点は、母なる自然を信じていい。きっと良い母親になってみせるわ、デヴィッド。良き母、善き人に。あなたも善き人を目指すべきね」

「遅きに失したようだな。わたしはもはや年季をつとめる老いた囚人だ。だが、きみは前に進みなさい。じきに子どもも生まれるんだし」

善き人か。この暗澹《あんたん》たる時代に、わるくない心構えだ。

暗黙の了解から、しばらく農園には行っていなかった。それでも、平日のある日、ケントン・ロードまでトラックで行き、脇道に車をおいて、あとは歩きで農園に向かう。いつもの田舎道は通らず、草原を踏みこえながら。

丘の稜線を最後にひとつ越えると、目の前に農園が広がる。古い母屋がいつもながらでんと構え、厩舎がならび、ペトラスの新家が建ち、あの貯水池にはなにかが点々としている。カモたちにちがいない。もっと大きな点は、きっとガンだろう。遠くからルーシーの土地に飛びきたる訪問者たち。

この距離から眺めると、花壇はさまざまな色でしかない。紫紅、鮮紅、灰青の色。花咲き誇る季節だ。ミツバチたちには至福の時だろう。

ペトラスはというと、居る様子がない。妻も、夫婦についてまわっているあの悪童も。だが、ルーシーは花に囲まれて仕事をしている。山腹の坂道をおりていくと、彼女のいる脇の小径に、黄褐色の点が見えてくる。ブルドッグだ。

フェンスまで来て、立ち止まる。こちらに背を向けた恰好のルーシーは、まだ気づいていない。淡い色のサマードレスにブーツ、鍔広《つばひろ》の麦わら帽。前屈みになって、なにかを摘みとったり、刈りこんだり、結んだりしている。膝の裏の、青い血管の浮きでた、幅の広い、か弱げな、生白い腱が見える。女の体のなかでいちばん美しくない部分、いちばん訴えかけるものがない部分、であるがゆえ、いちばん愛らしい部分であるかもしれない。

ルーシーは体を起こして伸びをすると、また屈みこむ。いかにも畑仕事、野良仕事だ。太古の昔からの。わが娘は百姓になりつつある。

まだこちらに気がつかない。番犬はというと、番犬は居眠りをしているようだ。

そうか。かつて母の胎内にいるときは、彼女も小さなオタマジャクシだったが、それがいまや、あの堂々たる存在感、父には生涯もちえなかった力強さを見せている。運がよければ、生き長らえるだろう、父よりも長く。父が死んでも、運がよければ、まだこの土地のあの花壇で、日々の仕事をこなしているかもしれない。そして、彼女の体内からまた新たな存在が生まれてくる。これまた運がよければ、力強く生き長らえるだろう。こうしてつづいていくのだ、生命の歴史は。そのなかで、この自分の分け前は、賜《たまわ》り物は、容赦なくどんどん目減りし、やがては忘れられたも同然になる。

祖父になるとは。ヨーゼフ、ついに年貢の納め時か。そんなこと誰が思ったろう！　おじいちゃんのベッドに、どんな美人娘が誘いこまれてくれるというのか？

娘の名をそっと呼ぶ。「ルーシー！」

聞こえないらしい。

祖父になるには、なにが要る？　父親としては、人一倍努力したつもりだが、たいしてうまくやれなかった。祖父としても、並み以下の点数だろう。年の功というものがない。泰然たる心、優しさ、辛抱。しかし、そういう徳を得ると、今度はべつな美点がなくなってしまう。たとえば、情熱という美点。〝祖父愛〟をうたった詩人、ヴィクトル・ユーゴーでも、また目を通しておくべきか。学ぶものがあるかもしれない。

風がやむ。すべてがぴたりと静止する瞬間。願わくは、この時のいつまでも続かんことを。やわらかな陽の光、午後なかばの静けさ、花畑で忙《せわ》しなく飛びまわるミツバチたち。その絵の中心に、若い女がひとり。ダス・エヴィッヒ・ヴァイプリッヒェ。永遠の女（ゲーテの『ファウスト』の第二部〝神秘の合唱〟は、有名な〝Das Ewig-Weibliche zieht uns hinan〟「永遠の女性はわれらを高みに引きあげる」という一行で終わる）。かろやかに子を孕《はら》み、麦わら帽をかぶりて。サージェントかボナールの絵にもってこいの場面。どちらの画家もこのわたしとおなじ都会っ子だ。だが、都会っ子でも、こんな場面を目の当たりにすれば、美がわかって息をのむ。

正直なところ、田舎暮らしの良さはいまひとつわからないままきてしまった。あんなにワーズワースを読みながら。いや、何にたいしても見る目などないのだ、綺麗な女のことをのぞけば。では、その眼識のおかげでどうなった？　目を養うにはもう歳か？

彼は咳払いをする。「ルーシー」と声を少し高くする。

魔力がとけた。ルーシーは背を伸ばすと、くるりと振りむいて微笑む。「あら、いらっしゃい。聞こえなかったわ」

ケイティが頭をもたげ、近眼のような目つきでこちらを見つめてくる。

彼はフェンスをよじのぼる。ケイティがのそのそやってきて、靴のにおいを嗅ぐ。

「トラックはどこなの？」とルーシーが訊く。庭仕事と、おそらく軽い陽灼けのせいで、顔を赤くしている。急に、絵に描いたような健《すこ》やかさを身につけた。

「むこうに駐めて、歩いてきた」

「入って、お茶でも飲んでいかない？」

まるで客に勧めるような言い方だ。よかろう。お客あつかい。訪問者として。新たな足がかり、新たな始まり。


また日曜日がめぐってくる。彼とベヴはいつもの始末に取り掛かっている。彼が一匹一匹、猫をつれてくる。つぎは犬の番だ。老いた犬、めしいた犬、足を引きずった犬、体の自由がきかない犬。それだけでなく、若い犬、健康な犬もいるが、みな期限が切れた犬たちだ。ベヴは一匹一匹を撫で、話しかけ、なぐさめ、消し去ると、自分はさがり、彼が亡骸を黒ビニールの屍衣《しい》で封印する。

彼とベヴはしゃべらない。いまでは彼女から学んでいた。殺す動物に神経を集中し、それをそそぐべし、と。もう然《しか》るべき名で呼ぶことに抵抗がなくなったもの、すなわち愛を。

最後の袋の口を縛ると、それをドアロに持っていく。二十三匹。残っているのはあの幼い犬だけだ、あの音楽好きの。ちょっとした運の巡り合わせによっては、すでに仲間と一緒にクリニック内へよろよろと入り、手術室へ、亜鉛めっきの手術台へあがっていただろう。そこには、濃厚な臭いが入り混じって消えずに漂っている。さまざまな臭いのなかにはひとつ、犬が知らずに生涯を終えるものがある。最期の息の臭い。解き放たれた魂の、静かでつかのまの臭い。

犬の頭ではわかりようのないこと（ああ、いつまでつづくんだ、こんなことが）、彼の鼻が教えてくれないこと、それは、ありきたりに見える部屋に入っていった仲間がなぜ二度と出てこられないか、である。この部屋では何かがおきている、ふれてはいけない何かが。ここでは、魂が肉体から引きずりだされ、いっとき宙に漂っているのだ。悶《もだ》え苦しみながら。その後、どこかへ吸いこまれていって消える。犬には理解できるはずもないだろう。この部屋がじつは部屋ではなく、生き物が洩れでるように消滅していく穴であることなど。

ますます辛くなってきます。いつかベヴ・ショウはそう言った。辛くなる一方、楽にもなるだろう。ものごとが過酷になることに、ひとは慣れる。ひとは驚かなくなる。このうえなく辛かったことが、またいちだんと辛くなっても。幼い犬の命を、あと一週間、救ってやることはできる。しかし、その時はかならず来るのだ、避けられはしない。いつかは犬を手術室にいるベヴ・ショウのもとへつれていき（きっと腕に抱いていくだろう、きっと彼をいたわってそうするだろう）、その体を撫で、針が血管を探りあてられるよう毛をかきわけ、囁きかける時が来るのだ。体をしっかり押さえ、そうするうちに、わけもわからぬうちに、彼は脚をベルトで留められている。そうして魂が体を離れると、彼の体を丸めてやり、袋につめこみ、翌日にはトロリーにのせて火炎のなかへ放りこみ、焼かれ、焼きつくされるのを見る。その時が来たら、こうしたことすべてを彼のためにしよう。充分とはいえない、それにも満たない。何事でもない。

彼はドア口から手術室の奥へと向かう。「いまのが最後ですか？」ベヴ・ショウが訊く。

「いや、もう一匹」

ケージのドアを開ける。「おいで」と言うと、屈みこんで腕をひろげる。犬は不自由な尻のしっぽをうれしそうに振り、彼の顔の臭いを嗅ぎ、頬を、唇を、耳を舐める。彼はなすがままになっている。「おいで」

子羊を抱くように犬を腕に抱き、手術室にもどる。「その子はあと一週間、生かしてやるものと思ってました」ベヴ・ショウが言う。「手放すのですか？」

「ああ、そのつもりだ」

訳者あとがき

本書はジョン・マクスウェル・クッツェーによる*Disgrace*（一九九九年）の全訳である。クッツェーは本作で、ブッカー賞史上初となる二度目の受賞をはたした。

本作『恥辱』は、あるひとりの男の転落の物語である。そう一言で評することもできるだろう。始まりはといえば、冒頭の一行目から、主人公の性にたいする達観した所見が淡淡と、まるで他人事のように述べられ、そのあまりの文章の簡潔さに、読む側はいささか面食らう。ことばの重たさを感じさせない。男のキャラクターにはちゃちな陰影など欠片《かけら》もない。読んでいると、ふしぎな浮遊感さえおぼえる。「語りはおだやかに幕を開ける。語りながら、悪戯《スライ》なウィンクでもしていそうな」と喩えたのは、ジョン・バンヴィルだ。

主人公は五十二歳、離婚歴二回、週に一度エスコート・クラブで娼婦を買う文学教授。

リストラまがいの目に遭って以来、教育への熱意はとみに薄れている。公私ともに壮《さか》りを過ぎたことを自覚しながらも、男であることをやめられず、文学への夢も捨てきれない。ところが、余裕綽々として始まったナラティヴは、彼、デヴィッド・ラウリーの焦燥感が高まり露呈してくるにつれ、歯車がひとつ、またひとつずれるように、端正なバランスをくずしていく――精密にくずしていく。それとともに、彼の失墜は大学でセクハラ沙汰をおこして訴えられるあたりから急加速し、気づいたときには、読者はとんでもない惨事を目の当たりにしているのだ。

どん底まで墜ちた男は、老いと孤独に向かいあいながら、不器用な自己再生を始める。ときに居直り、ときに足掻き、ときに健気な決意をしつつも、その言い分は堂々巡りでほとんど先へすすまない。事態だけがいたずらに悪化していく。《ニューヨーカー》誌の書評者ダフニ・マーキンは、この悲喜劇的な〝ずれ〟を評してこんなふうに言う。「(本書に)手をとられて連れられていく先には、見慣れた風景が広がっている。ところが、あるとき鬱積していたものが突如として弾けるように、読者は足元をすくわれ、最後の一文に行きつくころには、自分がどこにいるやら、方向感覚をなくしたような気がしている。そんなものあったところでどのみち役に立つのかという気になっているのだ」

文学も、それをとりまく社会も、複雑化をきわめた今の時代、〝幸いな過ち《フォーチュネット・フォール》〟なる小説モティーフは、もはや古き良き夢となってしまったようだ。とはいえ、本作はまるで救いのない物語かというと、そうではない。バンヴィルが指摘したどこか悪戯《スライ》な筆致、それが哀しみが病むことを止《と》め、突き放すように終わるラストが余韻をむしろ長く深いものにしている。

『恥辱』では、アパルトヘイト撤廃後の新生南アフリカの不穏な情勢を背景に、まさしくあらゆるものの価値観が揺れ動く。ひとの栄辱とはなにか。魂のよりどころはどこにあるのか（そもそも魂はあるのか？）。頻発するレイプ、強盗事件、失業、人種間の対立、動物の生存権。ひとりの男が味わう苦境には、現在の南アの社会的、政治的、経済的諸問題が映しだされている。本作はまた、ｔｒｉａｌ――すなわち試練と裁きの物語とも言えるだろう。「力の発信源が西欧から離れていく新世紀を予感させる、ある意味で千年期にふさわしい作品」ブッカー賞審査委員長はそうコメントした。

また本作はＪ・Ｍ・クッツェー自身にとっても、新時代の幕開けになりそうだ。ひとつは、これまで得意としていた、入り組んだ仕掛けやメタフィクショナルな要素を用いず、リアリズム小説に徹したこと。過去の作品は、デビュー作の『ダスクランド』からして、ベトナム戦争末期のアメリカと十八世紀の南アを舞台に、二人のクッツェーの物語が交錯する摩訶不思議な作品である。また、最初にブッカー賞を獲った『マイケル・Ｋ』は時空間をはっきり限定しない近未来小説で、「ハックルベリー・フィンの心象をもっと過酷な状況下の国で黒人奴隷ジムの視点から描き直したような」とシンシア・オジックが表現した寓話的長篇。『敵あるいはフォー』は『ロビンソン・クルーソー』の島に現代の女性を漂着させ、フライデイを連れ帰って、〝フォー〟という作家に体験記の執筆を依頼する、というメタテクストの大冒険である。また、『恥辱』でも深いテーマのひとつになっている動物の生存権をあつかった前作の *The Lives of Animals* は、これまた変わった著作で（ノンフィクションに分類されている場合もあるようだ）、クッツェーがみずから行なった過去の講演ふたつを架空の登場人物たちに「託して」ノヴェラの形にまとめたもの。

これらの作品スタイルを見てくると、『恥辱』は――そこかしこに埋めこまれた、英、仏、独、伊、ラテンの、詩や小説やオペラなどからの引用の地雷はあるにせよ――驚くばかりにストレートかつシンプルなリアリズム小説である。ただし、父と娘が自分たちの屈辱を指して「犬のように」「犬のように」と言い交わして終わる章があるが、こういう箇所などはどうしてもカフカの『審判』とのつながりを意識せずにはいられない（本作は、裁き・審判がひとつの通底概念になっていることは先に書いた）。しかも、『審判』の結びのことばが

「犬のようだ！」と、彼（ヨーゼフ・K）は言った。恥辱だけが生き残るように思われた。

（中野孝次訳）

という一行であれば、なおのこと。クッツェーがことさら傾倒した巨匠であるとなれば、とくに。カフカに影響を受けていない現代作家がいるものか、疑問ではあるが。

もうひとつの変化は、今まで南アの政治的・社会的な問題と慎重に距離をおいてきたクッツェーが、前述したようにそれらを正面からとらえたことだ。ナディン・ゴーディマとはそれこそ「ホイットマンとディキンソン」のように始終ペアで名前が挙がり、政治的メッセージをはっきりと出すゴーディマとは対照視されてきた。しかし、本人としては、今もアレゴリーを読み解くことより、まず小説として読んでほしいと言う。

最後に、作家の略歴を簡単に記す。一九四〇年、南アフリカ、ケープタウンに生まれる。コンピュータ・サイエンス、言語学の教育を受けたのち、テキサス大学でサミュエル・ベケットの文体研究で博士号を取得。ブッカー賞のほかにも、南アフリカで最も権威ある文学賞のCNA賞、フェミナ賞など、国内外の映えある文学賞を数々受賞している。現在は本作の主人公とおなじケープタウン大学で文学部の教授をつとめるかたわら、欧米の大学で講演を行なっている。本年はノーベル賞の最終候補にも残ったとのことで、今まさに昇り調子の作家である。

多出する引用については、贅肉のない原文を弛ませないよう、なるべく本文中だけで平明にわかるように処理したが、やむをえない場合は、割り注をつけた。こまやかな目で訳稿を見てくださった、担当の鹿児島有里さん、校閲の竹内みとさんに、この場を借りてお礼申し上げます。ありがとうございました。

二〇〇〇年十一月

文庫版に際して

『恥辱』の後もクッツェーの筆力は旺盛で、『エリザベス・コステロ』(拙訳)、*Youth*、*Slow Man* と作品が発表されている。次にわたしが翻訳する *Slow Man* は交通事故で片足を失った六十代の男性が主人公である。『恥辱』のデヴィッドに劣らず偏屈な彼は、クロアチア人の看護婦に恋をして……。ヘミングウェイの『誰がために鐘は鳴る』を彷彿とさせる設定だが、クッツェーはまた容赦なく人の心の奥をえぐる。リアリズム小説としての面白さも詰まった作品である。どうぞ、ご期待ください。

二〇〇七年六月

解　説

フランス文学者
野崎　歓

皮肉と嫌味のスパイスをたっぷりと効かせて、幻滅と失意の快楽をこれでもかと味わわせてくれる「負け犬《ルーザー》」小説の大傑作だ。この小説の主人公であるデヴィッド准教授ほど、泣きっ面にハチ、という日本語のいいまわしがぴったりくる主人公はちょっといないだろう。肩書きからしてすでに、斜陽の影がさしているではないか。

「かつては現代文学の教授だったが、大規模な合理化計画の一環として、古典・現代文学部が閉鎖になった」

それゆえデヴィッド氏は、コミュニケーション学部なる気の染まない学部に配置換えされ、あまつさえ「准教授」に降格人事されてしまったわけなのである。

このあたりですでにして、ぼくのようにまさしく、「大規模な合理化計画の一環」がいつわが身に迫ってくるのであろうと、びくびくしながら日を送っている文学部准教授にとってはたまらないリアリティがある。しかもその、はるか遠隔の地で教鞭を執るわが同輩の身の上に、セクハラ疑惑が——疑惑というか、実際のところセクハラそのものと思えるのだが——降りかかるに及んでは、もはや固唾を呑んでページを繰るほかはない。大学を舞台にしたサスペンスとして、フィリップ・ロスの『ヒューマン・ステイン』と堂々、肩を並べる面白さである。

とはいえ、大学に棲息する人間のみを喜ばせる楽屋落ち的作品などではまったくないので誤解なきよう。なにしろ、本書全体の三分の一にも達しない時点で、デヴィッド氏はあっさりと肩書きを失い、だれからも惜しまれずに学園を去っていくのである。「神無き時代、伝統無き時代、文学無き時代だ」などと髀肉《ひにく》の嘆きをかこちつつ、警世の言葉をつぶやくなどというぜいたくは、以降、彼には許されなくなる。いや、それどころか「文学無き時代」を生きるとは、こんなキビシイ試練に直面することだったのか、と本人ならずとも頭を抱えてしまいそうになるほどの強烈な一撃が、元准教授を容赦なく襲うのだ。

そこにはもちろん、舞台となる南アフリカという土地の特殊事情が大きく作用しているのだが、いかんせん、ぼくには専門的知識が欠けている。デヴィッドとその娘ルーシーのくぐりぬける困難きわまる事態に肝をつぶしながら、アパルトヘイト廃止以後、南アフリカ社会の根本的な問題が、それまで隠蔽されていただけにいっそう激しく、暴力的に噴出してきたのだろうなあ、と推測するばかりである。しかもその憎しみの蓄積された土地のただなかで、デヴィッドの娘はあろうことか「百姓」になろうという意志をつらぬく。「きみは歴史の前では謙虚でありたいと言う。しかし、いま辿っている道は間違いだ」父親は懸命になって娘の決心を揺るがそうとする。だが娘は、父には想像もつかない一種の使命感さえ秘めながら、白人女としての「恥辱」の道を断固、歩もうとするのだ。

思えば、セクハラの一件をめぐって主人公はついに、相手の女子学生の気持ちを理解できずじまいだった。そこで残ったしこりは、物語後半の深刻なミステリーへとつながっていくように思う。つまり進んで黒人たちに「隷従」しようとする娘の心理の謎である。主人公が直面するその不可解さのうちに、この傑作がぼくらに、いわば普遍的なインパクトを及ぼしてくる理由がある。

つまり、白人中心主義的な枠組みによる、旧来の支配・被支配関係のありかたが根底から解体されてしまった現代の世界において、その先にありうる秩序とはいったい、どのようなものなのか、という巨大な問いが浮上するのである。ルーシーは、いわば体を張って、争いの地にありうべき平和の「種」を蒔こうとしているのではないか。その娘に向かって、骨の髄から西欧ハイカルチャー志向だった父親は、試練のはてに「きみは前に進みなさい」と励ましの言葉を口にできるまでになる。とすればこの作品は、時代遅れの白人インテリ男がその一言に到達するまでの、困難に満ちた再教育を描いた小説ととらえることもできるだろう。

しかも、支配・被支配の現場に体をさらしての強烈な体験学習は、人間というカテゴリーを超えて、人間が動物に強いる隷属にまでその対象領域を広げていくのだから驚いてしまう。何もかも失って「犬のように」恥辱にまみれたインテリが、犬の死体処理係をあい務めることになるという恐るべき展開が、作者クッツェーのグロテスクな想像力の凄味を示している。望まれない動物たちに安楽死をほどこすクリニックの手術室で、デヴィッド氏ははじめのうち馬鹿にしていた、美しからぬご婦人ベヴに、ほとんど究極的な真実を伝授されるのである。

「彼とベヴはしゃべらない。いまでは彼女から学んでいた。殺す動物に神経を集中し、それをそそぐべし、と。もう然るべき名で呼ぶことに抵抗がなくなったもの、すなわち愛を」

人間、いくつになっても学ぶに遅すぎることはない。それどころか、何もかもを失い、屈辱の底に落ちこんでこそ「愛」のなんたるかを知ることができる。苦い、あまりに苦い物語のうちに、意外にもポジティヴな教訓をかいまみせる作品なのである。

その味わいが、訳文によってみごとに引き立てられていることはぜひとも付記しておきたい。しびれるような魅力的文体をそなえた翻訳である。さんざんな転落を経験した元文学教授デヴィッド氏だが、訳者には恵まれたのである。

本書は、二〇〇〇年十一月に早川書房より単行本
として刊行された作品を文庫化したものです。

青い眼がほしい

The Bluest Eye

トニ・モリスン
大社淑子訳

誰よりも青い眼にしてください、と黒人の少女ピコーラは祈った。そうしたら、みんなが私を愛してくれるかもしれないから。美や人間の価値は白人の世界にのみ見出され、そこに属さない黒人には存在意義すら認められない。自らの価値に気づかず、無邪気に憧れを抱くだけの少女に悲劇は起きた――白人が定めた価値観を痛烈に問いただす、ノーベル賞作家の鮮烈なデビュー作

ハヤカワepi文庫

ヘビトンボの季節に自殺した五人姉妹

The Virgin Suicides

ジェフリー・ユージェニデス
佐々田雅子訳

リズボン家の姉妹は自殺した。あの夏、何を心に抱えていたのか、五人は次々と命を散らしていった。美しく個性的で謎めいた存在にぼくらは心を奪われ、姉妹のことなら何でも知ろうとした。やがてある事件が厳格な両親の怒りを買い、姉妹は自由を奪われてしまう。ぼくらは懸命に救出しようとするが、その想いが姉妹に伝わることはなかった……残酷で美しい異色の青春小説

ハヤカワ epi 文庫は、すぐれた文芸の発信源（epicentre）です。

訳者略歴　お茶の水女子大学大学院修士課程英文学専攻，英米文学翻訳家　訳書『昏き目の暗殺者』アトウッド，『遅い男』クッツェー（以上早川書房刊），『嵐が丘』ブロンテ，他多数

恥《ち》辱《じよく》

〈epi 42〉

二〇〇七年七月十五日　発行
二〇二三年二月十五日　六刷

（定価はカバーに表示してあります）

著　者　J・M・クッツェー
訳　者　鴻《こうの》巣《す》友《ゆ》季《き》子《こ》
発行者　早　川　　浩
発行所　株式会社　早　川　書　房
郵便番号　一〇一 - 〇〇四六
東京都千代田区神田多町二ノ二
電話　〇三 - 三二五二 - 三一一一
振替　〇〇一六〇 - 三 - 四七七九九
https://www.hayakawa-online.co.jp
乱丁・落丁本は小社制作部宛お送り下さい。
送料小社負担にてお取りかえいたします。

印刷・株式会社精興社　製本・株式会社フォーネット社
Printed and bound in Japan
ISBN978-4-15-120042-7 C0197

本書は活字が大きく読みやすい〈トールサイズ〉です。